Sti

# Sandrone Dazieri
# La cura del gorilla

Einaudi

www.einaudi.it

ISBN 88-06-18269-2

# La cura del gorilla

# Parte prima
# Samba per flebo e torrone

# 1

Odio la puzza degli ospedali. Non quella della malattia e nemmeno l'odore alcolico dei medicinali. Quella del cibo, invece, che mi prende alla gola. Sa di purè, minestrina, tè Lipton con le fette biscottate, mela cotta e prugna cotta. Ristagna, aleggia, penetra le coperte e la pelle. Di notte, quando non riesco piú a sopportarla, prendo l'ascensore di servizio sino all'ultimo piano, scassino il lucernario ed esco sul tetto piatto, tra le cacche d'uccello e le pozzanghere di acqua stagnante.

Non si vede molta Milano da lí, ma lo skyline nanerottolo è sufficiente a farmi stare meglio. Seguo i fari di una qualche auto lungo il vialone e immagino l'omino al volante che arriva a casa, parcheggia, sale le scale e si scalda un piatto di minestra sul fornello. Non va mai a una festa e nessuno lo aspetta sveglio. Vive solo, annusa i fiori quando li trova, fischietta musica classica. Qualche volta accende la televisione, oppure accarezza un gatto e si versa due dita di Amaretto di Saronno. Fa una vita pacifica e mi rilassa.

Di solito. Stanotte riesco solo a pensare che domani sarò io a viaggiare per tornare in mezzo al casino. Dopo tre mesi di pappine e antibiotici mi scarcereranno per buona condotta. Dovrei essere contento. Il mio Socio ha già cominciato a fare i bagagli e a distribuire regalini agli infermieri: si porta avanti per la prossima volta che saremo ricoverati.

Salto sul cornicione senza quasi barcollare e mi faccio i complimenti. Non è da tutti cavarsela cosí bene dopo un proiettile in un polmone. Il sangue tende a uscire e i microbi a entrare. Con la febbre vedevo i miei antenati che mi redarguivano per come ho sprecato la vita. Le anime ondeggiavano sul soffitto, faccine con le ali.

Guardo sotto, nel buio. Niente vertigini, crampi allo stomaco o gambe anchilosate. Devo abituarmi all'idea di non essere piú un invalido.

Ricomincerà il tran-tran, troverò un cliente per recuperare il tempo perduto e i soldi finiti. Possibilmente qualcuno tranquillo, che conosca la differenza tra un buttafuori e uno sbirro.

*Che non mi mandi al massacro*. Prima che riesca a scacciarlo, il pensiero si porta dietro un po' di immagini che non ho voglia di rivedere. I morti della cantina, la puzza che facevano.

Chiudo gli occhi e mi lascio ripulire dal vento teso. Sono leggero senza la pancia, le falde della vestaglia sbattono come ali. Se mi buttassi non toccherei terra, continuerei a navigare nell'aria come una foglia. Rimango lí a immaginare il mio volo sopra le umane miserie fino a che gli occhiali si ricoprono di brina, poi faccio a ritroso la strada dell'andata. Al piano terra scavalco la finestra e mi addentro nel reparto terapia intensiva.

Alfredo è steso sul letto, con la sua bella flebo nel braccio sinistro e il sacchetto del catetere appeso alla fiancata destra del letto. Dalle lenzuola spunta solo la testa pelata dalla chemio.

Senza far rumore siedo a guardarlo nella luce che entra dal corridoio. Secco e gonfio allo stesso tempo, le guance scavate e la pelle tirata a paraffina.

Apre gli occhi e volta la testa verso di me. – Cominciavo a preoccuparmi, – dice. – Sarebbe stata la prima notte che saltavi.

– Sono andato a ballare.

– Con l'infermiera puzzolente?

– L'altra, quella con la gamba di legno. Come ti va?

– Ho dormito un po'.

– Vuoi bere?

– No –. Si tira un po' su. – Dammi una sizza, invece.

Estraggo il pacchetto che ho comprato per lui e gliene allungo una. Ha le labbra coperte di croste.

Accendo con lo zippo. – Devo piantarla di soddisfare i tuoi vizi o mi diventerai un vecchio rompiballe.

– Sono già vecchio. E non diventerò un bel niente che non ci stia in una scatola.

– Perché una scatola?

– Mi faccio cremare, l'ho messo nel testamento. Continuo a farlo e disfarlo, ci passo le ore.

Respiro lentamente. – Merda –. Alfredo ha metastasi diffuse. Il fatto stesso che parli e scatarri è già un miracolo. Uno di quelli piccoli, da sfigati. – E merda.

– Proprio. La mia vecchia terrà l'urna sul comodino –. Aggrotta dove prima aveva un sopracciglio. – Però, chi lo sa? Potrei andare avanti ancora un pezzo. Anche se andare avanti cosí…

– Piantala.

– Non ti preoccupare, l'umore è ottimo e abbondante –. Chiude gli occhi e fa una pausa talmente lunga che credo abbia perso conoscenza. Meglio togliergli la sigaretta di bocca. – Allora domani te ne vai? – Chiede senza alzare le palpebre.

Blocco a metà il gesto. – Se non cambiano idea all'ultimo.

– E qual è il problema che ti affligge?

– Sono solo un po' stanco.

– Come no –. Sospira, buttando il mozzicone per terra. Si è sporcato tutto di cenere. – Hai paura?

Alzo le spalle, anche se non può vedermi. – Qualcosa del genere.

– Immagino che capiti quando ti sparano addosso.

– Non è stata la prima volta. Però non mi sono mai sentito cosí, dopo. Mi farei assumere come inserviente per non dover uscire –. Guardo oltre il vetro gli alberi che si scuotono nel vento. Sta arrivando un bell'acquazzone. – Fuori c'è la vita vera, ma non mi ha mai attirato cosí poco. Non so perché.

– Forse perché non ti avevano mai conciato cosí male.

La sua voce sí è abbassata di un'ottava. Tra un paio di minuti la risacca degli oppiacei nel sangue lo stenderà del tutto.

– Forse. O forse ho paura che mi ricapiti. Una volta mi è andata bene. La prossima...

– Potrebbe non esserci mai. O arrivare stanotte. Non siamo noi a decidere.

– Merda, piantiamola qui! – Ho i brividi nella schiena. – Non mi stai tranquillizzando per niente.

Ridacchia ancora poi tossisce a mitraglia. – Scusa, – riesce a dire.

– No scusa tu –. Guarda se devo mettermi a urlare a un moribondo. – Vuoi bere, adesso?

– Sí.

Prendo la bottiglia di plastica e gliela accosto alle labbra. Un po' d'acqua finisce sul lenzuolo, si impasta con la cenere e crea del fango grigiastro. Pulisco delicatamente con un pezzo di carta igienica.

– Se facessi un altro mestiere saresti piú tranquillo –. Dice quando mi sono riseduto. Oltre ad abbassarsi ancora, la sua voce si è anche rallentata. Le parole gli escono staccate e sognanti. – Perché non ti cerchi una professione meno rischiosa?

– So fare solo questo.

– Per via dell'amico nella tua testa? – Chiede.

Rimango per un attimo basito. Gli ho raccontato del Socio, e non dovrei stupirmi che lo nomini. Ma le vecchie abitudini sono dure a morire. – Già, – rispondo cauto.

– Oggi il tuo Socio è venuto a trovarmi. Mi ha parlato di Napoleone.

– Sai che palle. Gli piacciono solo le cose pallose.

– Sí, è stato un po'... noiosetto. Gentile, ma... noioso –. Una pausa piú lunga. – Non sembrate neanche... la stessa persona.

– Non lo siamo. Ci dividiamo lo stesso corpo.

– È un bel... modo... di metterla.

Il suo respiro diventa quasi impercettibile. È andato.

Gli aggiusto le lenzuola sotto il mento, poi mi siedo piú comodo. – È l'unico modo, Alfredo –. Dico all'aria.

In effetti è un modo che ho dovuto imparare. Ci sono voluti anni e non ho potuto contare sull'aiuto di nessuno psichiatra, anche se ne ho consultati almeno una ventina. Nessuno di loro ci ha mai capito un accidente e alla fine ho elaborato la mia diagnosi personale. Ci sono persone che nascono con due teste, altre senza le gambe. Il Socio è nato senza corpo e usa il mio. Quando mi addormento, il Socio salta fuori e prende il timone. Quando si addormenta lui, io faccio lo stesso.

Si è manifestato un po' alla volta. All'inizio era solo una voce che mi sussurrava dagli angoli bui, poi mia madre ha cominciato a trovarmi di notte che vagavo per casa ad aprire cassetti. Solo che non ero io, era lui che imparava a camminare. Alla fine si è preso il cinquanta per cento della mia vita e io ho dovuto farmelo piacere tenendo la bocca chiusa. Per quanto mi senta differente da quelli che sbavano nei film, sono pazzo e non ho voglia di finire in manicomio a farmi fare i clisteri di valium. Sto schiacciato, mi scopro solo con gli amici intimi, nemmeno con tutti, evito le attività troppo socializzanti, le folle, le compagnie, gli sport, le tombole della parrocchia. Ho avuto una parentesi giovanile di politica extraparlamentare, ma ho smesso quando ho cominciato a rischiare la galera, uno dei pochi posti dove si è sempre sotto osservazione. Faccio il buttafuori a noleggio e mi basta per tirare su soldi senza rivelarmi.

Poi arriva un vecchietto come Alfredo che riesce a farmi sentire in colpa e gli racconto tutto. Cosí. È moribondo e non potrà raccontarlo in giro, questo mi dà fiducia e questa fiducia mi fa star male. Anche nel mezzo cervello che ho a disposizione riesco a essere abbastanza contorto.

Rimango a guardarlo fino all'alba. Poi torno nella mia camera ad aspettare la prima infermiera con il termometro.

## 2

È Marco l'Elefante a venirmi a recuperare alle dieci del mattino. Ho fatto già la cernita dei miei beni, rasatura e doccia; sono bianchiccio e molle. L'Elefante scruta la pigna che ho accumulato sul letto.

– Sicuro che ci stia tutto nella valigia? – Chiede grattandosi la barbaccia castana. Un metro e novantotto per quasi cento chili, indossa un piumino che lo fa sembrare ancora piú grosso.

– I fumetti li lascio qui –. Faccio un buco nuovo alla cintura. I vestiti mi cascano addosso come le mutande a John Holmes dopo un'erezione. – Insieme con i libri di storia.

Marco afferra un volume rilegato in pelle. Settecento pagine fitte, fa venire il mal di testa solo a guardarlo. – *Napoleon, l'homme*, – legge. – Bel mattonazzo.

– Se lo vuoi piglialo –. È l'ultima mania del Socio quella dei libri di storia.

– No, grazie –. Lo getta nel cestino che si spappola sotto il peso. – I giornalini sí, però. E il televisorino.

– Mi pareva troppo generoso come regalo.

– Certo che era un regalo, ma siccome adesso è tuo, puoi prestarmelo.

– Non fa una grinza.

– Infatti –. Infila il televisore in una busta di plastica, poi apre la mia valigia e pigia dentro una palata di roba. Avrò bisogno di una piccozza per svuotarla.

Le scarpe ai piedi, una strana sensazione. Chinandomi vedo una macchia sulla punta della destra. La gratto con l'indice. Sangue secco, il mio. Mi gira la testa.

L'Elefante chiude la valigia con una manata decisa. Sento il crick dei cardini. – Il pappagallo non ci sta, – dice.

L'uscita è una cosa veloce. Un saluto affettuoso a uno dei medici che mi ha ricucito (prenda questo e quest'altro, non faccia questo e non faccia quest'altro, lo cancello dalla mente due secondi dopo) e una sosta nell'ufficio amministrativo, a pagare il conto. È orribilmente salato per via della camera singola: firmo l'assegno convinto che non riusciranno a incassarlo. L'impiegata ha tutta l'aria di pensarla allo stesso modo.

In un'ora sono al mio buco nel quartiere Ticinese. L'Elefante mi invita a pranzo, rifiuto, e salgo i quattro piani di scale trascinandomi il bagaglio. Arrivo stremato e il bordello interno mi abbatte. L'unica pianta si sta sbriciolando nel lavandino asciutto, polvere dappertutto e odore di chiuso. Prendo coraggio e apro il frigorifero. Una massa pelosa di muffa nei cassetti della verdura, qualcosa di marrone che si agita sul fondo. Il cartone aperto del latte pulsa delicatamente: lo butto prima che mi azzanni.

La bottiglia di scorta è ancora intatta sotto il lavandino. La porto a letto con me e la posta arretrata che ho ritirato dalla portinaia. Svito il tappo e annuso, prendo un sorso cauto.

Mi aspetto un effetto terribile dopo l'astinenza forzata, come minimo bruciore e nausea, invece il mio organismo reagisce bene. Ciuccio piú deciso. Comincio a sentire caldo ai lobi, lo stomaco ha una leggera contrazione, sbuffo vapori. Apro le buste con le mani spesse e divido il contenuto. Bollette pagate dalla banca (cestino), pubblicità di pentole (cestino), bottiglie di vino (archivio), viaggi in Danimarca (cestino), una convocazione in tribunale come testimone (archivio), una multa non pagata (cestino), la tessera annuale del Telefono Viola con richiesta di soldi (comodino), una lettera con il timbro delle Fiji. Stop.

La rigiro, annusandola. Riconosco la scrittura, la

apro un po' alla volta per gustarmela meglio. Dentro solo una fotografia, con tre parole sul retro «Torno presto. Vale». È il suo modo di ragionare. Poteva scrivermi in ospedale, ha preferito inviarmi la busta a casa, per quando fossi rientrato. La cosa giusta al momento giusto. Non la vedo da dopo la prima settimana di ricovero; ha comprato i biglietti quando mi hanno sciolto la prognosi ed è partita.

Nella foto è in costume da bagno, distesa sull'asciugamano da spiaggia. È abbronzata al massimo consentito dalla sua pelle di rossa naturale, i capelli umidi. Dietro di lei sdraio e ombrellone, un libro aperto davanti. Un'ombra vicino alla mano destra. So che non dovrei farlo, che dovrei accontentarmi di quello che vedo a occhio nudo, ma non ci riesco. Ho una lente d'ingrandimento da qualche parte e passo mezz'ora a cercarla. La trovo e metto la foto sotto la luce diretta della lampada. Esamino l'ombra: sono due paia di sandali da spiaggia, il secondo paio decisamente piú grande del primo. Da uomo. Il mio piacere si trasforma in qualcosa che punge.

Vale, Vale, non riesci mai a stare da sola. Neanche per una stramaledetta vacanza.

Al tramonto sono sveglio ormai da venti ore. Inusuale per me, non riesco a chiudere gli occhi e lasciare spazio al Socio.

Steso sulla coperta mi sbottono la camicia e guardo la cicatrice che mi scende dal capezzolo sinistro sino al ventre. È gonfia e rossa, mi fa male. Dietro, sulla schiena, ne ho una molto piú piccola dove è entrato il proiettile. L'ho visto allo specchio, sembra un rattoppo a puntocroce. Ma se non fosse violacea, tra gli altri non si noterebbe. Le cicatrici mi segnano come i cerchi di un albero, me le ricordo tutte, per nome e cognome. Sbrego sulla coscia sinistra, estate '94, omino con rasoio fine Ottocento: non gli avevo guardato le mani. Pezzo di carne mancante all'avambraccio destro: ottobre '93, microcefalo con rampino da macellaio. Nocche frantumate: ruota di macchina nell'inverno '91. Praticamente ero agli inizi, non avevo ancora imparato a scansare i guai. Non che sia diventato molto piú furbo, adesso.

Torno alla fotografia in cerca di conforto, ma i pensieri continuano a scivolare dal rosa al nero spinto. Chi si sarà presa come accompagnatore, questa volta? Il tipo ideale di Vale somiglia piú a un fotomodello che al sottoscritto. *È costretta a mediare tra istinti e sentimento*, mi dico. *Non si pone neanche il problema*, mi rispondo. *Lei è fatta cosí, e a te va bene, rodersi mantiene vivo il fuoco della passione*.

Mezz'ora dopo il telefono squilla e lascio scattare la segreteria. Dall'altoparlante una voce mai sentita con accento piemontese.

– Sandrone, sono Franco Scotti –. Gracchia. – Sono di passaggio a Milano e mi piacerebbe incontrarti, prima di ripartire. Un tette a tette di lavoro... – Ahr, ahr, ahr. Ride come Gambadilegno. – Ti lascio il mio cellulare –. Pausa. – Un attimo che non mi ricordo mai il numero –. Altra pausa, fruscii e suoni di tasti pigiati. – Dove cazzo... – Cade la linea.

Quando il telefono risuona sono ancora paralizzato dall'orrore.

– Sandrone, sono quello di prima! – Erutta. – È cascata la linea. Allora, ti do il mio numero. Chiamami anche tardi, che tanto sto in giro. Voglio andare... – Piombo sul tasto del volume e lo azzero prima di sapere. Il sollievo è tale che non mi accorgo di stare pestando il cavo. Mi giro, il telefono cade, la cornetta si sgancia e comincia a pigolare. – Pronto? Pronto pronto? Pronto pronto pronto?

Tiro su rassegnato. – Sí?

– Sandrone?

– Pare, – esalo.

– Sono Franco Scotti. Volevo...

– Chi ti ha dato il mio numero? – Non è sull'elenco.

Mi nomina un mio cliente passato. Uno solvente.

– E cosa vuoi? – Chiedo.

– Prima di tutto conoscerti, mi hanno parlato tantissimo di te.

– Posso immaginare in che termini.

Pausa. Forse si aspettava un'accoglienza piú calorosa. – Volevo raccontarti un mio progetto. Qualcosa che ti piacerà senz'altro.

– Ne dubito. Grazie per aver pensato a me, comunque.

– Stai scherzando, vero? Devo assolutamente incontrarti. Scotti wants you for the show. Ahr ahr... – Il suo inglese è penoso.

– Goodbye Francow. – Riattacco.

Dopo due minuti il telefono squilla di nuovo. Rispondo d'impulso. – Se richiami un'altra volta ti vengo a cercare con un bastone.

Ride. – Sto venendo a casa tua. Ho capito che sei stanco e non hai voglia di uscire. Porto da bere.

Sarebbe capace di piazzarsi sul mio zerbino, ad aspettarmi al varco. Capitolo e gli do l'indirizzo del bar di Oreste. Forse mi farà bene prendere un po' d'aria.

Le sette di sera sui navigli è l'ora degli impiegati e dei dink*. Assaltano i locali che danno assaggini e crudités. Di sabato devono lottare metro per metro con le coppiette pizza-cinema. Vedo orribili grovigli umani, cammino rasente i muri. Per fortuna la strada è breve e Oreste non attira folle. Il suo è un bar dall'insegna poco elegante, con un'esposizione di polpette marmorizzate e brioche in plastica che mette tristezza. È il mio posto preferito. Quando lavoravo a tempo pieno per le agenzie di sicurezza, finivo sempre lí le serate, seduto a un tavolo in vetrina. Guardare il passaggio mi scaricava i nervi, piú ancora dell'alcol. Poi neanche questo è bastato piú e ho mandato tutti a quel paese.

Oreste sta dietro il bancone, con la camicia bianca slacciata sotto il gilet a quadri. Si illumina sotto i baffoni. – Guarda un po' chi torna a farci visita, – dice. Ci stringiamo la mano. – Come stai, Gorilla?

– Una favola, non si vede?

* *Double income no kids* (un Sandrone colto).

Soppesa con occhio clinico. – Sembri uscito da Mauthausen.

– Mi davano da mangiare solo se facevo il bravo –. Gli rubo una nocciolina. – Versami da bere, va'.

– Puoi?

Alzo le spalle. – Qualcosa di leggero.

– Una vodka tonic –. Sbottiglia un po'. – A proposito. C'è un pirla che ha chiesto di te.

Indica con il mento. Un tizio sulla quarantina in impermeabile di pelle è seduto sul fondo. Sta commettendo un tragico errore: cerca di dragare Fiaba. Fiaba è bellissima e sottile come un giunco, con i capelli color pelo di cavallo che galoppa al tramonto in un deserto berbero, profuma di viola e giaggiolo e il suo sorriso riluce di stelle. Ma ha solo diciassette anni appena compiuti e Oreste la controlla a vista.

Il cerbero stappa la tonica usando il pollice calloso. – È lui il tuo amico?

– Temo di sí.

– Digli di tenere giú le mani dalla mobilia –. Sbatte la bottiglietta sul bancone, la schiuma serpeggia fuori.

– Subito –. Prendo il bicchiere e schizzo via.

Scotti sta dandoci dentro. È curvo in avanti e si sbraccia. – ... ti porto a mangiare in un posto da cinque stelle –. Saliva. – C'è una lista d'attesa lunga un chilometro, ma io ho sempre il semaforo verde. A Torino sono un personaggio...

– Sandrone! – Fiaba mi scorge in avvicinamento e salta ad abbracciarmi, lasciando Scotti in posa plastica. – Sei guarito! – Grida.

– Quasi –. In realtà mi sento di cacca. – E tu hai tagliato i capelli.

Ruota su se stessa. – Ti piaccio?

– Non so come faccio a resistere.

– Chi ti dice di farlo?

– L'istinto di conservazione –. Le tiro una pacca sul sedere. – Adesso vai, che devo parlare di cose private.

Obbedisce.

Scotti cerca di riprendersi dallo smacco. Anche giacca e pantaloni sono di pelle, della medesima tinta marron dell'impermeabile. – Sei Sandrone? – Chiede.

– Ben arguito.

– Potevi aspettare cinque minuti.

Siedo davanti a lui, tirando uno sgabello sotto il tavolino. – Lo vedi il tipo al bancone, quello che ha i peli anche sui palmi?

– Sí.

– È il papà di Fiaba. Non gradisce.

– Mi hai evitato un incidente diplomatico, eh? – Ahr ahr.

– Incidente è il termine giusto.

– Ahr –. Ripete un po' meno convinto. – Va be', questo sono io. – Trae un biglietto da visita dal portafoglio intasato di carte e me lo passa. *Edizioni Scotti, di Franco Scotti*. Leggermente piú in piccolo, *Franco Scotti, direttore*.

Lo giro per vedere se c'è il suo nome ripetuto anche dietro. No.

– Mi occupo di libri economici –. Ha recuperato il sorrisone. – Fantascienza, poliziesco, romanzi d'amore –. Ammicca. – E storie sexy. Per quelle ho fatto una sottomarca, le edizioni Lingerie.

– Bel nome.

– Vero? È stato un parto difficile, ma funziona bene. Sai dove vendo di piú? Nelle edicole della stazione. Hai bisogno di un libro leggero per farti un viaggio allegro, prendi uno Scotti, che non delude mai. Mi sta andando bene –. Tira un sorso da un bicchierone pieno di ignobile liquido viola: il Cocktail della Casa. – Visto che posso investire, ho deciso di allargare il campo d'intervento

– Prostituzione?

– Spiritoso... – Ahr ahr. – Home video. Ho preso i diritti di un telefilm. Un affare, bada. L'ho comprato da una piccola casa produttrice americana in liquidazione. Certo, non è nuovissimo. L'hanno girato negli anni Settanta, con pochi mezzi. È un po', come dire...

– Un po' ciarpame.

Riesce a non arrossire. – ... un po' naif. Me lo sono

immaginato con belle confezioni, un doppiaggio moderno, qualche marchetta sui giornali e ho capito che poteva funzionare –. Fa l'ultimo risucchio dal bicchiere e agita la mano per farsi portare un altro cocktail. Oreste lo ignora. – Si intitola *L'astronave Perduta*, e ho intenzione di venderlo in edicola, poi di vendere i libri tratti dagli episodi, i pupazzetti, tutto quanto –. Negli occhi gli brillano pile di dollari. – Però, ho bisogno di una bella spinta promozionale, altrimenti rischio di fare un buco. Indovina che idea mi è venuta.

– Preferisco di no.

– Un Fantaconvegno, una specie di party a tema, come negli States –. Lo pronuncia come si scrive. – Tra venti giorni, la settimana prima di Natale. Invito gli attori, un po' di hostess tirate da superfighe spaziali, scrittori della mia scuderia, il ballo in maschera, mercatini... – Va avanti per un po', relego la sua voce in sottofondo. Nella stanza a fianco quattro metallari giocano a biliardo. Fanno pena, la palla rotola fuori ogni due per tre. – ... stai seguendo?

– Sicuro –. Uno dei metallari tira con la stecca lunga e beve clamorosamente. Risate. Comincia a rotearla come una scimitarra fino all'arrivo di Oreste che fa il segno di sfilarsi la cintura. Calma improvvisa.

– Arriviamo a noi –. Scotti si infila in bocca una manciata di olive, fa una smorfia disgustata e le risputa nel portacenere. – Che schifo, cazzo. Stavo dicendo: gli sponsor ci mettono l'allestimento, e non vogliono che sia distrutto. In piú, le star che faccio venire mi obbligano a un contratto capestro: se gli ammiratori gli fanno del male devo coprirle d'oro.

– Sempre che siano ancora vive.

– Un paio lo sono di certo. Il resto del cast... – Fa un gesto vago.

– Pensi davvero che i fan possano creare problemi?

Sgrana gli occhi. – C'è gente disposta a tutto pur di prendersi un souvenir. Quando è venuto in Italia il Comandante Striker hanno dovuto portarlo via con l'elicottero. Quindi, mi serve qualcuno che organizzi la security e tu bel ragazzo, – mi picchietta sul petto con l'indice, – sei un esperto nel campo.

Stock. Un boccino saltella fino ai miei piedi. Lo tiro a un capellone con le pupille a spillo piegato in due dal ridere. – No, – dico.

– Ascolta l'offerta, almeno.

– Non è questione di soldi. Posso consigliarti un paio di agenzie che saranno liete di darti una mano. Rockstar, attori in disarmo, mostri spaziali. Ti portano via un cadavere, se paghi.

È il suo turno di scuotere la testa. – Mi servi tu.

– Non credo proprio. È stato un piacere –. Faccio per alzarmi, mi trattiene per il giubbotto.

– Aspetta. C'è una cosa che non ti ho ancora detto –. Posa il bicchiere, si fruga nella tasca interna della giacca. Tira fuori una busta. – Guarda, e ricordati che è confidenziale. So che quelli come te hanno il segreto professionale.

Quale professione? Dentro la busta ci sono quattro polaroid numerate dall'uno al quattro con un pennarello rosso. La foto uno mostra un pacchetto di libri legati con del nastro adesivo, non riesco a leggere i titoli sulla copertina. Nella due il primo libro è stato tolto. Il libro che stava sotto è scavato nel centro, un buco rettangolare. Il buco contiene un sacchettino di roba scura. Nella tre e nella quattro ci sono particolari dei fili elettrici e della batteria.

– Hai capito cos'è? – Chiede Scotti, improvvisamente teso.

Non ci vuole molto. – Una bomba.

– L'hanno lasciata sulla porta della casa editrice due settimane fa. Nel sacchetto di plastica c'era quasi un etto di polvere da sparo, piú chiodi e bulloni. La polizia dice che potevo perdere una mano, o un occhio. Anche morire –. Sta sudando.

D'improvviso Scotti mi sembra ancor meno divertente. Ho una stretta allo stomaco. – Perché non è esplosa?

– I fili non erano collegati. Dovevano fare contatto

quando avessi sfilato il primo libro. Secondo la polizia è un avvertimento.

Chiodi roventi che ti attraversano la carne. – Di chi? E perché?

– Questa è la fotocopia del biglietto che c'era insieme al pacchetto –. Me la porge.

SCOTTI FASSISTA
NO AI FESTIVAL DEI PADRONI

È scritta a macchina, niente firma.

– *Fassista* è un tocco di classe, – dico. – Hai idea chi te la possa avere mandata?

Si china verso di me. – Stai scherzando? Chi pensi che mandi in giro pacchi bomba a Torino?

– La Fiat?

– Gli squatter.

Sospiro senza dire niente.

Scotti prosegue. – Quando si muovono gli squatter succede sempre un casino. Blocchi stradali, incendi, cariche della polizia –. Agita il bastoncino del cocktail, con la bandierina del Brasile. – A parte, diciamo cosí, il rischio personale, se si sapesse in giro che vogliono boicottare il festival gli sponsor si tirerebbero indietro. Allora cosa ti va a pensare Scotti? Che un esperto come te può tenere tutto sotto controllo e, eventualmente, – strizza l'occhio, – fare da mediatore. Al giusto prezzo, si intende.

– Eh già.

– Il mio amico mi ha raccontato tutto. Una volta eri uno squatter, no? Non voglio dire che tu facessi niente d'illegale... tipo le bombe, ma che eri, piú o meno... – Si è impappinato. Non lo aiuto. – Puoi andargli a spiegare che io non ho cattive intenzioni e fare da garante. Se vogliono, posso dare libri gratis a tutti. Purché se ne stiano tranquilli.

– E il pacchetto esplosivo?

– Sapevo che l'avresti chiesto. Bravo –. Torna a sorridere. – Scotti non serba rancore. Non posso ritirare la denuncia, però posso fare pressioni perché le indagini si conducano in modo soft. Mi devono garantire che sarà l'ultima. Cosa dici?

– Una cosa sola, vai a quel paese.

La bandierina gli si spezza tra le dita. – Ma perché?

– Non capiresti.

Esco a camminare, guardando le paperelle che nuotano nel liquame dei Navigli quasi secchi. Mio malgrado, ponzo. Quello che mi ha raccontato Scotti non sta in piedi: i collettivi torinesi sono belli duri, però non ce li vedo a prendersela con uno come lui. E a che pro, poi? È di destra? Forse, ma lo è il cinquanta per cento dell'umanità, l'ottanta per cento degli italiani e il novanta per cento dei milanesi. Non basterebbe la bomba di Hiroshima per farli fuori tutti.

A forza di pensare, mi torna inopportunamente l'angoscia ospedaliera. Immagino il corpaccio di Scotti spappolato contro un muro, sovrappongo la sua faccia a quella di tutti i morti che ho visto da vicino. Ci metto un po' a capire che mi sto guardando attorno come se stessi lavorando, attento agli occhi e alle mani. Faccio giri a vuoto fino a che la stanchezza mi tira una botta in mezzo alla nuca. Dirigo verso casa.

Sento il bordello che ancora non sono entrato nel cortile. Musica e risate che aumentano di volume man mano che salgo al mio piano. Mi fermo sul ballatoio, protetto dal buio, e guardo attraverso la porta spalancata del mio appartamento. Dentro almeno cinquanta persone che ballano jungle facendo tremare il pavimento. Facce da Leoncavallo e da birreria. A parte l'Elefante che si sta rollando una canna, non conosco nessuno.

Un rumore alle mie spalle. Sono due ragazzotti intenti a ravanarsi nei vestiti, distesi tra i vasi da fiori del mio vicino. Trentacinque anni in due, al massimo. La ragazza mi vede e sorride. Ha un piercing a forma di balena nel naso, e i capelli viola elettrico.

– Buonasera –. Dice timida. Poi, al ragazzo. – Molla il colpo che c'è un signore.

Lui, disteso sotto, rovescia la testa per guardarmi. – La movida è là, – dice indicando il mio appartamento con il collo di una bottiglia. – Non menartela, non chiedono il biglietto.

– Cosa stanno facendo?

– Una festa per un tipo che è uscito dall'ospedale. L'hanno tirato ma senza fargli troppo male, pare.

– Fortunato mortale –. Dico.

– Un culo della madonna.

I due riprendono i loro affari, io ridiscendo le scale col timore che qualcuno mi chiami indietro. In cinque minuti sono al Parco Solari. Mi siedo su una panchina e scrivo il resoconto della giornata per il Socio alla luce azzurrina di un lampione. Uso tre fogli per riassumere la conversazione con il *fassista*, chiudo il taccuino e distendo le gambe. Fa freddo, ma non abbastanza da tenermi sveglio. Mi addormento e sogno libri che esplodono.

## 3

Prima ancora di svegliarmi del tutto, riconosco il treno dal suono, dalla consistenza dei sedili, dall'odore di umido. Sono sul diretto per Cremona, che parte alle dodici e venti dal binario ventidue, lato destro della stazione Centrale di Milano, con la fontanella dell'acqua, il museo dei fossili, gli sbirri della Polfer. Quando apro gli occhi vedo scorrere Lodi: sono a un terzo del viaggio.

Il biglietto è nel taschino della camicia, insieme con gli appunti del Socio. È incavolato. Le lettere non sono squadrate come il solito, presentano lievi imprecisioni.

*Non lasciare piú le chiavi all'Elefante*, scrive.

Ha dovuto lavorare quattro ore per rimettere tutto a posto in casa e tirare a lucido i pavimenti. Non ha gradito l'idea della festa a sorpresa, il concetto stesso di sorpresa gli è estraneo. Lui apprezza la precisione e l'ordine, che diamine. Me lo vedo, acquattato tra i bidoni della spazzatura ad aspettare che i proci si levino.

Poi si è riposato, ha preso le vitamine, e ha deciso per il nostro bene che dovevamo menare le tolle verso la solita meta. Non ha chiesto il mio parere, naturalmente.

La valigia è sotto i miei piedi, sul sedile di fronte. In grembo ho un libro aperto. Guardo la copertina. *Declino e caduta dell'Impero Romano*. Lo sfoglio, sperando sia una storia di sesso e violenza in tunica e sandaloni. Niente da fare.

Il treno si ferma a fare acqua a Codogno. Sulla linea Milano-Mantova mettono solo le vecchie carrette; prima o poi toglieranno anche i sedili, cosí da farci viaggiare ammassati piú comodamente. Ripartiamo poco convinti, attenti alle mucche sui binari.

Apro la valigia ed esamino il contenuto. Biancheria divisa in sacchetti trasparenti. Su ogni sacchetto il Socio ha scritto il giorno corrispondente perché non mi sbagli. Sorpresa sorpresa, c'è anche una mazzetta di fogli legati da un elastico. L'etichetta adesiva sul primo è stampata a computer: FRANCO SCOTTI, dice. Un altro bigliettino è scritto a mano: *Eccoti le informazioni che volevi, spero che ti siano sufficienti.*

Che *io* volevo, guarda un po'. Ci sono fax, fotocopie, tabulati. I fax portano tutti l'intestazione dell'ufficio di Pinocchio, un muscolare che fa recupero crediti a Torino. Non è del tutto idiota, e ci deve dei favori.

Trascorro il resto del viaggio leggendo; per prima cosa apprendo tutto quello che non mi interessa sul mio mancato cliente. Franco Virgilio Stefano Scotti, sposato, divorziato, risposato. Quarantacinque anni, figlio d'arte (suo padre faceva riviste). Fatturato passabile, cinque dipendenti.

Seguono notizie sulla bomba. Niente rapporto di polizia, Pinocchio non è arrivato cosí in alto, solo articoli di giornale. Gli sbirri indagano, intervista alla povera vittima che cade dal pero, foto dell'ufficio e copertine di libri. Non trovo niente di interessante tra i ritagli se non la mancanza di qualsiasi accenno alla rivendicazione anti-fassista. Uhm. Poi un trafiletto microscopico riporta un episodio di cronaca locale: l'incendio nel magazzino di un distributore di libri. La data è dieci giorni precedente alla bomba. Tra i clienti del distributore anche Scotti. L'impianto a schiuma secca ha limitato i danni, ma ha rovinato tutta la merce stivata. Doloso.

Gli altri articoli sono sui cosiddetti squatter torinesi che ai miei tempi si chiamavano autonomi e basta.

Occupazioni di centri sociali e case, sgomberi, denunce. I comitati dei salumai non sanno decidersi se odiano piú loro o gli immigrati. Raffiche d'inchieste in corso, denunce e cotillons. I giornali confermano quello che sapevo già: le azioni degli squatter sono poca cosa, reati civili e scaramucce con gli sbirri durante i cortei. Di solito sono loro a farsi male, perché appena scendono in piazza la prefettura li circonda con le truppe cammellate. Pochina la roba piú pesante, sempre che sia attribuibile a loro: una sede di partito in autocombustione e qualche sacco della mondezza incendiato in mezzo alla strada. Naturalmente, c'è il periodo nero di due anni fa. Tutti i giornali ne hanno parlato e anch'io, che cerco di saperne il meno possibile, ho dovuto constatare che cambiano i tempi, ma la merda rimane sempre la stessa. Come chi se la deve mangiare. Tre squatter sono arrestati, sospettati di essere coinvolti in qualcosa di delirante come i Lupi Grigi. Gli si imputano una serie di attentati in Val di Susa contro gli impianti dell'Alta Velocità. Da quelle parti c'è di tutto, dai serial killer al traffico di armi, ma la magistratura va a pigliare i tre ragazzi, direttamente nella loro casa occupata. Prove a carico dopo un bel po' di pedinamenti con tanto di microspie: un petardo e due volantini. Poco tempo dopo l'arresto, uno di loro si uccide in cella. A ripensarci mi viene ancora la bile: ma porca miseria, arresti un ragazzino e non lo controlli? Le volte che sono andato io in camera di sicurezza mi hanno tolto anche l'elastico delle mutande, e non rischiavo di stare dentro a lungo.

Dopo il suicidio del ragazzo la fama degli squatter diventa internazionale, ed è l'unica volta che si parla davvero di pacchi bomba. Libri con un buco in mezzo pieno di polvere da sparo e innesco a batteria arrivano a magistrati, giudici di sorveglianza e giornalisti infoiati con l'ordine pubblico. Nessuno esplode, sono evidentemente dimostrativi. Vengono attribuiti agli squatter, tanto per cambiare, ma non è chiaro se sia una montatura o davvero la rabbia di qualche compagno del suicidato. Poi piú niente. Dopo un po' di mesi, si uccide un altro degli arrestati, questa volta una ragazza, fidanzata del primo. L'ultimo del trio è ancora in galera, e ci rimarrà per un pezzo. Da allora, pacchi bomba non se ne sono piú visti. Mi sembra strano che saltino fuori adesso, per quell'idiota di Scotti. Non che mi interessi davvero, sia chiaro. Ci penso solo per passare il tempo.

Intanto, il treno si è fermato di nuovo. Riconosco Acquanegra, paesino di tre case e un supermercato, ultima tappa prima della meta. Abbasso il finestrino e aspiro la nebbia che odora di ferodo bruciato. Qualcosa mi si smuove dentro. Me ne sono andato da Cremona minorenne e già mi sembrava tardi, però il mio codice genetico reagisce tutte le volte che torno. Le cellule rallentano i movimenti, la patina da metropolitano si pela via. Quando arrivo a Cremona la metamorfosi è completa, ricomincio ad avere voglia di torrone.

Straccio i fax, li pigio nel portalattine con il libro romano e scendo dal treno. In stazione l'edicola sta chiudendo, la domenica pomeriggio niente giornali. Sul piazzale la Panda azzurra mi aspetta. Le giro attorno, non visto. La donna all'interno ha sessantatre anni ben portati, capelli tinti di nero e cotonati. Le guardo le dita sul volante. Sono come le mie, si muovono allo stesso modo. Le ritrovo nei miei gesti quando mescolo il caffè o accendo un fiammifero. Mi vede nel finestrino e sorride con il mio sorriso, si allunga per aprire lo sportello passeggeri.

– È tornato il figliol prodigo –. Canterella. – Per quanto ti fermi?

Butto la valigia sul sedile posteriore e mi chino a darle un bacio sulla guancia. Sa di crema al limone. – Quindici giorni –. Ho contato i sacchetti guardaroba, non posso sbagliarmi.

– Caspita! Devono spararti per farti stare un po' con tua mamma.

Se penso a mia madre penso alla vita dura. Non c'era molto da stare allegri con un padre ignoto e una famiglia che campava come poteva. Me ne hanno raccontate di cotte e di crude sul bisnonno, pescatore anarchico e alcolizzato, assaltatore di trincea che cercò di uccidere il suo ufficiale, ladro di polli e giocatore.

Mia nonna, sua figlia, era splendida, la usavano come modella per le statue della Vergine Addolorata. Nelle foto somiglia un po' a Sophia Loren con le mani da contadina. Deportata in Germania. Aveva sei tra fratelli e sorelle, doveva essere una bella tavolata stile *Novecento*, con la polenta in mezzo e l'aringa appesa.

A mio zio è toccata la leva di mare anticipata, tanto per tenerlo lontano dal riformatorio, a mia madre subito il collegio, senza neanche passare dal Via. Poi il lavoro nella fabbrica di piastrelle, con la gente che moriva di silicosi, e in quella di marmellate, molto prima delle norme igieniche. Si ricorda che ha mangiato bucce e che le venivano i geloni. È diventata infermiera, si è sposata con un sindacalista, hanno messo su casa, sono nato io. Probabilmente quello è stato il suo periodo piú felice. Però mio padre è morto quasi subito, io ho cominciato ad avere problemi di testa. A volte va cosí, il lieto fine non è previsto.

## 4

Pranziamo in cucina, mia madre si limita a piluccare dalla padella. Da quando ha comprato le pentole per cucinare senza grassi le usa sempre, e tutto quello che prepara ha piú o meno lo stesso sapore. Chiacchieriamo quel poco che è possibile quando si conosce tutto dell'altro e ci sono scarsi argomenti in comune. Mi chiede di Vale e le rispondo diplomaticamente: so che ha nasato lo stile libertino della mia fidanzata, ma è inutile girare il coltello nella piaga. Mi chiede del lavoro e glisso. Passo il resto del pomeriggio svaccato sul divano. Mi istupidisco davanti alla televisione, comincio a fremere, esco.

Cosa si fa a Cremona di sera? L'ho dimenticato. I quattro cinema danno film che mi attirano poco, non conosco piú nessuno: mi sbatto su un tavolino coperto in una piazza del Duomo illuminata a festa. Ci sono due leoni di pietra sul portale della chiesa, consumati dagli anni. Da piccolo mi piaceva sedermici sopra, quando erano caldi di sole. Bah, ricordi da vecchio rimbambito. Il pensiero va automaticamente ad Alfredo, mi sento in colpa per averlo lasciato là. Compro una cartolina con la vista dall'alto della piazza, e gliela scrivo mentre bevo un paio di cose corte e fredde. Continuo a fremere. Cammino per le vie centrali, imbuco la cartolina, faccio lo struscio in galleria, prendo una panna montata con la cannella. Alla fine mi infilo nel posto pubblico Telecom. Sono l'unico bianco, gli altri che usano le cabine vengono tutti dal Nordafrica e dall'India, a occhio e croce. Almeno mi sento a casa.

Infilo la scheda, il numero è ancora quello. – Qui Radio Specchiorosso, da questo momento il tuo telefono è sotto controllo, – risponde una voce femminile.

– Fatica sprecata. C'è Luke The Duke?

– Chi sei?

– Sandrone.

– Vado a vedere –. Nell'attesa mi collegano alle trasmissioni. *Leggiamo questa lettera che ci arriva da un proletario prigioniero rinchiuso alle Nuove. Cari compagni, vi scrivo per denunciare i trattamenti che gli obiettori totali subiscono*... Ascolto distratto. Una ragazza con i dread entra nella cabina di fianco alla mia, bella da fare paura, anfibi, carnagione oliva. Le sorrido prima di accorgermi che il suo accompagnatore non la perde d'occhio. È l'opposto di lei, piccolo, giallastro e brutto. Dissimulo con un colpo di tosse. *E per quanto riguarda la possibilità di parlare con i familiari*...

– Sí pronto? – L'erre moscia è inconfondibile.

– Ciao Luke, ancora a piede libero?

– Guarda guarda... ti hanno riesumato?

– Non del tutto.

C'insultiamo allegramente. – Ascolta, – dico poi, – ho un dubbio da levarmi.

– Siamo qui per questo, per togliere i dubbi ed educare le masse. Ma sbrigati che tra un po' ho la rassegna stampa.

– Alle dieci di sera?

– Tanto le notizie sui giornali sono già vecchie la mattina. E noi non ci limitiamo a leggere, interpretiamo.

– Che delizia. Ascolta, ti faccio un nome.

– Bene.

– Franco Scotti.

Mumble mumble. – È un compagno?

– Negativo.

– Sbirro? Giudice? Giornalista?

– Eddài.
– Mai sentito. Perché?
– Qualcuno gli vuole male.
– Sapessi quanti ne vogliono a me.
– Nel tuo caso hanno ragione –. La ragazza sta discutendo al telefono, l'accompagnatore se ne va. – Anche nel suo, a essere sinceri.
– Da che parte viene chi gli vuole male?
– Sembra dalla tua. Non so dirti che gruppo, sottogruppo o famiglia: siete quattro gatti e continuate a litigare.
– Chiamasi contraddizioni in seno al popolo –. Dice soprappensiero. – Questo qui è uno dei tuoi protetti, per caso?
– Manco morto.
– E allora perché t'interessa?
Ci pensassi bene direi che non mi interessa per niente. Ignoro la domanda. – Puoi chiedere in giro?
– Se mi dici per chi stai lavorando.
– Non posso essere curioso e basta?
– Tu? A gratis?
– Io, a gratis.
Ride. – Devo andare, comincia la mia trasmissione...
– Se le notizie sono vecchie, vecchie rimangono. Allora? Giuro che non c'è niente per cui la tua coscienza possa rimordere.
– Non dire quella parola, che in bocca tua stona. Chiama domani.
– Ok, baci.

Riattacco velocemente. La ragazza con i dread sta tirando delle anfibiate terribili al telefono. C'è un po' di maretta, l'impiegato del bancone arriva incredulo. A pochi passi dal Torrazzo nessuno ha mai osato deturpare il suo regno.
– T'insegno io a mangiarmi la scheda –. Grida la ragazza. – Macchinetta Di Merda –. Punteggia le parole con i calci.
L'impiegato l'afferra. È un ciccione con i prodromi

dell'infarto, incavolato come una serpe. La sua mano circonda l'avambraccio della ragazza, stringe e tira. Lei è a mezzo di un calcio, perde l'equilibrio e vola giú sacramentando. Non ha ancora toccato terra che già si è avvinghiata alla gamba dell'uomo e morde. L'impiegato urla, si raccoglie una piccola folla.

– Brutta puttana, ti conosco io. Sei sempre qui a rompere le balle –. L'impiegato è riuscito a sfilare la gamba, e guarda la ragazza ansando. Lei ride, ancora a terra. – Chiamo la polizia, e le paghi tutte.

– Chiama tua nonna, sacco di merda –. Si rialza agilissima e tira un altro calcio all'apparecchio, ruotando su se stessa come Van Damme. La cornetta si stacca dalla forcella, colpisce il vetro che si incrina.

– Adesso bastaaa! – L'impiegato parte alla carica. Gli faccio lo sgambetto. Cade a piombo, scivola e batte la testa contro lo spigolo di una cabina. Sento un tuffo al cuore: non volevo si facesse male, solo non schiacciasse la cosa piú bella che ho visto negli ultimi giorni.

Va a merito della ragazza non perdere tempo a infierire. Si limita a togliersi dalla traiettoria e a infilare la porta. La seguo, è fuori che mi aspetta, a pochi metri. Proseguiamo affiancati lungo il corso. Vorrei che qualcuno ci fotografasse, potrei vantarmi con gli amici.

– Grazie per il piede, – dice. Non c'è piú traccia di furia nei suoi occhi. Blu.

– Prego. La prossima volta chiedi indietro i soldi invece di fare tutto quel casino.

– Mi sta sul cazzo quel porco, è sempre a cercare di rimorchiare le ragazzine.

– Lo ha fatto anche con te?

– Io non sono una ragazzina.

– Vedo –. Bene, è il momento. Butta la battuta d'aggancio. Qualcosa di intelligente. – Che fai, adesso? – Molto originale.

– Vado a bere –. Ci pensa su, vedo che mi squadra da sopra la spalla. Fingo di nulla. – Vieni? – dice.

– Sicuro.

Mi porta a casa sua, provvedendo in anticipo a smorzare le mie aspettative. Non vive sola. Si chiama Vera, ventisette anni.

Il suo appartamento è in un palazzo di viale Po. La facciata è ricoperta di impalcature, ma dentro sembra tutto a posto, a parte qualche sacco di cemento nell'atrio su cui inciampo sacramentando. Non l'avevo visto, nel buio.

– Stai attento. Hanno quasi finito i lavori, ma ci sono in giro un po' di porcherie.

– Che hanno fatto?

– Cascavano i topi dal tetto, era tutto marcio. Per farlo riparare noi inquilini abbiamo dovuto fare casino con il Comune. È una casa popolare di merda. Ci hanno messo un anno, ma adesso hanno quasi finito di spaccare il cazzo con le betoniere.

Due piani piú sopra siamo nel suo bilocale di trenta metri quadri. Ci sono tre uomini che aspettano, e lo riempiono tutto.

– Sono tornata! – urla Vera saltando sul letto. L'uomo disteso le si avvinghia. Era quello che ho visto con lei alle cabine.

Gli altri continuano a giocare a scacchi seduti sul pavimento, ignorando il cancan. Il piú anziano deve avere cinquant'anni, e gli manca un pezzo d'orecchio. Il secondo ha piú o meno la mia età, la faccia segnata da piccole cicatrici. Come tavolino usano una tolla di vernice da venti chili. Ce ne sono altre sparse in giro insieme con latte di stucco e sacchi di gesso. Il cantiere sotto casa deve fornire una scorta inesauribile di prodotti per la manutenzione dell'appartamento, anche se non vedo tracce di lavori in corso.

Mi siedo vicino a loro. – Se do fastidio, ditelo.

Bofonchiano qualcosa in albanese. Piú o meno *e questo chi cazzo è, boh?*

– Mi chiamo Sandrone, piacere, – rispondo nella loro lingua.

Si voltano a guardarmi, sorpresi. Proseguo in italiano. – Prima che vi lanciate in discorsi complicati, vi avviso che so dire solo tre parole in croce.

Anche il piú anziano passa a un italiano abbastanza corretto. – Sei stato nella nostra terra?

– No, ma giocavo a dadi nella mia.

I primi albanesi che ho conosciuto gestivano la bisca sul marciapiede di piazzale Durante, a Milano. Qualche anno fa. Poi sono passati a rubare le macchine e io a fare i solitari. Molto meno divertente, molto piú economico.

Il giovane ride. Dice qualcosa tipo: *guarda questo figlio di puttana*. Poi, in italiano. – Ci sono stato, a Milano. Brutta città.

– Meglio Tirana, eh?

– Non adesso.

Vera urla dal letto. – Non ho fatto le presentazioni! Loro sono Ismail e Sami. Lui è Sandrone.

– Lo sappiamo già, – dice l'anziano. – Io sono Ismail –. Ci stringiamo la mano, poi faccio lo stesso con Sami.

– Questo qui sul letto invece è Adrian. Non stiamo scopando, puoi alzare la faccia.

Lo faccio, stringo la terza mano. Adrian è disteso sulla pancia, e Vera lo sta schiacciando con il suo dolce peso, tirandogli le orecchie. – Non lo vuole capire questo testone chi è che comanda –. Gli sbatte la testa contro il materasso.

– È sempre cosí attiva? – chiedo a Ismail.

– Adesso è tranquilla. Molto tranquilla.

Il ghiaccio è rotto, tra pavimento e letto facciamo girare una bottiglia di grappa. Chiacchieriamo di viaggi in classe Sans-Papier, poi i tre maschietti si piazzano davanti al televisore. Fanno *Canzonissima*, replica in bianco e nero. Protetto dal tuca-tuca a volume altissimo ho il mio momento di intimità con Vera al tavolo del tinello. – Ma i tuoi vicini non si lamentano del rumore?

– Si lamentano sempre di tutto –. Lei spolpa un pollo preso dal frigo. – Ma il vecchio di sopra è sordo e sotto non ci abita nessuno. Quindi, rompiamo solo allo stronzo qui davanti. Che, per me, può andare a morire ammazzato –. Indica il povero animale. – Sicuro che non ne vuoi?

– Sicuro –. Guardarla mangiare è uno spettacolo che non va interrotto. – Sono vegetariano.

– Brutta abitudine –. Occhieggia i tre davanti al video, che si danno pacche pelandosi dal ridere. Scuote la testa. – Mai visto tre sfigati cosí, – dice masticando. Ha una bocca enorme, piú grande di lei. – È da un tot che cercano di farsi prendere come bergamini, non c'è un cane che li voglia.

– C'è un mare di lavoro al mondo, oltre che mungere le mucche.

– Loro li fanno tutti, piú o meno, almeno quelli da carovana.

– Tipo il circo?

– No, scemo –. Ride. – Le carovane di facchinaggio. Anzi, *la* carovana, visto che lavorano solo per una. Agenzia Corti, traslochi e svuotamento cantine. Dodicimila all'ora. Una merda. Arrivano a casa sporchi ribosi –. Scuote la testa. – Non sono deficienti, ma non sanno fare un cazzo di utile. Adri era un postino, non volevo crederci quando me lo ha detto.

– Bei vecchi tempi quando si usavano i piccioni.

– Una volta l'ho mangiato, il piccione. Buono –. Si lecca le dita unte, una alla volta. Tengo a freno i pensieri. – Tu che fai?

– Al momento disoccupato, – glisso. – Forse potrei provare alla Carovana Corti anch'io.

– Se ti va di farti svegliare alle sei del mattino da mister *Ai*gor Corti, che urla nel telefono che sei in ritardo...

Rabbrividisco. – Forse piú avanti, adesso sono in vacanza.

– Non sembri il tipo da vacanze.

– E che tipo sono? – mormoro prendendole la mano. – Fammi pure qualche complimento.

Mi gela. – A occhio e croce un reduce, – dice seria. – Un reduce come Ismail. Deve aver combattuto una guerra da qualche parte, anche se non parla mai dei cazzi suoi.

Cerco di sorridere, mi viene male con i peli ritti. – Io sono un pacifista.

– Davvero? – Fruga nel piatto e tira fuori l'osso dello sterno perfettamente spolpato. Me lo porge. – Tieni, pacifista. Se non hai schifo a toccare un cadavere.

Qualche immagine mi viaggia in testa per conto suo, niente a che fare con il pollo. Afferro l'estremità dal mio lato. – Adesso?

– Non devi portartelo a casa, solo esprimere un desiderio e tirare. Come facevi da piccolo.

– Mai stato piccolo –. Mi concentro, tiro e mi rimane la parte piú lunga. I tre maschietti non escono a prendere il gelato e Vera rimane vestita. – Non funziona, – dico.

– Per certi desideri occorre tempo –. Sorride.

Mi sa che ha capito, mi sa che non ci voleva molto.

## 5

Tornando dalla comune di Vera faccio il giro lungo per smaltire l'alcool. Vicoli e vicoletti, soprattutto, dove sono l'unico a strisciare lungo i muri. Cremona è invecchiata dall'ultima volta che l'ho guardata con attenzione, ed è invecchiata male. Case fatiscenti in quantità, rampicanti sulle finestre. Mi ha l'aria che dietro la maggior parte delle persiane chiuse non ci sia nessuno.

Camminando, gioco al sopravvissuto della guerra nucleare tra i cumuli di macerie e mondezza, ma il divertimento dura poco. Mi sento strano ancora prima di arrivare in vista di casa, brividi e testa vuota. Crollo al tavolo della cucina, mentre la caffettiera sta facendo salire il caffè. Mi risveglio dodici ore dopo, di nuovo con il buio, ficcato sotto le coperte. Ho la febbre a trentanove, dolore di ossa e labbra secche.

*Stattene un po' tranquillo*, scrive il Socio. Non c'è problema. Passo i due giorni seguenti in posizione orizzontale bevendo tè, mangiando riso in bianco, sognando lucido il Servizio Maniaci e il manicomio. Quando ho la febbre alta, riesco a sentire il Socio premermi ai margini della coscienza. O sono io che premo sulla sua. Se ne ha una. Magari usa la mia quando guardo da un'altra parte.

Il terzo giorno sono quasi sano, non fosse che ho perso un altro chilo faticosamente riguadagnato. Il brodino vegetale mi riacutizza la tristezza.

– Non ti va? – chiede mia madre, offesa. – Ci ho messo un giorno a farlo senza dadi.

– È ottimo.

Si alza per sbrigare qualche faccenda, vuoto il piatto nel lavello.

Telefono a casa mia e ascolto i messaggi sulla segreteria telefonica. Sono tre, tutti di Scotti. L'ultimo con colonna sonora. Musichetta tipo organo Bontempi, con una voce sopra. – *Galassia, ultima colonia. Eccovi i viaggi dell'Astronave Perduta alla ricerca di casa. E, nel suo percorso stellare, nuovi mondi e civiltà fantastiche...*

Tasto 3, cancellazione.

Sta insistendo, la cosa mi irrita. È l'unico cliente che mi cerca, la cosa mi angoscia. So che tra un po' arriverà una cortese telefonata della banca, o una lettera di quelli della carta di credito; sto campando con i soldi loro, prima o poi si stuferanno.

La carta che usavo fino all'anno scorso sono venuti a tagliarmela a domicilio. Per coprire il rosso ho dovuto farmi fare un prestito da uno strozzino legale, di quelli che usano i giocatori di cavalli: finanziamento immediato, rate da paura. La mia strategia di sopravvivenza è quella di spostare in avanti i debiti e farmi pagare cash, ma adesso sono fermo, non so per quanto. Sono stufo, continuo ad avere paura della miseria e della morte.

Esco.

Luce pastello dell'ora di pranzo, odore di sugo dalle finestre, gente amodino in strada; nel tempo che ci metto per arrivare al Centro Tao sono ancora piú depresso. Il Centro è rimasto il solito buco bianco asettico, con le gigantografie dell'India sulle pareti. La segretaria però è nuova, una trentenne tinta platino con due chili di palta in faccia e veste azzurrina. Sta parlando con una donna sulla cinquantina, dotata di cagnolino da grembo. Mi fa segno di accomodarmi sul divanetto di bambú, tra un uomo in grisaglia e una teenager dallo sguardo bovino. Le sorrido, non reagisce.

– Quanto mi costerebbe il trattamento completo? – Sta chiedendo la cliente al banco.

– Nulla, naturalmente. Il Dottore non presta la Sua

opera per i soldi –. La bionda butta fuori le maiuscole come bolle, tono scandalizzato.

La cliente si rattrappisce. – Mi scusi, non potevo sapere…

– *Naturalmente*, chiediamo un contributo per l'Attività della Nostra Associazione Culturale.

– E quanto sarebbe?

– *Naturalmente* la Donazione è libera. Tutto ciò che viene dal Cuore è bene accetto –. La segretaria allarga le braccia; mi aspetto di vederla levitare. – Ci permettiamo solo di *suggerire* un Ammontare che corrisponde alle spese che il Centro sostiene. Per esempio, per il Ciclo di Bagni Rigeneranti al Fieno… – Spara una cifra da far rizzare i capelli.

L'altra tentenna. – Non pensavo che fosse cosí caro…

– È solo un *contributo* e si ricordi che la Salute non ha prezzo –. La bionda cambia marcia e passa al martellamento ai fianchi. – E neppure l'Equilibrio Interiore. In ogni modo, abbiamo trattamenti per tutte le tasche –. Snocciola una serie di terapie improbabili, adatte per le tasche di Paperone. La cliente suda, si agita sulla sedia. Il cagnolino ballonzola.

Strizzo l'occhio alla ragazza alla mia sinistra. – Il dottore è un sant'uomo, non è vero? Sono anni che mi ha in cura.

Si scuote dal torpore. – Davvero? Io è la prima volta che ci vengo. Mi hanno detto che è bravissimo.

– Di piú, ha risolto i miei problemi.

– Per che cosa?

Abbasso la voce. – Capelli. Mi fa un trattamento particolare contro la caduta.

Lei cerca di non fissare la mia pelata alla Mastro Lindo, non ci riesce. – Davvero? – Ripete, un filo meno entusiasta di prima.

– Non vedo l'ora di potermi fare le treccine.

Intanto la cliente è stata messa in un angolo. Sfoglia i depliant e acquista a prezzo scontato un orribile lavaggio del colon. Quando se ne va con aria suonata mi precipito alla scrivania.

La segretaria mi riprende. – Mi dispiace, Deve aspettare il suo Turno –. Da vicino è quasi carina.

– Devo solo fare due chiacchiere con il dottore.

– Capisco –. Sorride rapinosa. – Aspetti il suo Turno, che le fisso un Appuntamento.

– Si limiti a chiamarlo, per favore. Ho visto uscire un paziente dallo studio, quindi sarà da solo.

– Purtroppo non posso. Vede, tra un paziente e l'altro il DOTTORE MEDITA! – Le ultime parole le ha urlate, e per un attimo ho la visione del suo velopendulo.

Non mi scompongo. – Fa le parole crociate, vuol dire –. La vedo sbiancare e proseguo, sussurrando confidenziale. – Vede, prima che lo cacciassero da Milano con le torce e i forconi ero io a procurargli la clientela –. Le batto sulla mano inanellata. – Mi consideri uno di famiglia.

Si eleva di scatto e sparisce nella porta dello studio. Indossa sandali con il rialzo di dieci centimetri.

Il dottore arriva con incedere elegante e si blocca quando mi vede. Con il kimono e il codino sembra il perfido Ming del pianeta Mongo. Esce immediatamente dal ruolo. – Cazzo, Sandrone.

– Dottore, mi salvi! Le donne non mi guardano piú –. Urlo.

Si riprende. – Presto, venga di là. Le farò un trattamento d'urgenza –. Si rivolge alla segretaria. – Signorina, per un'ora non prendo piú nessuno.

– Sí Dottore –. Tono professionale, sguardo torvo. Dieci a uno che è lei a tenere la cassa.

Aspettiamo di essere dietro la porta chiusa prima di metterci a ridere. Poi ci abbracciamo.

– Ho letto di te sui giornali, – mi dice. – Ho un amico famoso.

– Famigerato, al limite –. Mi guardo intorno. Arredamento di lusso. – Te la stai cavando bene, mi pare.

– Non mi lamento. Faccio un po' di scena e i pazienti sono cosí contenti che mi tocca fare orario continuato. Tu come stai?

Conto sulle dita. – Mi fa male dappertutto. Non ho appetito. Sono debole. Sono triste.

Si siede sull'angolo della scrivania. – Hai provato con un esorcista?

– Tipo te?

– Tante grazie – bofonchia. – Dài spogliati e stenditi sul tatami.

– Sei scemo? Volevo solo salutarti.

– Dài che poi ti do qualche vitamina da sciogliere nel whisky –. Accende un pezzo d'incenso in un turibolo di pietra. – Su, poche balle.

Obbedisco. Lamberto è un ciarlatano di talento, posso fidarmi. Per quel che vale, era un medico vero prima che lo mettessero dentro per aver curato un latitante. Adesso, radiato dall'Ordine, fa quello che può fare.

Esamina la mia schiena. Diteggia.

– Ahi.

– Taci –. Diteggia e bofonchia. – Cos'era?

– Calibro trentotto.

Mi fa girare. – Ed è uscita da qui.

– Che occhio.

– Compromissione ai polmoni?

– Tanto non fumo piú.

– Non ci scherzare –. Pigia e preme. – Anche la coscia?

– Yes.

Mi muove il piede, lo confronta con l'altro. – Quando comprometti una parte del corpo, tendi a usarla in modo improprio. Sicuramente ti fa piú male l'altra gamba, adesso.

– Sono colpito dalla tua bravura.

– È perché ti ci appoggi di piú e in modo scorretto –. Mi sfiora il collo, poi le spalle. – Sei teso. Fai sesso ogni tanto? È la medicina migliore.

– Allora spero che la vendano in pillole.

– Oh oh. E Valentina?

– Si è presa un bimestre sabbatico per isolette tropicali. Con qualche imbecille.

– La gelosia avvelena il sangue –. Mi solletica la pianta dei piedi. – Ti faccio un trattamento con la moxa.

– Se c'entra con il colon lascia perdere.

Dalla scrivania prende una specie di sigaro e lo accende. Odore di paglia bruciata. – La moxa è questo coso qui. Serve per scaldare gli tsubo.

– Chiaro.

– È come l'agopuntura, senza aghi. So che sei un fifone.

Chiudo gli occhi e lo lascio fare. Avvicina il sigaro alla mia pelle finché si scalda, poi sposta in un'altra zona. È piacevole. Mi rilasso sul tappeto setoso, guardando il fumo azzurrino che si muove nell'aria. Ci vedo forme di animali.

– Ho conosciuto una ragazza l'altra sera, – dico sognante.

– Carina?

– Molto, e molto vivace.

– Mi sembra l'ideale per farti passare il broncio.

– La penso allo stesso modo, ma non posso corteggiarla, perché ha tre accompagnatori che la tampinano stretta –. La nube di fumo è diventata il grugno di un maiale, il mio animale preferito. – L'unica speranza è che trovino un lavoro fisso e si tolgano dai piedi. Te ne intendi di campagna?

– Vivo in cascina, quindi direi di sí.

– Come si fa a piazzare tre lavoranti extracomunitari?

– Dipende dalla razza. Nei campi vanno bene i polacchi, possibilmente con famiglia. Gli uomini fanno i lavori pesanti e le donne quelli un po' piú leggeri, come la raccolta dell'uva e le pulizie. Prendono meno degli africani e sono ancora piú accondiscendenti. Nelle stalle, invece, solo indiani e pachistani. Sono la nuova moda.

– E gli albanesi?

– Quelli fanno battere le donne e spacciano.

– Poniamo che vogliano lavorare onestamente.

– Senti da che pulpito –. Ride. – Mah, con la raccomandazione del Papa potrebbero lavare i vetri alle automobili.

– Molto incoraggiante.

– Colpa loro, fanno di tutto per non essere troppo

amati. Riescono a fare danni anche a Cremona, che non succede mai un cazzo. L'unico morto ammazzato dell'anno è un albanese, tu pensa.

– Non ne sapevo niente.

– Infatti, è successo un'ora fa. Me l'ha detto la paziente che è andata via adesso. C'è tutto viale Po bloccato per le macchine della madama.

Ho un attacco di pelle d'oca. – Viale Po?

Lamberto rimane con la brace a mezz'aria. – Lo hanno ammazzato vicino a dove abita la mia paziente. La casa a fianco, mi pare. Non ho preso appunti.

Mi rizzo. – Hai una scheda della tua paziente?

– Certo.

– Guardala e dimmi a che numero abita.

– Dopo.

– Adesso.

– Che cazzo... – Va alla scrivania, io salto dietro il paravento a rimettermi i miei stracci. – All'ottanta, – dice. – E quindi?

– Indovina dove abita la tipa di cui ti parlavo.

– All'ottantadue?

– Settantotto. Stai tranquillo che è la casa giusta.

– Sono colpito dalla tua propensione agli incidenti –. Ridacchia come uno scemo, poi vede la mia faccia quando esco dallo spogliatoio e smette subito. – Vuoi che chiami per aggiornamenti?

– No.

– No?

– No. Non sono cavoli miei. Figurati se mi voglio impicciare. Meno ne so, meglio sto.

– Allora perché ti rivesti?

– Mi è venuto freddo.

– Capisco.

– Non sono cavoli miei, Lamberto.

– Ho detto che capisco.

– Vai all'inferno –. Sbatto la porta.

# 6

Sotto casa di Vera c'è una parata da giorni di festa: auto con le lucette, ambulanze, cristoni con la divisa, folla plaudente. Ragazzi in nero o in blu arrivano sirena in resta, sgommano, e saltano giú con la mano nervosa alla fondina. Il pubblico gradisce, i fotografi fotografano, l'eccitazione cresce.

Una signora sui quaranta ha portato i due pargoli allo spettacolo gratuito. – Che è successo? – le chiedo.

Mi esamina in cerca di telecamere. – Lei è un giornalista?

– No.

– Peccato. Perché sono arrivata prima di tutti gli altri –. Indica il cerchio di corvi che si ingrossa. – Ho visto portare via il cadavere, ero lí a neanche due metri.

– Sicura che fosse un cadavere?

– L'hanno messo in un sacco di plastica. Se era vivo non lo facevano, no?

– Giusto –. In *E.R.*, almeno. – E chi è stato ucciso?

Alza le spalle. – Uno di quei delinquenti.

– Un albanese?

– Di quella razza là.

Fitta allo stomaco. – E la ragazza? So che c'era una ragazza che abitava con lui.

– L'italiana?

– Sí.

– L'hanno messa in prigione, – dice soddisfatta.

– Perché? Cosa ha fatto?

Dal mio tono deve essere trapelato il mio desiderio

di strozzarla. La megera mi scruta meglio, poi tira verso di sé i figli. – Lo sanno tutti che è una, – abbassa la voce, – p-r-o-s-t-i-t-u-t-a.

– Ah lo sanno tutti?

– Tranne lei, pare.

Non la saluto e procedo verso l'ingresso del palazzo. Il crocchio maggiore è tutto attorno al cordone dei carabinieri. Folla variopinta, divisa per classi sociali come si conviene. Le massaie, quelle in ciabatte sono le piú rumorose, un'onda che entra ed esce dai portoni vicini. Appoggiati al muro di fronte, una decina di studenti zainettuti. Quasi tutti hanno un cellulare in mano, per raccontare agli amici distanti. Poi gli impiegati in pausa pranzo, con i panini in mano. Ci sono anche i muratori che lavorano nel palazzo, quelli del tetto marcio, gli unici a trovarsi oltre i cordoni. Tre sono seduti lungo un portone di ferro, la faccia allegra di chi si gode una pausa piú lunga del previsto. Il quarto, in piedi, si guarda cupamente le mani mostrando la pelata. Deve essere il caposquadra, quello che paga.

Mi piazzo nel bar vicino, cercando di non ascoltare le chiacchiere. Il barista sta facendo gli straordinari, sono finiti tramezzini e brioche. Con un morto al giorno potrebbe farsi la macchina nuova, racconta.

Dalla vetrina osservo proseguire le grandi manovre. La folla comincia a scemare e l'atteggiamento delle divise a farsi piú rilassato. Quando vedo che cominciano a far entrare chi abita nel palazzo, pago le grappe ed esco.

C'è un minimarket poco distante, vado e compro dieci teste d'insalata. Con le sporte in braccio che mi coprono la faccia girello ai margini dello show. Una coppia sui sessanta si avvicina all'ingresso. Vanno con passo deciso, le chiavi di casa nella mano dell'uomo. Mi accodo e rivolgo loro la parola. – Che guaio, eh?

– È uno sconcio –. L'uomo ha la faccia rossa, e puzza di vino. – Sapevo che sarebbe successo. Vengono, fanno i loro porci comodi, pensano di essere i padroni del mondo.

– Ci vorrebbe la pena di morte, – aggiungo. – E la tortura.

Il pulotto al portone ci guarda. Sembriamo una simpatica famigliola. – Abitate qui? – chiede alla donna.

– Primo piano. Devo dare i documenti? – risponde lei speranzosa: non glieli hanno piú chiesti dal referendum sulla Repubblica. Io affondo ancora di piú il viso tra le foglie, pronto a girare sui tacchi.

– Non c'è bisogno. Prego –. Il pulotto si sposta, passo anch'io continuando a parlare a vanvera. Lascio la coppietta al primo e continuo a salire. Al terzo la porta di Vera è chiusa, con uno sbirro davanti che si gratta. Ok, già sapevo che non poteva essere una coincidenza, ma l'avevo sperato. Da lí non passo, comunque.

Salgo fino al quarto, mollo le borse sul pianerottolo e suono all'appartamento sopra quello che mi interessa.

Voce di uomo. – Chi è?

Sorrido all'occhio magico. – Scusi, devo controllare una cosa. Sa, per quello che è successo...

La porta si apre. C'è un settantenne in mutandoni e apparecchio acustico. – Cosa deve controllare?

– Il suo balcone. Le dispiace? – Supero il vecchio, procedendo nel soggiorno. Odore di cavolo e un caldo boia da stufetta elettrica.

Il vecchio mi segue. – Lei è della polizia?

– Non proprio –. Apro la portafinestra. Il sudore mi si ghiaccia.

Il padrone di casa si avvolge nella tenda per non morire assiderato. Spero che non gli venga il coccolone. – È un magistrato?

– Alla prossima la indovina –. Sposto i vasi di gerani e guardo sotto. Dal balcone di Vera non si sporgono teste. – Comunque grazie, la municipalità le è grata, – dico al vecchio combattendo le vertigini. Scavalco e mi aggancio al bordo inferiore della ringhiera, penzolandomi nel vuoto

Spalanca la bocca. – Ma...

– Non si... preoccupi, – ansimo. – Noi della Swat siamo... abituati a tutto.

Sento che sto perdendo la presa. Ondeggio e salto di sotto. Atterro sul balcone di Vera strisciando la colonna vertebrale contro la ringhiera. Il contraccolpo mi fa ballare i denti. Le gambe sembrano danneggiate in modo uniforme, Lamberto sarebbe contento.

Pigio il naso contro il vetro sporco, spiando tra le tendine. Stanza da letto. Ci sono due in borghese che mi voltano la schiena, in mezzo al porcaio della perquisizione accurata. La finestra è chiusa. Infilo il coltellino tra i battenti e faccio girare la maniglia, poi spingo. Un cigolio terrificante, da castello di Dracula. Le due schiene continuano a farsi i fatti loro. Una sparisce dietro l'angolo.

*O dentro o fuori, ciccio.* Spingo, entro con una folata di vento che fa ondeggiare il lampadario. Richiudo senza guardare, il piú silenziosamente possibile. Penso di avere giusto qualche secondo prima che si accorgano di me, e osservo tutto quello che posso. Cassetti aperti, vestiti in giro, roba rotta di qui e di là. Il tavolo dove mi ero seduto a chiacchierare con Vera è gambe all'aria, il televisore smontato. Cercano droga. O Puffi, non si può mai sapere.

L'odore mi arriva alle narici. Sangue e feci. Adesso vedo il letto: è macchiato di scuro. Sulla parete schizzi a forma di punto esclamativo, disposti ad arco. Sangue arterioso, arma da taglio. Non c'è nessun corpo in giro. Aveva ragione la vecchia, gli infermieri hanno fatto pulizia.

Uno degli sbirri è in cucina a raccogliere peli, l'altro davanti al tavolo del salottino che esamina una serie di polaroid disposte in file regolari. Guardo da sopra la sua spalla, il soggetto è sempre lo stesso, ripreso da varie angolazioni. È Adrian, morto mortissimo, raggomitolato sul letto. Ha addosso solo le mutande, abbassate sulle cosce, stracci imbevuti di sangue. Una ferita gli apre in due una guancia, vedo i denti attraverso, le braccia e le gambe martoriate di tagli e buchi. Nelle foto della fila centrale è stato girato sulla schiena, ferite su petto, pancia e collo. L'hanno scannato per bene.

Il tipo sta scrivendo su un taccuino. – Devi proprio starmi attaccato al culo? – chiede senza guardarmi.

Mi allontano silenziosamente, sperando che il suo collega piegato davanti al lavello non abbia sentito. Ho visto quello che volevo vedere. Non ci sono foto di Vera. Dove e come stia, non so.

Cammino fino all'ingresso sentendomi l'uomo invisibile. Sulla scena del delitto, ignorato da tutti. Apro la porta. Il piantone mi fissa, mi volto verso la stanza. – Te la vado a prendere io, – grido. L'uomo al tavolo alza lo sguardo, battendo le palpebre. Richiudo.

Il pulotto ha un punto interrogativo al posto della faccia. Non mi ha visto entrare, ma se esco da lí devo far parte della squadra. O no? Prima che faccia domande metto su un'espressione incavolata. – Sempre io a fare il fattorino, – bofonchio. – Torno subito.

Scendo le scale con passo quasi tranquillo, nessuno mi insegue. Al primo piano comincio a incespicare: mi appoggio alla parete e aspetto che passi la tremarella.

## 7

Il giorno dopo per distrarmi faccio l'inventario delle cose che ho accumulato con gli anni nella cantina di mia madre. Quando cambiavo casa, le mollavo qualche pacco di cui non sapevo che fare. Pezzi di mobile, libri, pantaloni a zampa d'elefante. Ci sono i miei giocattoli dell'infanzia e tutti i libri di Salgari, impilati in un surgelatore che ha avuto vita breve.

*Guarda, il Corsaro Nero piange.* Potrei recitarlo parola per parola senza troppa fatica. Ricordo tutto quello che leggo o ascolto, a scuola mi facevano salire in piedi sulla sedia a dare spettacolo. Me ne è occorso di tempo per capire cos'ero realmente e imparassi a nascondermi. Quasi quanto mi ce n'è voluto per imparare ad accettarmi.

Continuo a frugare, senza vedere realmente quello che prendo in mano. Ho sempre davanti agli occhi le fotografie di Adrian, le tracce della sua morte. Devo smettere di pensarci. È stato un incidente di percorso, me lo lascerò alle spalle una volta salito su quel fetentissimo treno a carbone che mi riporterà a Milano. Rimango della mia idea per un tempo sufficientemente lungo. Non accendo la televisione, non esco, non parlo neanche con mia madre nel dubbio che tiri fuori il discorso. Mangio qualcosa, mi butto sul divano cercando di addormentarmi. Manco per idea.

A mezzanotte chiamo Lamberto.

– Hai interrotto la mia meditazione, – risponde. – Poi Buddha si arrabbia.

– Vai a prendere il giornale, – dico.

– Quale?

– Quello di oggi. Leggimi l'articolo sulla storia degli albanesi.

– Pensavo che non ti riguardasse.

– Lamberto...

– Sto andando –. Posa la cornetta. – Sei pronto? – dice dopo un minuto. Ho sentito la voce femminile scocciata sullo sfondo: la segretaria tutto fare si lamenta del letto freddo.

– Vai.

Tossicchia. – Prima pagina: *Ancora crimine extracomunitario. Un regolamento di conti tra albanesi finisce in tragedia. Coinvolta una cittadina cremonese.* C'è il rimando in cronaca –. Fruscio di pagine. – Nuovo titolo, piú artistico: *La casa degli orrori.* Che prosa, eh? *Era uno spettacolo da far accapponare la pelle quello che si è presentato davanti agli occhi dei carabinieri che sono accorsi in viale Po 78, ieri alle ore 13.30. A dare l'allarme era stato un pensionato, abitante nel palazzo, spaventato dalle urla che provenivano dall'appartamento vicino. «Correte, – aveva detto al numero del pronto intervento, – stanno ammazzando qualcuno». La polizia si è presentata all'appartamento indicato, trovando la porta d'ingresso socchiusa. Entrando, hanno trovato riverso sul letto il corpo di un uomo, identificato poi come Adrian Patoil, cittadino albanese, completamente coperto di sangue. Secondo il racconto del vicino che aveva guidato gli agenti, l'appartamento era «in un caos indescrivibile, con spruzzi di sangue sulle pareti e persino sul soffitto». Nonostante l'immediato sopraggiungere dell'ambulanza, per l'uomo non c'è stato nulla da fare. Era già morto per l'emorragia causata dalle ferite alla gola e al petto, infertegli con il coltello da cucina che gli inquirenti hanno individuato poi sul pavimento. Immediatamente è scattata la caccia agli autori dell'efferato omicidio, fortunatamente di breve durata. Nemmeno mezz'ora dopo, una volante della Polizia di Stato fermava i sedicenti Ismail Kater e Sami Irades, anch'essi cittadini albanesi, all'ingresso dell'au-*

*tostrada per Piacenza: erano a bordo di un'automobile che risulterà rubata. I due sospetti erano in evidente stato di sovreccitazione, e i loro abiti ancora sporchi di sangue. Nel loro disperato tentativo di fuga, i due extracomunitari si sono ribellati con violenza alla cattura, aggredendo gli agenti. Un agente ha riportato contusioni giudicate guaribili in cinque giorni* –. Lamberto si ferma e sento che si accende una sigaretta. – Si sarà spellato le nocche a forza di menarli, immagino.

– Prosegui –. Cammino in cerchio a piedi nudi sul tappeto. Il cordless mi scalda l'orecchio.

– Sí, signore. Dunque... *indosso ai due malviventi è stato trovato un quantitativo di hashish che gli inquirenti hanno definito «significativo»*. (Traduzione, mezza canna). *Nelle stesse ore veniva posta in stato di fermo l'affittuaria dell'appartamento, Vera Mezza, di anni ventotto, impiegata alla Speranzi. Anche se nell'ora del delitto la Mezza risultava sul posto di lavoro, gli inquirenti non escludono la possibilità di un'accusa di favoreggiamento, ma si mormora di qualcosa di peggio. Gli inquirenti non escludono, infatti, che l'appartamento sia stato utilizzato come base per attività illecite. Erano già giunte in Questura segnalazioni di cittadini allarmati per quello che accadeva dietro le mura della casa di viale Po. Lo stesso pensionato che ha dato l'allarme, di cui si tace il nome per non esporlo a possibili ritorsioni...*

– Ma il nome di Vera lo fanno, – ringhio.

– Cosí impara. Allora 'sto vecchio rimbambito racconta «*da un paio di mesi non dormivamo piú sonni tranquilli. In quella casa andavano e venivano persone strane, a tutte le ore del giorno e della notte. E con certe facce...*»

– Basta, grazie. È sufficiente.

– Allora dimmi un po' tu, adesso. Che intendi fare?

– Niente, ero solo curioso.

– Curioso mio nonno.

– Buonanotte, Lamberto –. Attacco, non proprio delicatamente, mi ridistendo sul divano. Appena chiudo gli occhi rivedo per l'ennesima volta le foto di Adrian, poi lui vivo, davanti al televisore con gli altri due. *Ti-*

*pi da ammazzarsi a coltellate*? Evidentemente sí. A volte basta poco per perdere il controllo. Soprattutto se si è bevuto troppo, o si è depressi per la mancanza di soldi, di lavoro... Giustificazioni buoniste ce ne sono un pacco, come di quelle meno simpatiche: spaccio di droga, prostituzione. Non sembravano i tipi, ma neanche Landru sembrava un assassino. Oddio, con quella barba...

Mi rigiro sul divano. Penso a Vera. Con fidanzato morto e sputtanamento sui giornali deve sentirsi un gran bene. *E a noi cosa importa?*, mi chiedo con la voce del mio Socio. Forse è lui davvero. Viene fuori quando dormo, però i confini tra sonno e veglia qualche volta si indeboliscono. E adesso sono spossato.

Nel dubbio gli rispondo: In teoria niente. *Allora non rompere*. Guarda che la tipa mi piace davvero. Quando abbiamo diviso il pollo è scattato qualcosa tra noi. Una corrente elettrica, un feeling... *L'astinenza ti fa male*. Cinico. *Idiota*.

Stoppo il dibattito tirando in piedi le stanche ossa e infilandomi il giubbotto. Pellegrinaggio votivo. Fuori, piove un'acquerugiola gelida. Rialzo il colletto e cammino fino a viale Po, tra lampioni semispenti e micioni bicolori che pappano nei cartocci lasciati dalle gattare. Grazie alla dieta di frattaglie, sono enormi e panzuti. C'è chi se li cucina in umido, al posto del coniglio.

La Casa degli Orrori mi si presenta con la sua bella macchina degli sbirri. Solo una adesso, per bloccare i cacciatori di souvenir. Il pulotto alla guida dimostra vent'anni scarsi, fuma con lo sguardo da duro. Un turpe omicidio, guardami mamma. L'altro, coi capelli bianchi, è meno nella parte, piscia contro il muro. La finestra di Vera ha la tapparella pudicamente abbassata; rimango a guardarla finché la pioggia mi intride ben bene.

Giro sui tacchi: storia mai aperta e già chiusa. Manderò a Vera un telegramma di solidarietà, come si faceva per gli arrestati durante i cortei. O un mazzo di fiori con il bigliettino «Tuo per sempre». Poi arrivo al cancello di mia madre e capisco che non ce n'è piú bisogno. Vera mi aspetta, piú bagnata di me.

## 8

Non mi saluta. – Ho suonato il campanello, ma una tipa schizzata ha detto che non c'eri.

– La tipa schizzata è mia madre –. La guardo meglio. Ha un livido sulla guancia, e il labbro spaccato. – Come stai?

– Domanda del cazzo –. Parla muovendo appena la bocca per il male. – Mi fai salire?

Ho voglia di dire di no, invece la porto in casa e la faccio sedere in cucina. Sgocciolíamo, vado a prendere due asciugamani in bagno. Passando davanti alla camera da letto di mia madre vedo la luce accesa. Metto dentro la testa. Lei è sotto le coperte con un giallo e gli occhialini da presbite sul naso.

– Sono con un'amica, – le dico. – Tutto a posto.

– Non sta bene citofonare di notte, – borbotta.

– Adesso glielo dico –. Scappo prima che mi tiri una ciabatta.

Vera è seduta al tavolo, si è tolta il giubbotto. Sotto la camicetta è tutta strappata. Non è stata buona buona a farsi ammanettare, ma non ne dubitavo. Le tiro un asciugamano.

– Vuoi qualcosa di caldo? – le chiedo mentre mi sfilo le calze zuppe.

– Non è indispensabile.

– Per me sí, visto che non c'è niente d'alcolico –. Metto a bollire il pentolino dell'acqua e siedo davanti a Vera, che ha lo sguardo nel vuoto. – Ti ho mostrato la carta d'identità quando ci siamo conosciuti? – le chiedo.

Si riscuote a mezzo. – Eh?

– Come mi hai trovato?

– Quanti Sandroni conosci? Io solo uno ed è finito su tutti i giornali due mesi fa. *È cremonese, il leoncavallino investigatore*, – recita con voce piatta. – Ti ricordi? – Torna a guardare nel vuoto.

– Sono stupito che ci riesca tu.

Sbuffa. – Un mio collega era con te alle elementari. Ha fatto a tutti una testa cosí su quanto eravate amici –. Fa il nome: Filipponi. Un bruto che mi menava e rubava la merendina. – Ho chiesto a lui, si ricordava dove abitavi. La casa è ancora quella, come il cognome sul campanello.

– Dovevo ucciderlo da piccolo, quel ficcanaso.

Gaffe gigante. Vera non se ne accorge. Si limita a girare lo sguardo lentamente verso di me. Gonfi per la stanchezza, i suoi occhi sembrano ancora piú blu. – Quanto costi? – dice piano.

Scuoto la testa, e mi concentro sull'acqua. Antica tecnica di rilassamento. Comincia a bollire, spengo e immergo due bustine di camomilla. Vera mi afferra un braccio quando le passo accanto diretto verso la credenza.

– Ti ho chiesto quanto costi, cazzo! – Ha alzato la voce.

– Posso prendere le tazze o vuoi bere dal pentolino?

– Chissenefrega –. Ma mi lascia.

Metto in tavola la zuccheriera di peltro delle grandi occasioni. – Meglio chiarire un punto, – le dico mentre verso. – Mi dispiace per quello che è successo, però se alzi ancora la voce ti caccio a pedate. Non vivo solo.

– E alla tua vecchia potrebbero girare i coglioni perché mi frequenti, vero? – Il tono è ancora leggermente troppo alto. – La puttana degli albanesi.

Dei due, sono io che devo rimanere calmo, quindi lo faccio. – Bevi. In galera non fanno una camomilla buona come la mia.

– Non sono stata in galera. Solo in questura.

– Non è detto che sia meglio –. Nel mio caso, non lo è stato quasi mai. – Ti hanno accusato di qualcosa di specifico?

Succhia rumorosamente. – Ho ospitato degli immigrati senza permesso di soggiorno, ma ero allo sgobbo quando Adri è stato… Ci sono i testimoni, per fortuna. Quella testa di cazzo del mio vicino sarebbe stato pronto a giurare che ero in casa al momento del… – Fa una pausa, mentre la parola che non dice le rotola negli occhi. – Potrebbero accusarmi di favoreggiamento.

– Hanno trovato qualcosa in casa che ti possono tirare?

– A parte Adri morto? Non pensi che basti? – Torna a guardare la parete.

Le prendo la mano. Il dorso è gelido, il palmo bollente per la tazza. – Va bene. Hai un buon avvocato?

– Non ci ho ancora pensato. Ne troverò uno. Ma Ismail e Sami nemmeno l'avvocato di Gesú Cristo li può togliere dalla merda. E se non escono in fretta, si possono anche scordare il lavoro alla Carovana. Ho telefonato ad *Ai*gor Corti. Quel figlio di puttana ha fatto tutto il carino. Non ti preoccupare qui e non ti preoccupare lí. Ma figurati se…

La interrompo. – Perché ti importa se quei due stanno in galera?

– Non sono stati loro.

Finisco la mia tazza e la metto nel lavello inox. Dalla mia posizione al tavolo potrei farlo senza alzarmi, è un modo per prendere tempo.

– Li hanno trovati ancora sporchi di sangue, Vera, – le dico voltandole la schiena.

– Non sono stati loro, – ripete.

– Sei troppo coinvolta e troppo stanca per giudicare. Vatti a fare una dormita che poi ne riparliamo.

Sento il rumore della sua sedia che si muove e mi volto in fretta. Non abbastanza da impedirle un lancio verso la mia testa. Mi chino e la tazza si rompe contro le piastrelle, una scheggia mi perfora la guancia.

– Chi dovrebbe giudicare? – grida. – Questa città

di merda? Hai letto o no cosa hanno scritto? La CASA DEGLI ORRORI! – L'ultima frase è un ululato. Mia madre bussa alla parete e sento la sua voce a distanza. *Guardate che vengo di lí e ve le suono a tutti e due.*

Rabbrividisco. – È capace di farlo sul serio, Vera. Mettiti seduta –. Rimane in piedi, ancora nel gesto di saltarmi addosso. Sento umido sulla guancia. – Seduta! – ringhio.

Obbedisce. – Ti sanguina la faccia, – mormora.

– LO SO! – Mi tampono con l'asciugapiatti. Penso centomila storielle zen, controllo il respiro, mi calmo. – Ti senti meglio? – chiedo a voce piú bassa mentre raccolgo i cocci.

– No.

– Non fa niente. Fingi di sí e stattene buona.

Si accende una sigaretta. – Posso fumare?

– Un attacco di buona creanza?

– Scusa per prima.

Le allungo il portacenere di bronzo col putto. – Ok.

– Sono sicura di quello che dico. Ismail e Sami volevano bene a Adri. Erano fratelli.

– I fratelli litigano.

– Hanno detto che a Adri... hanno dato... – Le trema il mento. – Venti coltellate... venti, cazzo. Chi è stato voleva ammazzarlo –. Prende fiato. – Non me l'hanno detto subito, quando sono venuti a prendermi in fabbrica ieri. Io chiedevo cosa cazzo volessero... – Comincia a piangere. Merda. – E loro non mi dicevano niente. Dopo sono stati lí a guardare come reagivo. Che... bastardi.

Mi dimentico l'irritazione. L'abbraccio e la coccolo. Si ripiglia presto e mi stacca. – Me la sono tenuta tutto questo tempo.

Torno al mio posto. – Pezzo di Scottex?

– Grazie –. Prende e si soffia il naso.

– Ok. Senti allora cosa facciamo. Domani chiamo un mio amico avvocato: Mirko Bastoni –. Vale esercita nel suo stesso studio, Pellaccia e Soci, quando non va in giro a ballare l'hula hula. Scaccio il ricordo inopportuno. – È specializzato in sfigati e cause perse. Se c'è qualcosa che si può fare per Ismail e Sami, lui ce lo dirà. Se è il caso, potrete nominarlo senza problemi.

– Non sono venuta qui per questo, – le è tornato il tono deciso. – Voglio assumere te.

Sospiro. – Ascoltami, Vera, ti sei fatta delle idee sbagliate. Io non sono un investigatore privato. Faccio il buttafuori, sorveglio le feste dei ricchi al massimo –. Tralascio i miei trascorsi al Servizio Maniaci, troppo lunghi da spiegare, ne avessi voglia. – Le indagini le fa la polizia, per quel che mi riguarda.

Scuote la testa, sempre piú convinta. – Sei finito sui giornali perché hai trovato un assassino. È vero o no?

– CRISTO! – urlo talmente forte che mi fa male la gola. Vera barcolla sulla seggiola. – Non sono io a trovarlo. È stato LUI a trovare me! E quasi mi AMMAZZAVA! – Sento dei pum pum e penso che sia il mio cuore che batte a mille. Poi mi accorgo che arriva dalla parete di mia madre. Abbasso la voce, mi esce talmente tesa da sembrare il sibilo di un serpente. – Vuoi sapere come è andata? Sono venuti quattro ragazzini a chiedermi di aiutare un loro amico in galera, e io ho detto di sí. Ho indagato e ho scoperto che il loro amico era innocente perché il vero colpevole era un altro, che aveva già ammazzato altre tre persone. Due li ho trovati in una cantina, bruciati dalla calce viva –. Rimane impassibile, parlassi di calcio otterrei lo stesso effetto. Insisto. – Il terzo l'ha ammazzato solo perché io ero andato a interrogarlo. Poi ha sparato anche a me.

– L'hanno arrestato o no?

– Sí, ma per puro caso. Potevo mandare tutto all'aria, o morire, perché, apri bene le orecchie, fare l'investigatore non-è-il mio-mestiere. Una volta basta, grazie. Ci tengo alla pelle.

– Anche Adri ci teneva.

– LO SO. Peccato, mi DISPIACE!

Ancora non cede. Si è alzata in piedi, punta i pugni sul tavolo. – Nessuno si sbatterà per Ismail e Sami tranne noi. Non ti sto chiedendo di fare il duro. Solo di... come si dice cazzo!... raccogliere degli indizi...

– Non sai di cosa parli, ragazzina, – risibilo. – Non ho nessuna intenzione di finire incaprettato. Lascia perdere.

Diventa rossa. – Ti credevo una persona migliore.

– Ti credevo piú intelligente.

– Crepa –. Afferra il giubbotto e corre all'ingresso. La seguo in tempo per impedire che la porta sbatta.

La riapro. – INVECE VOGLIO CAMPARE IL PIÙ A LUNGO POSSIBILE –. Urlo nel pianerottolo. Stavolta ho svegliato tutto il palazzo. Tanto peggio.

Torno a sedere in cucina e mi ripeto che ho ragione da vendere. Piú che ragione: sono un saggio che ha imparato dalle proprie esperienze. Già che ci sono cambio qualcosa nel dialogo con Vera, aggiungo parole piú convincenti, un tono calmo e paziente, monologhi ispirati. Alla fine lei si convince e dimentica i suoi guai. Mi dichiara anche il suo insopprimibile desiderio di far l'amore con me e comincia a spogliarsi. Il giochetto mi tiene compagnia fino a quando mia madre si alza e prepara la colazione.

# 9

Sento il vento gelido, e mi sveglio del tutto. Stanza circolare, cinque metri di raggio, in marmo chiaro e pietra. La parete finisce a un metro da terra, una serie di colonnine di marmo regge il soffitto a cupola. Nel centro, una campana bloccata da un palo di metallo che affonda nel pavimento trasformandosi nel montante di una scala a chiocciola.

Le cinque del pomeriggio di mercoledí, ho perso trentasei ore circa. Freddo disumano. Sono seduto su una panca, in compagnia di una coppietta che si sbaciucchia. Altri turisti ammirano il panorama appoggiati alle reti di protezione.

Trovo il biglietto del Socio infilato nel libro illustrato che ho sulle ginocchia: *Cremona, Secret City*. Un lato porta la foto della città e una scritta: Cattedrale di Santa Maria Assunta. Salita al Torrazzo: m.112,10. L'altro lato, bianco, è coperto dalla sua calligrafia minuta.

*Goditi la vista*, scrive il bastardo. *Mentre scendi i cinquecentotrenta gradini, rifletti sul conto in banca: abbiamo sfondato il fido. Sentito il tuo amico Luke. L'editore non c'entra nulla con la politica, nessuno gli vuole male. Convinto che si tratti di «una montatura volta a screditare la lotta del proletariato». Credo sia una battuta. Ipotesi: malavita comune, amanti tradite, autopubblicità* (sottolineato). *Oggi un servizio a Telecolor su albanesi. Tua amica ripresa alzante dito medio verso telecamere. Forse opportuno se le insegni come gestire meglio la propria immagine.*

*Per il resto: N.N.*

Straccio il biglietto e mi alzo dalla panca; la coppietta all'altra estremità quasi si ribalta.

Butto via il libro e mi sgranchisco le gambe: mi fanno un male da urlare e sarà peggio quando arriverò a livello suolo, 112,10 merdosi metri di sotto. Il Socio vuole rimettere a posto il nostro corpo nel piú breve tempo possibile, userebbe anche la pomata Vigor. Prendendo fiato, osservo la città di sotto. Il Torrazzo segna esattamente il centro di Cremona, una distesa di case basse dai tetti in cotto, piazze medievali, viali rettangolari. Sembra il villaggio di Asterix.

Quando arrivo a terra, ansimo, ho le ginocchia molli. Siedo al primo tavolino, bevo e mi faccio portare «La Provincia» dal cameriere. L'omicidio è ancora in prima pagina e in seconda, e in terza e in quarta. C'è un box intitolato: *Ecco chi è la donna dei banditi*. Proprio cosí, la donna dei banditi, come nel Proibizionismo.

Appallottolo senza leggere l'articolo e lancio il giornale in mezzo ai piccioni. Il cameriere non gradisce e mi rimprovera. Non gli lascio la mancia e me ne vado.

Durante la notte hanno attacchinato manifesti bordati del tricolore patrio. Chi protegge i cittadini? Comizio dell'onorevole Tizio, fiaccolata contro i vu cumprà, ricchi premi e cotillons. Un banchetto sotto la galleria XXV Aprile raccoglie firme per il poliziotto di quartiere. Sono ragazzotti pelati con i rayban. L'altoparlante trasmette la Cavalcata delle Valchirie.

Eccomi servito. Mentre dormivo, qualcuno mi ha spedito nella Berlino degli anni Trenta. Per festeggiare non perdono nessuna osteria sul percorso. Cerco di non ascoltare i discorsi degli altri e non parlo quando li sento. Sguscio tra chi cerca di attaccare bottone, tra i volantinatori, gli sbandieratori, i vecchietti incavolati, le massaie indignate, i dianetici e i preti.

Arrivo nei paraggi di casa sentendomi in salvo. Invece no. La gamba destra fa una deviazione incontrollata, il corpo gira alla prima curva, prende un percorso familiare. *Che diamine*, penso. *È troppo presto per rientrare. Una passeggiatina non può farmi che bene. Anche se passo sotto casa di Vera, tanto non la incontrerò. E se capitasse, non mi parlerebbe.*

Infatti non la incontro. Potrei tornarmene indietro appagato, ma mi cade l'occhio su un paio di figure, piazzate piú o meno dove due sere prima c'era l'auto degli sbirri. Questi sono civili, vestiti regolari, uno piú alto di me di una testa, l'altro magro con gli occhiali. Stanno scrivendo sul muro con lo spray nero. Una parola sola: FUORI.

*Be', ognuno ha diritto di esprimere le proprie opinioni.* Mi allontano, prendo la prima traversa, faccio un giro completo dell'isolato. Quando torno al punto precedente, i due sono ancora lí. Hanno aggiunto solo due parole e un apostrofo: DALL'ITALIA. Sono lentissimi, da come bestemmiano devono avere dei problemi con la bomboletta. La picchiano sul marciapiede, è intasata.

Riparto e faccio il giro opposto al precedente. Non si sono mossi, maledizione. La frase dice, ora: FUORI DALL'ITALIA GLI ALBANESI E.

Mi avvicino, rassegnato. Quello con la bomboletta, il piú grosso, mi nota, ma continua il suo lavoro. Mi piazzo dietro di lui. Adesso sta tracciando LE LORO.

– Le «loro» cosa? – chiedo gentilmente.

Finge di ignorarmi, gli si irrigidisce la schiena. Continua a scuotere la bomboletta. Un sottile filo di vernice viene fuori a intermittenza. PUTT, scrive. Altro stop. Altra bestemmia.

Gli picchietto su una spalla. – Putt?

– Va fuori dai coglioni, – dice il gentleman muovendo il braccio libero a scacciarmi. È un bel braccio, muscoloso e virile. Non dovrei afferrarlo per il polso, lo so, però quando me lo vedo a un centimetro dalla faccia la mia mano ha una reazione automatica. Prendo, forzo sui tacchi e ruoto. Ruota anche l'uomo che finisce con la faccia contro il muro. Questione di leve, ci riesco debole e sottopeso come sono. Il naso dell'idiota centra esattamente la u di PUTT, ciack.

Non gradisce. Protende le mani verso il mio collo, gli tiro una ginocchiata nelle parti morbide, mi volto. Stanno arrivando in tre, quello con gli occhialini e due che stavano nell'auto parcheggiata. Salto addosso al primo che mulina i pugni. Passo sotto e mi rizzo colpendogli il mento con la testa. Si capovolge, cade all'indietro con gli occhi bianchi. Gli altri due mi sono addosso. Rotoliamo, ci avvinghiamo. Ho dimenticato tutte le tecniche, mi basta affondare denti e mani nella carne. Sono un selvaggio, sono un cane arrabbiato, sono l'Incredibile Hulk. Qualcuno con una divisa addosso ci divide.

Meglio cosí, le stavo prendendo.

Mi mollano dalla questura alle otto di sera, con una denuncia possibile per rissa. Prima di uscire approfitto di un telefono brado in un ufficio vuoto per chiamare la Speranzi, caramelle e cioccolatini. Fingo di essere quello che non sono, i rumori di fondo mi aiutano. Fanno i turni straordinari per Natale, mi dicono, e Vera ha quello una-nove. Se corro posso farcela.

Arrivo appena in tempo per vederla passare il portone. Da sola. Non saluta nessuno, nessuno la saluta. Ha una salopette sotto un piumino che le arriva agli anfibi. Mi vede, cambia strada. Penso di lasciarla andare, invece parto in una corsetta che mi risveglia tutti i dolori. Ho impronte di piede su metà dell'epidermide.

Non mi guarda. – Vai fuori dai coglioni.

– Sei la seconda che me lo dice oggi –. Accelera il passo. Le sto dietro.

– Peccato che non ascolti. Sparisci, idiota, se no mi metto a urlare.

– Se me ne vado non puoi assumermi, – insisto.

– Non ho voglia di ridere –. Ma si blocca.

– Neanche io. Anzi, mi viene da piangere –. La prendo gentilmente per le spalle e la obbligo a girarsi verso di me. Facciamo una bella coppia: lei con la guancia gonfia, io con gli occhi neri per i cazzotti sul naso. – Smettila di farmi correre. Sono vecchio e stanco.

Si decide a guardarmi. – Che ti è successo?

– Sono caduto da cavallo e ho avuto un'illuminazione. Sai, croci in cielo e altre palle.

– Continui a non farmi ridere.

– Peccato. Ma assumimi prima che cambi idea.

Ci pensa sopra, non a lungo. Ha uno scintillio negli occhi che mi fa sciogliere e sentire piú alto di circa due metri.

– Non ho soldi per pagarti, – dice. – Devi farmi credito.

– Allora ti offro la cena in un posto dove fanno credito a me. Dovrai parlare a bocca piena, però, è una cena di lavoro. Dunque? Avevi già chiamato la Tomponzi?

Pare di no.

Alla Trattoria del Sabbiaiolo si mangia bene. In piú conosco il padrone da troppi anni perché non ci dia un tavolo isolato lasciandoci tranquilli dopo il caffè e gli ammazzacaffè.

Sono bravo a starmene zitto, quando è il caso. Vera parla, e smetto di fare domande, ascolto solo, e ascolto me stesso ascoltarla. Vera aveva raccolto il povero Adrian un mese e mezzo prima, in un modo che solo lei poteva. Lo incrocia in stazione, che cerca di nascondersi dalla Polfer. Lui le chiede dei soldi, lei se lo porta a casa per rifocillarlo e dargli dei vestiti smessi del suo ex fidanzato. Per qualche motivo sconosciuto i due si piacciono e Adrian passa la notte da Vera. E si piazza.

– Ti ha spiegato perché era in quelle condizioni? – le chiedo mentre si ingolla il bis di zampone. Sembra che non mangi da un pezzo, e forse è cosí.

– Sí e no. Mi ha detto di aver avuto dei casini dove stava prima. Credo roba per il permesso di soggiorno.

– Tu non hai chiesto?

– Saranno anche stati cazzi suoi, no?

– Adesso sono nostri, cara. Qualche idea?

Morde la fetta con odio. – So solo che era a Torino.

Stava in un dormitorio. Con un prete dal nome spagnolo –. Ci pensa sopra. – Molinas, mi pare.

Torino. Sento gli dei ridere.

Il ménage di Adrian e Vera prosegue tranquillo per un paio di settimane. Adrian comincia a lavorare saltuariamente alla carovana e un bel giorno torna a casa con un amico: Ismail.

– Ti sei preso anche quello?

Alza le spalle. – L'hai visto, no? È un signore tranquillo. E non doveva fermarsi a lungo, solo il tempo di trovare casa. Che dovevo fare? Adrian ci teneva.

Eh già, che doveva fare? Dopo un'altra settimana arriva il quarto incomodo: Sami. A questo punto Vera pone il veto su ulteriori arrivi. Se vede un altro estraneo per casa sfratta tutti. La situazione si stabilizza. Si dividono spese e pulizie.

– Passavano le serate a giocare a scacchi. Una vera palla. Tu sei capace?

– Un po' –. Io e il Socio abbiamo giocato per corrispondenza. Quando ci svegliavamo segnavamo la mossa. Ho smesso perché vinceva sempre lui. – Te la senti di parlare dell'altro ieri, adesso?

– Per forza, – risponde truce. È arrivata al tiramisú. Se lo scofana.

Il giorno dell'omicidio, Vera aveva il turno in fabbrica dalle dieci del mattino. Prima di andarci, accompagna Ismail e Sami a fare un versamento in posta. Vogliono mandare due lire a casa via vaglia. Vera va con loro per aiutarli con gli impiegati. Fanno, poi i due accompagnano Vera alla fabbrica. Si tengono l'automobile, perché devono andare a un lavoro dall'altra parte di Cremona. Adrian è di riposo, o non ha voglia di lavorare, non si sa. Ismail e Sami, invece, devono impaccare tutti i libri della cantina di un archivio privato.

A questo punto, quello che Vera sa lo ha carpito da un pulotto piú gentile degli altri mentre aspettava di essere rilasciata. Ismail e Sami lavorano, poi staccano intorno a mezzogiorno, perché i pacchi sono finiti. Si fanno un aperitivo, e rientrano. Secondo la questura, litigano con Adrian per motivi ancora da chiarire, poi lo ammazzano e fuggono scassinando un'automobile parcheggiata nei pressi di casa. Sono sgamati e inseguiti a piedi da alcuni passanti. È grazie a questo se li hanno fermati subito. La targa era stata annotata da un solerte cittadino.

Fine del racconto. Parliamo d'altro, rassicuro Vera sul mio interessamento. Non mi sono fatto delle idee precise; ho bisogno di pensarci e voglia di crederle.

Alle due di notte la rimando a casa che barcolla per la stanchezza e l'alcool, mentre i camerieri tirano su le ultime seggiole. Io rimango al mio posto, in compagnia dei miei cattivi pensieri e del taccuino.

L'oste della malora passa a sollecitarmi. – Devo buttarti fuori con la scopa? – Potrebbe essere il fratello di Oreste come stazza e baffi. Forse i baffi sono obbligatori per i gestori delle bettole.

Scuoto la testa. – Ho bisogno di riflettere in pace. Lasciami le chiavi, che poi te le mollo sotto lo zerbino di casa. Stai ancora qui sopra, no?

– Tu una casa non ce l'hai piú?

– La casa è dove sta il cuore, e la bottiglia.

Sbuffa, fa il giro a spegnere tutte le luci, salvo quella sulla mia testa. Abbassa la cler e torna indietro a lanciarmi il mazzo di chiavi. – Chiudi bene e non fare casino. Guarda che ti metto sul conto quello che bevi. Ho segnato tutte le bottiglie.

– Uff –. Quando se ne va, mollo un attimo di scrivere e mi sgranchisco nel locale vuoto. Uno dei miei primi lavori è stato in un night fetente. L'odore al mattino era quello che sento adesso, vino rancido e fumo. A differenza di allora, adesso mi piace. Giro dietro il bancone e frugo tra i cd. Ce n'è uno solo di jazz, però è un capolavoro: Miles Davis, *You are under arrest*. Mi sembra appropriato e lo infilo nel lettore, volume al minimo, poi torno al mio tavolo con una bottiglia di bourbon nuova. Scrivo:

CONCLUSIONI.

La prima: sono stati loro. Al cento per cento, comunque, Vera non c'entra un tubo, a meno che non sia capace di mentire perfettamente a tu per tu con il sottoscritto.

Seconda conclusione: loro non c'entrano e hanno una sfiga da paura. Se fossero arrivati un'oretta prima, non sarebbe morto nessuno.

DOMANDA: Se non sono stati loro, perché non sono scappati con la macchina di Vera? Se lo avessero fatto, sarebbero ancora in giro, adesso.

RISPOSTA: Forse non volevano coinvolgere la loro ospite. Poche idee ma confuse.

DOMANDA: Se sono stati loro, perché non si sono portati l'amico in un boschetto, di notte?

RISPOSTA: Litigio furioso e senza preavviso.

DOMANDA: Se sono stati loro, non potevano far sparire il cadavere? O almeno provarci?

RISPOSTA: Panico per le grida.

DOMANDA: Sono tipi da panico?

RISPOSTA: No, e nemmeno cosí imbranati da fare tutti questi casini, a occhio e croce.

DOMANDA: Ci sono elementi di dubbio sulla loro colpevolezza, quindi.

RISPOSTA: Sí, merda.

Mi alzo di nuovo, e faccio un balletto seguendo le note di Miles, bicchiere in mano. Uno specchio rimanda la mia immagine volteggiante nella penombra. Un deficiente semitumefatto. Torno a sedere. Rileggo quello che ho scritto e cambio qualche virgola qua e là. Aggiungo un po' di sottolineature e note a margine. Stacco i fogli dal taccuino e li dispongo davanti a me, pronti per il Socio. Deve leggerli subito, ho bisogno del suo parere. Per fortuna ho imparato ad addormentarmi a comando, concentrandomi sui battiti del cuore. Mi riesce senza problemi. Volo via.

*Il volto e il ginocchio destro gli fanno male, si sente gonfio per l'alcool e per il cibo. Annusa l'aria. È molto sensibile agli odori, per istinto e allenamento. Sigarette, whi-*

*sky, esseri umani. Questi ultimi sono odori vecchi. Apre gli occhi, sicuro di essere solo. Ha ragione.*

*È in un ristorante. Finge di sbadigliare e gira la testa. Nessuno. Luci abbassate, musica dagli altoparlanti. Si prende due secondi per esaminare il tavolo. Fogli. Non rappresentano una minaccia. Può ignorarli, per il momento. Si alza, guarda nella seconda sala. Vuota e buia. Esamina il bagno: vuoto. Si piega dietro il bancone. Led in movimento nell'impianto stereo. Lo spegne, godendosi il silenzio improvviso. È confortevole come una vecchia coperta. Ascolta. Passi nella strada, auto, acqua nei tubi.*

*Nessun movimento.*

*Aspetta sessanta battiti del cuore senza respirare.*

*Ancora niente.*

*Torna al tavolo, gira la sedia per tenere d'occhio l'ingresso. Lo specchio sul muro rimanda la porta alle sue spalle. È una buona posizione, ma il luogo poco familiare lo inquieta.*

*Prima di leggere esamina attentamente la disposizione dei fogli. Può avere un significato il fatto che il primo sia leggermente discostato dal secondo, che il terzo abbia un angolo a destra in alto? Decide di no, il suo interlocutore non è mai cosí sottile. Purtroppo. Prova per lui qualcosa di molto simile alla pena. È un momento, si concentra nella lettura, gettando ogni dieci righe un rapido sguardo allo specchio.*

*Piega e strappa ogni foglio dieci volte e ne infila i pezzetti in tasca. Prende un foglio nuovo dal taccuino, e lo posa al centro del tavolo, perfettamente dritto. Non gradisce di essere tirato in ballo in una storia che sente non sua. Non può tirarsene fuori, però può imporre le sue condizioni.*

*Le scrive.*

*Poi torna a dormire.*

## 10

Sacerdote, chierichetti, furgoncino con la bara e due corone di fiori. Vera cammina dietro, con il suo piumino, gli anfibi rossi e un paio di fanali a specchio. Alla sua destra il sottoscritto, con una cravatta di recupero, che le tiene la mano, alla sinistra l'unica sua amica che si è degnata di venire, Roxie, piccola dark fuori tempo massimo, pelle trasparente arrossata dal freddo, occhi da gatta. In seconda fila il paggio d'onore, Lamberto, con un tabarro che striscia per terra, una veste trapunta d'argento e sandali da frate. Tutto bianco, colore orientale del lutto. Poco piú indietro l'Elefante, abito nero con cravatta abbinata. È impegnato a chiacchierare con Alex, il resto della mia squadra d'attacco.

Insieme con l'Elefante, Alex è la persona cui mi rivolgo piú volentieri quando ho bisogno: picchia duro nonostante il suo metro e sessantotto, gli occhiali piú spessi dei miei e l'orecchio sordo, e rimane tranquillo nel casino. Si è fatto le ossa nel sottobosco extralegale, negli anni in cui aveva il vizio dell'ago in vena. Mi sono fidato a dirgli del Socio, qualche anno fa. Il suo commento è stato solo: allora è per questo che sei cosí rompicoglioni.

Anche Alex è vestito di nero; lui e l'Elefante sembrano i Blues Brothers versione carnevale. Sono due veri amichetti, al punto da ingelosire le rispettive fidanzate.

In coda Mirko Bastoni abito spezzato elegante e cappotto cammello, faccia assonnata e la barba di due giorni. Dimostra meno dei suoi quarant'anni e Roxie lo occhieggia ammirata. Sapesse che è un avvocato, avrebbe le solite fantasie sugli uomini nudi con le toghe di ermellino.

Sui marciapiedi c'è ressa da mercato. I cittadini ci guardano passare insaponando la corda di canapa.

Per fortuna abbiamo diritto a una piccola scorta: sei militanti del Borboni, centro sociale autogestito cremonese, orgoglio delle menti libere locali. Due sono immigrati nordafricani e reggono con orgoglio un lenzuolo con la scritta NO ALLA DISCRIMINAZIONE, gli altri sono italiani overcinquanta, overbarba e oversize. Li conosco tutti, giravano al Centro Sociale Leoncavallo quando ci andavo io. Nessuno di loro saluta il vecchio traditore mezzosbirro. Mi colpirebbero volentieri con le bandiere rosse listate a lutto.

Anche l'area militante ha la sua scorta personale: due in borghese della Digos, con la faccia di chi ha tirato il bastoncino piú corto. Quello vecchio, corpulento e bianco di antico pelo, mi indirizza un cenno cordiale. Operava a Milano e non era neanche dei piú malvagi. Lo avevamo soprannominato Mutanda, per via di una rissa durante un corteo in cui era rimasto senza calzoni. Anche Mutanda e il suo collega sono scortati. Due macchine dei carabinieri, che avanzano a passo d'uomo dieci metri piú indietro.

A chiudere un vigile a piedi, pronto a bloccare il traffico in caso di sommossa popolare, e uno in bicicletta, per chiamare i rinforzi.

Buoni e cattivi camminiamo nella pioggerella mista ghiaccio e in venti minuti arriviamo alla chiesetta di San Coso. Entro alla messa. Non ho voglia di assistere allo spettacolo di sbirri e militanti che si fronteggiano grifagni e spero faccia piú caldo.

È una cella frigorifera.

Ci sono tre vecchiette tra le panche e un fotografo abilmente mimetizzato dietro il confessionale. L'Elefante finge di inciampare e gli rovina addosso, la macchina fotografica cade. Ci metto un piede sopra prima che il tipo la raccolga.

– Sto solo facendo il mio lavoro, – sussurra. Ha i baffi spioventi e l'aria misera.

– Anch'io, fratello. Sciò –. Muovo il piede e la macchina scivola sul marmo. Alex la intercetta e la scalcia oltre la porta semiaperta. Alza due dita e mima goal con le labbra. Il fotografo esce, scuotendo la testa. Noi rimaniamo a seguire la Messa che finisce in fretta, con un'omelia breve e poco ispirata. Non l'ascolto molto. Se Dio esiste non mi vuole bene e non può aspettarsi che dia retta ai suoi portavoce.

Prendiamo le automobili e seguiamo il carro fino al cimitero. Io salgo con Alex.

– Il tuo Socio non è contento, – dice.

– Sai che novità.

Mi occhieggia di sguincio. – Mi stranisce sapere che non siete d'accordo.

– Litighiamo sulle tendine del cesso, figurati sul resto –. Guardo fuori. Si vedono i primi cipressi. – Nessuno di noi due ha scelto l'altro e abbiamo gusti diversi. Quindi...

– Quindi prima o poi ti esploderà la testa, – conclude tutto allegro.

In cinque minuti arriviamo e scendiamo nella pioggia battente. Gli sbirri hanno portato l'ombrello e se ne stanno all'asciutto. Tutti gli altri no.

La bara di Adrian è ficcata in un fornetto a tre metri da terra. È seppellito in Italia, perché non è saltato fuori nessun parente lontano a reclamarne le spoglie. Sembra che avesse al mondo solo Vera e i due amici che probabilmente lo hanno ammazzato.

Aspettiamo che il becchino finisca con i mattoni, poi ci ritroviamo al cancello di uscita. I militanti abbracciano Vera, arrotolano gli striscioni e se ne vanno con Lamberto. Le divise fanno lo stesso, seguendoli pian piano lungo il viale. Li guardiamo sparire all'orizzonte.

– Chi era il mago Zurlí? – chiede Mirko accendendosi una sigaretta tutta storta.

– Il mio medico.

– Ora mi spiego un sacco di cose.

– E mo'? – L'Elefante si è sfilato la cravatta.

– E mo' facciamo le presentazioni. Vera, questi sono Marco detto l'Elefante e Alex. Ci aiuteranno.

– Piacere –. Lei è sul perplesso. – Sono tuoi colleghi?

I due infami ridono. *Sí, della miseria*, dice Marco.

– Non proprio. L'Elefante è un informatico, e Alex un bancario part-time, ma sanno dove mettere le mani in storie come la tua. Anche se non sembrerebbe.

– Grazie tante, – borbotta Alex

– Il bell'uomo, invece, è il famoso Mirko Bastoni, di lui ti ho già parlato. Da adesso è il tuo avvocato. Sa piú o meno tutto.

– Vorrei ugualmente parlare un po' con lei, se non le dispiace, – interviene Mirko. È sempre formale con i clienti, anche quelli che non pagano. – Pensa che possiamo andare in qualche posto tranquillo, dopo?

– Sí certo –. Vera è sempre piú frastornata. – Mi scusa un attimo? – Mi prende e mi allontana di qualche passo dagli altri.

– Che c'è? – le chiedo.

– Serve davvero tutta questa gente? Non pensavo di tirare in mezzo altre persone.

– Un bravo avvocato ti è indispensabile per non finire in galera, – spiego. – Gli altri due servono a me: si daranno da fare a Cremona mentre io vado in giro.

Non gradisce la novità. – In giro dove?

– Ahimè –. Ho cercato di pensare il meno possibile alle imposizioni del Socio. Ma ho già il biglietto del treno in tasca. – L'unica cosa che mi hai raccontato di interessante su Adrian è come sia arrivato a Cremona. Scappava, da qualcuno o da qualcosa. Devo partire da Torino, per capire cosa l'abbia spaventato.

– Potrebbe non c'entrare un cazzo.

– Potrebbe, e l'idea del killer che viene da lontano

fa ridere i polli, ma il dubbio devo togliermelo –. Le metto le mani sulle spalle zuppe di pioggia. – E, non voglio alludere, ma tutta questa bella impresa la devo finanziare, in un modo o nell'altro. Ho accettato un lavoro da quelle parti.

– Per chi?

– Lasciamo perdere.

# Parte seconda
# Cha cha cha della segretaria

## 1

Arrivare a Torino, di sera, mi dà un piccolo shock da ricordi senili: è stata una delle mie prime piazze fuori casa. Scendevo dal treno, un qualche caporale mi intruppava insieme con gli altri disperati, poi passavo le ore a soffiarmi sulle mani per scaldarmele, sul perimetro di un palasport o di un teatro tenda. Dovevo acchiappare quelli senza biglietto che scavalcavano, ma facevo solo finta. Agenzia Shadow: paga bassa, grande futuro.

Con tutto il tempo che è passato, neanche oggi riesco a capire se la città mi piaccia. Ha un'aria troppo anni Ottanta, con i locali in vero legno, la nostalgia diffusa per la fabbrica, i gruppi di biker e di punk, i tossici che smazzano e si bucano per strada. Però possiede anche un gradevole effetto miraggio. Cammini per una via stile Alphaville, volti un angolo e ti trovi in una piazza enorme e luminosa, o in mezzo a una popolazione mélangé che entra ed esce da negozietti etnici: sembra Parigi, mancano giusto i bateaux mouches.

Vista l'ora tarda e la valigia senza rotelline, non me la sento di cominciare a seguire le evanescenti tracce di Adrian. Mi piazzo a un tavolino sotto una galleria del centro, bevo e l'umore mi peggiora un po' alla volta. Ho accettato di fare un lavoro che non mi piace, per pagare un'inchiesta inutile che mi darà un sacco di rogne. In parole povere, mi sono fatto fregare, e neanche me ne sono accorto.

E sono ancora in convalescenza, maledizione.

L'alcool mi fa borbottare, i turisti attorno iniziano a fissarmi. Saluto con un inchino e striscio fino alla camera che Scotti mi ha riservato, in un albergo a due stelle. È sul limite del quartiere di San Salvario, tasso d'immigrazione mille per cento. Tra qualche anno, immagino, sarà allegro come una casbah; adesso, con i negozi vuoti e in vendita, sembra Sarajevo. L'albergo Texas, in compenso, non fa del tutto schifo. Mancano i viaggiatori granosi, ma non ci sono topi in vista o file di battone sulla porta. Però la tappezzeria giallina e l'odore di muffa sono deprimenti quanto l'albero di natale nell'atrio. Tutto sghembo, lampeggia e tremola con lo zzt dell'alternatore, facendomi sentire un bambino dell'orfanotrofio che aspetta regali che nessuno gli farà. Ovviamente, nella stanza non c'è il minibar.

Undici di sera, sonno zero. Coinvolgo il portiere di notte in qualche giro di poker dietro il bancone. Il mangiacassette suona Gloria Gaynor. Tempo due ore, l'orrido individuo mi ha pelato l'equivalente di una settimana di pigione. Alle quattro del mattino mi scuso per un attimo, raggiungo il bagno dell'atrio, mi siedo sul water, chiudo gli occhi e faccio uno dei sogni piú brutti della mia vita.

*Sono ancora nell'appartamento di Vera con Adrian. È come l'ho visto nelle foto, in mutande e ricoperto di sangue, ma in piedi e molto attivo. La ferita alla faccia sembra un sorriso esagerato.*

*– Perché non mi lasci in pace? – mi chiede.*

*Io sono con le spalle al muro e ho le gambe molli. – Non voglio darti fastidio, – riesco a dire.*

*Lui si infila un dito nella guancia. Il sangue scorre fino sul pavimento. – E questo?*

*– Non sono stato io.*

*Lui ride, e mentre ride i denti in bocca gli si staccano, rotolando lungo il mento fino sul pavimento. Tintinnano come monete. – Certo che sei stato tu. Hai espresso il desiderio, il Dio del Pollo ti ha esaudito. Sei contento?*

*– Non sapevo che ci fosse un Dio del Pollo –. Striscio lungo il muro, cercando con le mani la porta. So che è lí,*

*da qualche parte. Se riuscissi a voltarmi, potrei scappare. Ma non stacco gli occhi da quelli di Adrian. Sono enormi, con una fiammella che balla dentro. E il mio riflesso, piccolo, schiacciato contro la parete.*

*– C'è un dio dappertutto, nel pollo e nel coltello, – dice. – E anche nei proiettili. Guardati.*

*Anch'io sanguino. La ferita al petto mi si è riaperta. Cerco di tamponare il sangue, ma le mani affondano nella carne. Sento pulsare i polmoni sotto le dita, stanno smettendo di respirare.*

*Plap*, il Socio mi scarica davanti alla casa editrice. Da un incubo all'altro. Si è ritirato nel suo mezzo cervello a un centimetro dall'ingresso, lasciandomi il dito appoggiato al campanello. Leggo il suo rapportino mentre pigio il bottone: ha rivinto a poker tutto quello che avevo perso, piú gli interessi. Credito illimitato al bar, niente male.

Lo squillo non risveglia nessun movimento. Apro da solo la porta.

La casa editrice non è la spelonca umida che credevo, ma ben arredata e luminosa. È disposta ad anello attorno alla tromba delle scale, con le stanze che si aprono lungo il perimetro esterno. È Scotti a venirmi incontro, alzando le braccia al cielo. Deve avermi annusato. – Sandrone! – grida. – Era ora! Vieni, vieni nel mio ufficio.

Mi guida nella sua stanza padronale, con mobili standard padronali: scrivania di finto mogano, poltroncine in finta pelle, vera gigantografia sulla parete di Scotti in piedi su una pigna di libri, come Citizen Kane sui giornali. Sopra la scrivania, pile di foto di donnine discinte.

Scotti vede che le sto guardando e ammicca. – Per le copertine, eh. Non credere che io sia un maniaco sessuale.

– Figurati, – mento sedendomi.

Si svacca con i piedi sulla scrivania, le mani sulla panza. Mi chiede del viaggio e dell'hotel, lo rassicuro sulla mia condizione.

– Allora, come pensi di muoverti? – chiede. – Organizzi un incontro tra me e gli squatter o ti arrangi da solo?

Cominciamo bene. – Un incontro per cosa?

– Come cosa? – Sembra sbalordito. – Per firmare una tregua. Non siamo d'accordo cosí?

– No.

– Come no?

Respiro profondamente. – Nel senso di no. Io sono qui per controllare che non succedano casini alla festa. Punto. Quello che è successo prima del mio arrivo non mi riguarda. C'è la polizia che indaga, io non voglio entrarci. E poi, fammi capire. Perché in nessun articolo si parla del biglietto minatorio?

Un po' di rossore gli colora il nasone da porco. – Uhm, – risponde.

– Uhm?

– Ho pensato che sarebbe stato una cattiva pubblicità –. Ahr ahr. – Ho dato loro la parte del foglietto su cui non era scritto niente.

– Molto utile.

– Poteva servire per le impronte, no? Non c'era bisogno di far girare la voce che… insomma… vogliono boicottare il festival. Avrò già abbastanza grane.

– E non mi hai detto dell'incendio al magazzino.

– Non è sicuro che c'entri. Preferisco non creare un… clima di complotto.

Lo fisso per qualche istante, immaginandomelo rosolare su uno spiedo. – Come vuoi, – sputo. – Pelle tua. Ma io non indago. Ti faccio solo il festival. Punto.

– E perché sei voluto venire su prima? – Il rossore gli si è esteso al resto della faccia, ma non è piú per la vergogna. – Ti ricordo che io PAGO la tua permanenza.

– Devo conoscere il terreno.

– Potevi fare il pendolare –. Anche le orecchie sono rosse, ora. Mi aspetto di veder uscire il fumo. – Invece di fermarti a mie SPESE.

– Per quello che ti costa quella bettola infame…

Discutiamo per qualche minuto come Paperino e Paperone. Per darci un taglio, ed evitare che mi addebiti i conti, alla fine prometto di raccogliere qualche informazione nel giro dei centri sociali occupati. Non gli dico che i miei contatti si limitano a ruderi della mia generazione, che per lo piú mi vedono come il fumo negli occhi, e neppure che terrò per me eventuali notizie poco carine. Non dico niente, faccio il tranquillo, ma Scotti sembra intuirlo, perché quando ci stringiamo le zampe non ha un'espressione infelice. Poi si affaccia alla porta e chiama a squarciagola una tal Svetlana. Lei arriva con tutta calma, ed è una bella sorpresa. Carina e magrissima, sul limite dell'anoressico, occhi neri profondi, sorriso smagliante. Ha i capelli tinti di verde lattuga, il che non guasta.

– Sandrone, lei è Svetlana Minareva, la mia segretaria, – dice Scotti. – È anche la segretaria di redazione, l'addetta alle pubbliche relazioni eccetera. Lui è Sandrone, il nostro angelo custode. Forse –. Aggiunge acido.

Le stringo la mano. – L'uomo migliore al posto peggiore. Piacere.

– Piacere. Del tu o del lei? – Ha un accento leggermente pugacioff, per niente sgradevole.

– Del tu, grazie.

– Svetlana, lo porti a fare il giro delle sette chiese? Io devo andare avanti a scegliere le copertine –. Interviene il capo. – Qui nessuno fa un cazzo, sempre Scotti ci deve pensare –. Ancora gli brucia la discussione con me.

– Naturalmente. Ti presento gli altri, allora? – chiede la donzella.

– Grazie.

La prima stanza è quella del contabile, Carmelo, che ha un nasone bitorzoluto e i capelli bianchi con la riga in mezzo. Sulla sessantina, fuma uno di quei toscani all'anice che piacciono tanto ai maniaci dei tumori profumati.

– Sono stato io a trovarla, – esordisce, senza neanche salutarmi.

– Cosa?

– Ma la bomba, che accidenti –. Si stizzisce. – Era sullo zerbino. Un pacchetto cosí, sembrava un pacchetto normale. Ho capito subito che erano libri, ma capirai, con tutti quelli che ci mandano.

– La ringrazio per avermelo detto, ma...

Non mi lascia neanche finire. – Allora l'ho presa e l'ho messa sulla scrivania di Franco. L'ho trovata io perché sono sempre il primo ad arrivare in ufficio. Tutte le mattine alle otto, sabato compreso.

– La segnalerò per il Nobel.

– Sí, tutte le mattine alle otto, sabato compreso, – ripete, con la voce che si spegne.

Mi sporgo oltre la barriera di scartoffie. Si è addormentato in perfetta postura da ragioniere, con una mano sulla penna e l'altra a tenere fermo il foglio.

Svetlana mi afferra per un braccio e mi tira fuori, facendomi segno di stare zitto.

– Gli capita spesso? – Le chiedo.

– Sí, poverino, è diabetico. Ma tra un po' si sveglia, se vuoi andare avanti a interrogarlo.

– Non ci penso neanche.

Mi conduce verso la porta successiva. – È vero che farai il terzo grado a tutti? – Ha una risata argentina, da Campanellino un po' cresciutella.

– Chi ha messo in giro questa stupidata? Non dirmelo... Scotti.

– Certo.

– Tanto per farmi sentire ben accolto.

– Quando vuoi interrogarmi sono pronta.

Dice la battuta in tono assolutamente neutro, ma ho letto tanti i giornalini porno, da piccolo, e mi arriva una botta di ormoni direttamente nel muscolo cardiaco. Devo appoggiarmi al muro per non cadere.

Nella nuova stanza, grande il doppio di quella di Scotti, sono in due a lavorare davanti a quattro computer con lo schermo panoramico e l'aspetto usaticcio. La prima, avvolta in larghi scialli di lana, deve pesare quanto Scotti, ma con la ciccia distribuita peggio. Ha la testa rasata, e un tatuaggio sulla fronte. Guarda ingrugnata la tastiera, non si volta quando Svetlana la presenta come Edith. Il secondo, con un fisico da polisportivo maniaco, sta ballando in pantaloncini corti e maglietta, la cuffia del walkman sulle orecchie. Biondo con i capelli sciolti sulle spalle, sulla trentina, gli occhi chiarissimi. Abbronzatura da surfista. Si chiama Panz. Ballare sembra il suo modo di lavorare. Balla e muove il mouse, modificando il disegno sullo schermo. Una donna, seminuda, avvolta nelle spire di un polipone.

– Ti piace? – grida.

Gli faccio segno di togliersi le cuffie, se vuole conversare. Sposta un auricolare. – Ci sento lo stesso, – dice. – Allora, ti piace?

– È la pubblicità di una pescheria?

– Come sei simpatico. No, è la copertina di *Orrore dal Decimo Pianeta*.

– Non ti chiedo di che parla.

– Sempre piú simpatico –. Mi esamina con attenzione. – Tu sei il tipo che deve trovare i bombaroli?

– Veramente no. Organizzo solo il servizio di sicurezza alla festa.

Mi stringe la mano con la sua, enorme. – Buona fortuna. Speriamo che nessuno si faccia il nostro capo, nell'attesa.

Edith lo riprende dal fondo. Deve essersi riscossa dall'incantamento. – Ma cosa dici? Povero Franco, con quello che sta passando.

– *Povero Franco* –. Le fa il verso lui, imitandone la parlata blesa. – Povero ciccino incompreso. Di', detective, ci sarà qualcosa di vero in questa storia, o è il ciccione che si inventa tutto?

– Pensi che possa essere una montatura?

Edith si alza con un frusciare di vesti e viene a piazzarsi tra me e il biondo. – No che non lo pensa, fa cosí perché gli piace scherzare. Vero Panz?

Lui sporge le labbra in una pernacchia silenziosa, poi torna a girarsi verso lo schermo, risistemandosi la cuffia. Edith mi fissa per qualche istante di troppo. Quando penso che mi voglia baciare si lecca le labbra poi mormora. – Gemelli?

– Prego?

– Gemelli, il tuo segno. Hai la fronte tipica dei gemelli.

Le faccio un piccolo applauso. – Complimenti. Indovina anche l'ascendente?

Si concentra. – Toro, direi.

– Ma è incredibile. Davvero.

Alza il mento orgogliosa. – È il mio hobby, l'astrologia. Quasi un secondo lavoro. Quando vuoi, ti faccio una carta astrale completa.

– Grazie. Non mancherò.

In corridoio Svetlana mi guarda felice. – Io vado molto d'accordo con i Gemelli.

– Peccato, perché sono Scorpione ascendente Cancro –. La trascino verso la porta d'uscita. – Andiamo a bere una cosa, prima che mi metta a urlare.

Svetlana mi porta in un bar sotto l'ufficio. La zona è quella fighetta di Santa Chiara. Alle sei del pomeriggio, cominciano a vedersi facce ipertese e cravatte regimental.

– Di che si occupa la tipa?

Lei sta bevendo un caffè. Anch'io ma il mio è in una tazza grande con due bicchieri di whisky. – Edith? È l'art director della collana Lingerie.

– La collana di sesso? Si ricorda ancora come si fa?

– Non essere cattivo.

– Sicura che ci stia con la testa?

Esita. – Sí. Poverina è un po' triste perché non ha il fidanzato.

– E tu ce l'hai?

Mi picchietta sulla mano. – No, purtroppo. Si vede che sei uno Scorpione.

– Era una domanda innocente –. Affondo il viso nella tazzina.

– E tu sei fidanzato?

– Sí. Da quattro anni –. A pensarci bene, tra un mese dovrebbe essere il nostro anniversario. Calcoliamo l'inizio della nostra storia da quando le sono piombato in casa avvinghiato a un demente con il trinciapolli. Avevamo urtato la porta di Vale, rotolando. – Il tatuaggio di Edith l'ho già visto, non è uno di quelli di Baba Qualcosa?

Svetlana annuisce. – Bravo. Edith è stata da lui in India.

– E perché è tornata?

– Ha finito i soldi.

È il sogno segreto del mio Socio fondare una nuova religione e arricchirsi come Ron Hubbard.

Svetlana va avanti a raccontarmi di Edith, che sembra abbia esercitato tutti i mestieri poco redditizi del mondo, dalla massaggiatrice reiki alla divinazione con budella di animale.

– Ma qualcuno di normale c'è nella vostra casa editrice? – chiedo.

– Io.

– No, tu sei anormalmente bella,

Nuovo sorriso smagliante. – Uau. Per fortuna che c'è qualcuno che mi fa un po' di complimenti.

– Ti invito anche a cena. Cosí mi racconti un po' del tuo Paese. Sei russa, vero?

– Sí, di Mosca.

– Da quanto sei in Italia?

– Due anni.

– E da Scotti come ci sei finita?

Si accende una sigaretta. Ha perso il sorriso. – Non ho trovato di meglio.

– Alla sincerità, *Do dna*! – dico, vuotando la tazzina.

Mi guarda perplessa. – Parli russo?

– Poca roba. So giusto come si fa un brindisi.

– Per quello ci vuole la vodka. Facciamo domani sera?

– Cosa?

– La cena, sciocco.

Dico di sí, e mi allontano per pagare e nascondere il lampo lubrico negli occhi. Mentre sono in fila alla cassa Panz entra nel bar. Si avvicina a Svetlana con un sorrisone, alza la mano come per toccarla. Poi mi vede, e non conclude il gesto.

– Sei venuto a cercarci? – gli chiedo.

– Non te, detective. Svetlana. Il ciccione la vuole. Ti scoccia se saliamo intanto?

– No, la strada l'ho imparata.

Panz la trascina fuori, rimango a ponzare per conto mio sugli amori intraziendali.

L'ultimo con cui faccio conoscenza è un degno compare dei precedenti, Svetlana esclusa. È il caporedattore, Raffaele, un castano con la zazzera sugli occhiali e l'aspetto generale di un professore sfigato. La sua stanza è la piú piccola tra quelle che ho visto, ed è ingombra di manoscritti e volumi, in scatoloni o sciolti sul pavimento. Ne ha ammucchiati anche sulla finestra, ma tanto tiene la tapparella abbassata e la luce non entrerebbe comunque. Mi aspettava con ansia. – Ti dico subito che ho un'idea ben precisa sulla bomba.

– Bene, vai alla polizia a dirgliela. Ti accoglieranno a braccia aperte.

Si incupisce. – Ci ho già provato. Se vieni con me ti spiego.

Mi tira nella stanza a fianco, il cimitero degli elefanti. Scaffali fino al soffitto, pigiati di carte. Polvere a grappoli.

– Sai quanti manoscritti di esordienti ci arrivano? – mi dice, indicando in giro con un gesto circolare. – Prova a indovinare.

– Mille al giorno?

Sbatte le palpebre, togliendosi la frangia dalle lenti. – Be', no. Cosí sono un po' troppi. Dieci, a volte il doppio. Qui ci sono solo gli ultimi, gli altri sono in cantina.

Saranno almeno un migliaio. – Perché non glieli rispedite?

– Spenderemmo troppo. Ma preferiamo non buttare via niente.

Ne afferro uno. Si intitola *L'Ultimo Cavaliere dello Spazio*. – Questo sembra appetitoso.

– È una merda. Orribile –. Gli brilla l'odio negli occhi. – Sono tutti orribili. Nessuno legge, ma tutti vogliono scrivere. Certi se li fanno stampare a loro spese, poi ci mandano la serie completa. Come questo qui. Il mio preferito –. Mi indica una serie di libretti impilati, rilegati in pelle. – Ha inventato il personaggio dell'investigatore vampiro, e ha già scritto dieci puntate. Me le manda tutte, battute rigorosamente a macchina, spazio uno, piene di errori di grammatica. Finiscono sempre con il vampiro che succhia il colpevole.

– Sguargh, sgnaff, – faccio con la bocca a culo di gallina.

Le spalle gli si incurvano ancora di piú. – Da qualche tempo ho il medesimo incubo. Sogno che venga la guerra nucleare, e che per un miracolo di tutto quello che è stato scritto nel mondo si salvino solo queste schifezze. I nostri discendenti penserebbero che questa era letteratura, invece che merda, merda e merda –. Punteggia le parole gettando pacchi di fogli sul pavimento. – La studierebbero a scuola. La...

– Ascolta, Raffaele, – dico togliendo il piede da sotto una piccola pila di libretti che è franata dallo scaffale, – l'unica cosa che ho letto in un anno è stato la targa sull'ascensore: *Max portata cinque persone*. Quindi, se passiamo alla questione bomba ti ringrazio.

– Di cosa stiamo parlando? Uno come il vampiro, ho pensato, può fare qualsiasi cosa per diventare famoso, sí. Anche uccidere, sí. Allora mi sono messo a rileggere i vecchi manoscritti, uno a uno. Li sto catalogando, dividendoli per categorie. I pazzi, i molto pazzi, e i pazzi pericolosi. È un lavoro lungo, per questo te ne parlo. Ho bisogno che tu mi dia una mano –. Mi volta la schiena e si china su uno scatolone strabordante. – Qui ci sono quelli dell'ultimo mese, tu potresti prendere...

Scappo.

## 2

In strada buio e pioggia, tanto per cambiare: rialzo il bavero dell'impermeabile, mi calco un cappellino sul testone. Giro mezz'ora a piedi cercando l'indirizzo che ho ricavato dalla guida telefonica di un bacaro. Ci sono volute solo tre telefonate per individuare il posto giusto e il viaggio è semplice. Non ci si perde, a Torino, è quadrata come il Monopoli: quando ho dubbi richiamo alla mente la mappa e mi c'immagino dentro, osservandomi dall'alto. Il segnalino a forma di fiasco. Poco distante dalla piazza del Balôn c'è un vecchio magazzino. È basso e grigio, sulla porta di metallo scola una grondaia rotta, i muri sono scrostati e ricoperti di manifesti dei centri autogestiti. Ce n'è uno di Radio Specchiorosso, con il programma delle trasmissioni.

Sotto una tettoia bucata una decina di nordafricani se la raccontano. Sorrido. – Sto cercando Padre Molinas, – dico.

Mi ignorano. Provo con l'inglese, il francese, l'arabo e il mimo saltellante. Si voltano disgustati. Cedo ed entro per conto mio. Odore di fritto, voci dietro le porte, una radio lontana che spara musica raï. La stanza che vedo dall'unica porta aperta sembra quella di un ospedale. Brutti ricordi, via via. Nel corridoio semibuio e gelido ciondolano un paio di vecchi, con coperte a mo' di poncho. Il piú decrepito ha i riflessi di un pitone. – Mi dài qualcosa? Cento lire, – biascica ancora prima di mettermi a fuoco.

Mi frugo in tasca. Una mano mi ferma gentilmente.

È un prete con il ciuffo alla Elvis Presley, in millebottoni d'ordinanza. – Lasci stare per favore, – dice.

– Che problema c'è?

– Preferiamo che non si faccia l'elemosina qui, se vuole aiutarci ci sono altri modi –. Agita l'indice verso il vecchio. – Lo sai, no? – gli dice. – Perché fai cosí tutte le volte?

L'altro si soffia il naso tra le dita, si volta e sparisce nel buio umido con il suo compare.

Il prete scuote la testa. – È proprio vero che quando si invecchia si torna bambini.

– Un lavoro pesante? – gli chiedo.

– Se fosse un lavoro non lo farei –. Mi fissa. – Posso aiutarla?

– Cerco Padre Molinas. Immagino sia lei.

– No, io gli do solo una mano –. Indica con il mento la porta pochi metri avanti, sulla destra. – Lui è in mensa.

– Pensavo che questo fosse solo un dormitorio.

– Facciamo da mangiare, per forza di cose. E c'è anche una piccola sala giochi, anche se adesso è inagibile per via della pioggia –. Addita una porta di metallo rosso. – La mensa è di là. Stavo andando via, ma se vuole l'accompagno.

– Le sarei grato –. Dio come sono compito, deve essere il flashback dell'oratorio.

La sala è stracolma. Ci sono un centinaio di persone di tutte le razze sedute a lunghi tavoli improvvisati con assi e cavalletti. Un'altra cinquantina è in piedi, a piccoli gruppi, o seduta sul pavimento. Mangiano e bevono in piatti di carta, oppure fanno la fila per prendere la loro razione. Altri se ne stanno a guardare in terra. Il colore dominante è il grigio, quello dei vestiti sporchi o lavati talmente tante volte da aver perso quello originale, il grigio delle facce e delle mani. Neon nudi sul soffitto, grosse stufe a kerosene negli angoli. Unico tocco di colore, le decorazioni natalizie: rami di pino infiocchettati e palle di plastica, un presepe su un tavolo contro il muro. Sul fondo una cucina da caserma, con due giovanotti che mestolano nel vapore, una fila di finestroni che danno sul buio. L'odore di corpi è agghiacciante. *Provaci tu a vivere in strada*, mi rimprovero, *e vediamo se profumi ancora di Mennen for men*. Anche il rumore è fortissimo: le chiacchiere e i borbottii riverberano contro la volta.

– Padre Molinas è là. Arrivederci –. Il prete indica un piccoletto con un borghesissimo paio di jeans e un maglione. Capelli bianchi, tarchiato, sulla sessantina, seduto al tavolo con tre ragazzi mediorientali.

Mi avvicino, facendo cessare le conversazioni al mio passaggio. Non ho mai dato tanto nell'occhio. – Padre Molinas? – chiedo.

Lui alza lo sguardo. Ha gli occhi azzurri chiarissimi e liquidi. – Sí?

Mi presento, allungo la mano, me la stringe. – Le posso parlare?

– Sono qui. Si accomodi.

Lo faccio, i tre ragazzi mi passano ai raggi x. Nel dubbio tengo le mani bene in vista. – È una questione privata, – dico.

– La ascolto.

– Nel senso che vorrei parlarle da solo.

Alza le spalle. – Mi dispiace, qui di intimità ce n'è poca –. Dà una pacca gentile al braccio di un ragazzo, che continua a fissarmi lanciando pugnali dalle pupille. Ha una cicatrice che gli divide in due l'orecchio destro. – E loro sono la mia famiglia –. A dispetto del nome, il Monsignore non ha accenti particolari.

– Va bene –. Mi siedo, sfiorando Mezzorecchia che si scosta, infastidito. – Qualche mese fa una persona che conoscevo è stata sua ospite per un po'. Un albanese, si chiamava Adrian Patoil. Avrei bisogno che lei me lo confermasse.

La temperatura cala di venti gradi. – Ospitiamo molte persone, – risponde emanando brina. – Non chiediamo i documenti a nessuno.

– Lo immaginavo –. Nella tasca del giubbotto ho una delle foto che mi ha lasciato Vera. Adrian è seduto sul cofano di un'auto e guarda un punto oltre l'obiettivo. La estraggo muovendomi cautamente. – È questo ragazzo qui –. Metto la foto sul tavolaccio. – Se lo ricorda?

Guarda, cambia espressione. Preoccupazione. Si riprende subito. – No, mi dispiace, – mormora.

– Chissà perché mi sembra il contrario.

– Si sbaglia –. È tornato quello di prima. – Non ho memoria per i visi.

Allargo le mani in gesto di pace. – E il mio non le ispira fiducia.

Si alza. – È venuta gente peggiore di lei a farmi domande.

– Non sono un poliziotto, Padre Molinas. Se fosse cosí gentile da lasciarmi spiegare...

Nemmeno mi ascolta. – Mi scusi, ho delle faccende da sbrigare –. Si allontana verso i cucinieri.

Ripongo la foto e mi alzo anch'io. I tre ragazzi mi sono intorno. Non mi toccano, ma dalle loro espressioni capisco che sarebbero disposti a farlo.

– *È tutto a posto*, – dico in francese, tenendo le mani in vista. – *Sono un amico*.

– Tutto a posto. Certo –. Mezzorecchio mi risponde in italiano.

– Sapete cosa penso? Che non mi vogliate aiutare.

Diventa ancora meno amichevole. – Sei o non sei un poliziotto?

– Mi hanno scartato. Troppo geniale.

Mi sputa in faccia. Asciugo con la manica. – Vai via, – dice. Muove un passo verso di me, imitato dagli altri. Io indietreggio, loro muovono un altro passo. Faccio la sala e tutto il corridoio a marcia indietro. Quando sono con la schiena all'uscita, Mezzorecchio mi dà una spinta sul petto. Esagero l'effetto per dargli soddisfazione e cado sul marciapiede, sbuffando pateticamente. Rimango a prendere la pioggia sugli occhiali fino a che i tre rientrano sbattendo la porta.

Va bene: piano di riserva.

## 3

Radio Specchiorosso è nella soffitta di un palazzo cosí fatiscente che le finestre al primo piano sono sbarrate da assi. Niente sponsor, niente quattrini. L'unico cambiamento, dall'ultima volta che ci sono stato, è una telecamera sulla porta blindata della redazione. Suono.

Dalla griglia dell'altoparlante rumori elettrici. – Chi... – Voce di ragazzo, che si interrompe subito. Deve avermi inquadrato sul monitor. – *E tu* cosa cazzo ci fai, qui?

– Grazie per l'accoglienza. Sono venuto a trovare Luke.

– Luke *ti* vuole vedere?

– Vuole redimermi, pare –. Sorrido all'obiettivo. – Mi apri o no?

Scatto della serratura, spingo ed entro. A parte gli studi di trasmissione, la radio è un'unica stanza piena di carte, rastrelliere di dischi, portacenere strapieni. Una delle ultime radio libere esistenti al mondo, prima o poi ne faranno un monumento nazionale.

Il mio interlocutore è l'unico occupante della redazione, seduto al tavolo con i telefoni e il fax. Venticinque anni al massimo, cresta da punk ed espressione disgustata. – So io come redimerei uno come te.

– Ci conosciamo?

– Una volta sí. Quando *facevi* il compagno –. Indica con il pollice la porta dello studio. – Luke è dentro.

– Grazie caro.

Lo studio è un buco ricoperto di cartoni per le uova

e gommapiuma. Luke legge un volantino in un microfono tenuto insieme dal nastro adesivo. Davanti ha un bicchiere di carta pieno di cocacola. Saluta con la mano, finisce di leggere e fa partire un disco. Alto e magro, faccia pallida e gote rosse, Luke ha quarant'anni, di cui almeno venticinque passati a fare il militante extraparlamentare. Laurea in filosofia, un po' di galera qua e là, un tot di processi in corso.

– Che ti è successo alla faccia? – chiede abbracciandomi. È tutto ossa sotto la camicia di jeans.

– Normale senescenza. Tu stai bene, invece.

– La lotta mantiene giovani. A cosa devo l'improvvisata?

Lo aggiorno sulla rava e sulla fava, seduto al suo fianco davanti al mixer. Ogni tanto cambia disco e annuncia qualche iniziativa di posti autogestiti.

– Allora Scotti è un tuo cliente –. Ride. – Non devi mentire a papà.

– Quando ne abbiamo parlato non avevo ancora accettato. Sei davvero sicuro che nessuno dei tuoi amici voglia male al ciccione?

– Certo.

– Sai che puoi fidarti di me, vero?

– Chissà. Non mi sembra che tu stia lavorando per la vittoria del proletariato.

– Però cerco di stare sempre dalla parte giusta.

– Ma non ci riesci –. Giocherella con il cavo delle cuffie che tiene abbassate sul collo. – Non ho niente da nasconderti, Gorilla. Con i pochi che siamo, non si fa fatica a sapere quando qualcuno sta sui coglioni. Di Scotti non avevo mai sentito parlare prima che mi telefonassi. Ho anche chiesto in giro. Non è un nome noto.

– Ai miei tempi non raccontavi le storie tese, se non eri un idiota.

– Quali storie tese?

– Voi squatter siete sempre in prima pagina. Dovresti saperlo con tutti i giornali che leggi.

Agita la mano, infastidito. – Non usare quel termine, che mi dà fastidio. E non credere ai media.

– Non sono cosí idiota. Però un pacco bomba a Scotti qualcuno glielo ha mandato davvero.

– E perché io dovrei saperne qualcosa? Credi che tutti gli attentatori vengano a riferire a me come al Grande Vecchio? – Comincia a incavolarsi sul serio.

– Non proprio, ma...

– O ancora credi che noi anarchici siamo tutti una cricca, che ci passiamo le liste dei nemici da colpire? – Con il dorso della mano tira il bicchiere di carta in direzione del cestino. Rotola a terra, su una collinetta di altri identici. Ahi, ahi, si è proprio arrabbiato. – In fondo, avresti ragione. In Italia gli anarchici sono gli unici che vanno in galera. La mafia non esiste, i servizi segreti lavorano per il bene del paese, le stragi non sono di Stato, l'aereo di Ustica... bla, bla e superbla –. Continua per un'altra decina di minuti, all'indietro da Pinelli a Adamo ed Eva.

Colgo l'attimo, riesco a infilarmi. – Luke, abbi pietà. Conosco la lezione.

– Non mi sembra.

– Piantala, mangiavamo nello stesso piatto. Ho ancora il massimo rispetto di te e dei tuoi compagni, fratelli, amici ecc.

– Lo spero –. Si perde nel poster dei Sex Pistols. Quando riporta lo sguardo su di me, è tornato il simpatico studente fuoricorso di sempre. – Ascoltami. Se persino un imbranato come te è capace di fare una bomba carta...

Mi concentro per far apparire l'aureola sulla mia testa. – ... non so a cosa tu ti riferisca.

– ... ci può riuscire chiunque. Quello che so io è che Scotti, il tuo amico Scotti, non ha niente a che fare con la politica o con l'ordine pubblico. Fa solo dei divertenti libretti di merda.

Alzo le braccia. – Va bene. Grazie.

– Non parliamone piú, – mi dice dandomi una stretta alla spalla. Arriva una telefonata che manda in diretta. Una denuncia di lavoro nero.

– Della faccenda dell'albanese che ne pensi? – gli

chiedo quando torna fuori onda. – Mi interessa, anche se non saprei spiegarti per quale motivo –. E gli racconto quello che so.

Ci ponza. – È brutta. Pensi davvero che Molinas ti possa aiutare?

– Almeno lo spero. Però da quelle parti sono persona non grata.

– Ci credo, con una faccia come la tua… – Scuote la coda. – Sai in quanti gli rompono i coglioni? Un po' di tempo fa l'hanno riempito di botte. Poi ci sono gli sbirri che non vedono l'ora che chiuda, e le petizioni del comitato di quartiere. Detto tra noi un po' se la cerca, perché è un cagacazzo pazzesco. Ha litigato con il Gruppo Abele, con tutta la giunta e con il Vescovo. Quando si incazza, organizza manifestazioni per conto suo e porta in piazza tutti i suoi ospiti. Si è anche incatenato davanti alla prefettura. Non ho ben capito se l'hanno già sospeso *a divinis*, ma poco ci manca.

– Mi sa che è proprio il tuo tipo.

Ride. – Come hai fatto a indovinare?

– Istinto. E visto che ti sta simpatico, vorrà dire che mi accompagnerai al dormitorio. Se non lo convinci tu, potrai sempre aiutarmi a fare a botte.

Rimane per un attimo interdetto. – Ah, brutto bastardo. Sapevo che c'era la fregatura.

Fortunatamente, non c'è bisogno di usare la forza. Al dormitorio, Luke è famoso e benvoluto come Mario Merola a Little Italy. Tutti che si avvicinano per abbracciarlo, toccarlo, raccontargli qualcosa. Mezzaorecchia ci scruta da lontano, imbarazzato. Poi si decide a stringermi la mano e insiste perché divida con lui un bicchiere di vino bianco acetoso. Accetto, fingiamo un round di boxe.

Monsignore sembra un'altra persona. Sorride, addirittura, mentre si districa tra i suoi assistiti e assistenti, dando ordini alla militare.

Ci fa entrare nel suo alloggio, una via di mezzo tra sacrestia e cella di prigione: crocefisso inquietante, scrivania, tre sedie, letto disfatto, micropresepe con carillon. Anche un inginocchiatoio da confessione volante, ricoperto in vera pelle. Si siede dietro la scrivania e ci fa cenno di accomodarci, mentre si accende una sigaretta. – Sono desolato per prima –. Il tono dice l'opposto.

– Ho sbagliato io. L'ho fatta troppo semplice.

– Forse sí, – annuisce magnanimo. – A ogni modo, pur essendo lieto di considerarla un amico, non vorrei riferire alcunché sulla mia comunità, se non è proprio necessario –. Porta lo sguardo su Luke, semisdraiato. – Lo è?

Luke agita una mano. – Fatti raccontare, poi decidi. Non voglio influenzarti.

– Non ti sforzare, – sbuffo.

– È il *tuo* lavoro, – sottolinea Luke.

Avevo conservato la battuta per usarla. – Se fosse un lavoro non lo farei –. Riassumo di nuovo l'ambaradan cremonese. Monsignore non si accontenta di poco, fa domande, io rispondo a tutte. Quando arrivo all'omicidio di Adrian avviene un interessante fenomeno: Monsignore invecchia di colpo. La sua energia sparisce e sembra farsi sempre piú piccolo. Dimostra settant'anni, alla fine, forse la sua vera età.

– Che tragedia, – mormora guardando la sigaretta che gli si è consumata in mano.

– Viviamo in tempi allegri. Le chiedo di nuovo se conosceva Adrian Patoil. Se vuole le faccio rivedere la foto, ma credo sinceramente che non ce ne sia bisogno.

– Infatti. Il nome è quello giusto, il cognome non lo rammento.

– È stato qui?

– Sí –. Monsignore si appoggia allo schienale della poltrona e racconta con voce bassa. Adrian era arrivato all'inizio dell'anno, c'era un posto libero e il suo ingresso non aveva dato particolari problemi. Non aveva malattie o sintomi di denutrizione, faceva volentieri la sua parte di lavoro all'interno della comunità. Al secondo mese, senza preavviso, era sparito. Faccio rapidamente i conti: potrei scommettere che è capitato poco prima della sua apparizione a Cremona, se non il giorno stesso.

– Sa da quanto tempo era in Italia?

Si concentra. – Mi ha detto che era arrivato da poco, e che era scappato subito da Brindisi per evitare la polizia. Immagino fosse in Italia da una settimana, giorno piú giorno meno.

– Quando se ne è andato, ha lasciato qualcosa qui?

– No. Deve aver portato via tutto in segreto.

– Strano. A Cremona è arrivato senza niente –. Mi appunto il particolare su un neurone. – Questa partenza improvvisa di Adrian non le è sembrata strana? O fanno tutti cosí i suoi ospiti.

– No, non fanno tutti cosí. Di solito si fermano molto piú a lungo e qualche volta ritornano. Però non tutti stanno scappando.

Ahhhh. Mi sembra troppo bello per essere vero. – E lei come lo sa?

– Perché ho avuto a che fare con una delle persone che lo cercava –. La mattina dopo la scomparsa di Adrian, Monsignore aveva fatto un incontro sulla porta di casa. Un omone sulla cinquantina rosso di capelli, con i baffoni. Italiano, accento veneto, incavolato di brutto. Prima ancora di aprire bocca aveva cominciato a menare.

– Mi chiedeva dove tenevo nascosto Adrian, ma io non lo sapevo. Alla fine io sono svenuto e lui è sparito. Mi sono risvegliato in ospedale. – Allarga le braccia. – È uno dei motivi, se non l'unico, per i quali ho preferito trasferirmi definitivamente nella mia comunità. Qui mi sento piú protetto.

– Ha sporto denuncia?

– Certamente, e senza risultato. Ho descritto il mio assalitore, evitando di dire chi stavano cercando. Non volevo che la polizia desse noie a Adrian, ma forse... – Torna a guardare il sigaro. L'ammissione gli pesa. – Forse non è stata la decisione corretta.

– Sarebbe stato inutile, – dico sincero. – Se non hanno trovato chi ha aggredito lei, sempre che lo abbiano cercato, non avrebbero di certo trovato uno dei tanti albanesi che circolano.

– Lo pensi anche tu, Luca? – chiede Monsignore.

– Ovvio, – risponde lui. – Da che parte pensi che stiano le cosiddette forze dell'ordine? Ti hanno mai aiutato quando ti hanno tirato le molotov, o quando...

– Piantala Luke, o non ti porto piú fuori, – lo interrompo. – E, Padre Molinas, non sappiamo neanche se il tipo c'entri qualcosa con l'omicidio. Lo ha piú visto?

– No.

– Era armato?

– Solo di un bastone.

– Può aver saputo in qualche modo che Adrian era a Cremona?

– Non da me e nemmeno da qualcuno della comunità. Non mi risulta che Adrian si sia piú messo in contatto. Ma tenga presente che qui le persone vanno e vengono, e sono stato in ospedale quasi un mese –. Accende un'altra sigaretta. – In ogni modo, la sparizione di Adrian non era la nostra principale preoccupazione. Nello stesso periodo abbiamo avuto la presenza quasi costante della polizia alla comunità. Alcuni dei nostri assistiti sono stati arrestati.

– Come clandestini?

– No –. Storce le labbra. – Due nigeriani spacciavano droga. La nascondevano poco distante dal dormitorio. Sotto un albero. Anche se la maggior parte dei nostri assistiti sono persone oneste, qualche volta una mela marcia capita.

– Pensa che Adrian possa essere stato implicato con i nigeriani?

– Mi sembrerebbe difficile. Nonostante i nostri sforzi le varie etnie tendono a mescolarsi poco.

– Che mi dice dei volontari? Quelli che cucinano, puliscono, il suo collega che sembra Little Tony...

– Don Alberto Giupponi? – Non trattiene la faccia schifata. – Non è il genere di sacerdote che ispira le confidenze. Qui da noi si trova male, e lo fa pesare a tutti. Vuole tornare a Brindisi dove, dice lui, si fa un lavoro importante con i clandestini. Come se qui giocassimo. – Si volta verso Luke, che passeggia leggendo i dorsi dei libri su uno scaffale. – Però, però… Come si chiamava la ragazza che metteva la musica?

– Quale?

– Ci ha dato una mano a organizzare la festa dell'anniversario. La conoscevi, mi pare. Minuta, con l'orecchino nel naso.

– Ah, certo, dj Oink. Una del Budino Occupato.

– Sarà come dici tu, non ci capisco niente con le vostre cose –. Molinas torna a me. – Era diventata amica di Adrian. È venuta a incontrarlo dopo la festa, credo un paio di volte.

– Dove la trovo? – chiedo a Luke.

– Posso informarmi.

– Ecco bravo –. Mi alzo. – Padre Molinas, la ringrazio molto. Spero che possa servire. Nel caso avessi ancora bisogno di parlare con lei?

Si alza per stringermi la mano. – Venga pure a trovarmi quando vuole. E mi aggiorni. – Esita. – Pensa che quello che mi ha aggredito…

– Chi lo sa? – Mi infilo il giubbotto. – Da come lo ha descritto, sembra piú un balordo che un killer. Lei l'ha visto in faccia, e non le ha tagliato la gola. Però è qualcosa su cui lavorare.

Sorride orgoglioso. – Le ho dato un indizio, come nei film.

– Una ragione per andare avanti, – rispondo. – Piccola, ma è meglio che niente.

## 4

Prendo un taxi fino all'albergo e mi rivesto con abiti asciutti. La caduta sul marciapiede mi ha aperto uno squarcio sui pantaloni, sono andato in giro mostrando i boxer con i maialini.

Mangio una barretta dietetica, accendo la televisione, faccio zapping finché non mi si sloga il polso. Allora piazzo su Mtv e prendo il telefono. Dalla segreteria di casa niente di niente, neanche un messaggino di Vale, in tutt'altre faccende affaccendata. Ah, che sospiro.

Romanticamente penso a tutte le volte che sono stato con lei in una stanza d'albergo. Pochine, a ben vedere. Viaggio soprattutto per lavoro e sono un pessimo turista. Vado a Londra e mi ricordo solo i pub. Piccadilly Circus l'hai visto, mi chiedono, la torre di Johnson & Johnson, il Partenone di Alicarnasso? Boh, forse, mi pare. Poi tornare mi mette anche piú tristezza della partenza. Chiamo gli amici per farmi recuperare all'aeroporto e scopro che hanno già tutti prenotato la pizzeria o il teatro. Nessuna improvvisata fuori dai cancelli.

Telefono a mia madre, per controllare che il Socio l'abbia salutata come si deve: è un po' scocciata per la mia rapida partenza e mi tira un macigno di sensi di colpa. Poi all'Elefante sul cellulare. Sta guidando.

– Come butta da quelle parti? – mi saluta col suo vocione. Urla sempre nel telefono.

– Ho già fatto amicizia con il jet set. Voi che novità?

– Un cazzo. Siamo andati a parlare con quelli della carovana Corti. C'erano già stati gli sbirri, ma il padrone ha parlato lo stesso con noi.

– Cosa vi ha detto?

– Conferma di aver dato il lavoro ai due. Però non sa esattamente quanto si siano fermati sul posto. Lui è innocentista, per la cronaca. Dice che Ismail e Sami sono due bravi cristi.

– E di Adrian?

– Gli dispiace molto eccetera, ha fatto una colletta per Vera. Per essere un negriero non è troppo male.

– Perché Adrian non lavorava con gli altri due?

– Perché era un lavoro per due persone, very simple. Abbiamo cercato di parlare con qualche collega dei nostri amici, ma c'è stato il fuggi fuggi generale. Mi sa che ce ne sono pochi, lí, di immigrati in regola –. Sbadiglia. – Adesso siamo spallati e rientriamo a Milano.

– Vera come sta?

– Stanotte è da Lamberto, perché non voleva dormire da sola. Io mi sarei fermato volentieri, ma Stefania non sarebbe stata troppo d'accordo.

– Non ci provare o ti annodo la proboscide, – lo minaccio.

– Oddio è geloso –. Ride. – Ti passo Alex, che guidare in questa cazzo di nebbia è dura.

Alex neanche mi dice ciao. – Quando mandi un po' di soldi? Le trasferte costano.

– Prima della fine settimana vi faccio avere un vaglia.

– Questa l'ho già sentita.

– Giuro, ho i soldi in tasca. Senti?, frush frush.

– Ah ah.

– Che ne pensi?

– Storia del cazzo come ne hai fatte poche.

– Lo dici sempre, non vale piú.

– Qualche intelligente suggerimento su dove dovremmo sbattere la testa noi lavoratori?

Sullo schermo della tv una ragazza ancheggia in bikini. Mi contorco per vederla meglio senza strozzarmi con il cavo. – Yes. Domani fatti raccontare da Vera quali sono i posti dove andava con Adrian e gli altri, e fatti dei giri. Chiedi se frequentavano qualcuno, connazionali o italiani. Vedi anche se esistono a Cremona circoli per stranieri. Sarebbe interessante capire se i tre erano davvero cosí affiatati.

– Quindi non sei sicuro per un cazzo che l'assassino sia torinese.

– Per quello che ne so, potrebbe anche venire dalla luna. Non penso che ne caverete molto, ma fate anche un bello screening dei vicini.

– Una fetta di culo non la vuoi?

– Il tuo è troppo secco. Ufficialmente lavoriamo per lo studio legale di Mirko, quindi puoi fare domande senza avere guai.

– Valla a raccontare a qualcun altro.

– Ok, non farti beccare dalla pula. E, già che ci sei, fai un bello screening anche a Corti. Un po' troppo gentile, sapeva dove stava di casa Adrian e sapeva che non lavorava, quella mattina.

– Ti manca solo il movente e una bella impronta digitale.

– Esatto. Comunque, tra un paio di giorni torno da voi. Qui non succede un cavolo, tanto vale che faccia la spola –. La ragazza in tv è stata sostituita da un gruppo di chitarristi con il piercing alle labbra. Chissà se l'albergo fornisce canali a luci rosse. Clicco sul telecomando: televendite e talkshow. – Nell'attesa conto sulle vostre capacità sopraffine, – concludo.

– Non aspettarti granché.

– Solo il massimo dai miei migliori amici...

– Ti saluto.

Rimango disteso sul letto a rilassare i muscoli, audio al minimo su un film anni Cinquanta con il Misterioso Uomo Cactus. Aaahrg, aaah, puff, sbang. Sembra sceneggiato dall'investigatore vampiro. Luke chiama prima della fine, a mezzanotte circa. È ancora in studio a fare la rassegna stampa.

– Ho trovato l'amica che cercavi, – dice. Niente nomi, la Cia ci spia.

– Potere del quinto potere. Accetta di vedermi?

– Sí. Non le ho raccontato niente della tua faccenda, vedi tu cos'è il caso. Le ho solo assicurato che sei, in fondo in fondo, quasi una brava persona.

– Dove abita?

– Preferisce incontrarti in un luogo pubblico.

– Mmm, sarei davvero curioso di sapere cosa le hai detto di me. Dove?

– C'è una festa di autofinanziamento per la radio, domani sera.

– Che tipo di festa?

– Diciamo un rave.

– Un rave? Musica assordante e gente rovinata? Orripilo.

– Secondo i pennivendoli di regime sí. Noi la chiamiamo sonorità di tendenza e socialità. È un'occupazione volante per cui non posso dirti il posto. Ci sono un po' di punti di incontro per andarci, in giro per la città.

– Sempre meglio, – dico rassegnato. – Qualcosa di piú comodo per uno che viene da fuori?

– Eh, con l'età sei diventato pantofolaio –. Ci pensa. – Posso farti dare un passaggio.

– Infilato in un sacco?

– No, se non rompi le palle.

– Ci proverò –. Pausa. – Grazie per lo sbattimento, – aggiungo di malavoglia.

– Prego. Domani ti dico a che ora passano a prenderti.

– Va bene.

– Adesso cosa fai? Ti dài alla bella vita? Ti inviterei a bere qualcosa, ma ho un'assemblea sulla Palestina.

– Non ti preoccupare, ho un sacco di cose da fare.

Tipo le ombre cinesi con la luce dell'abatjour. Sono esperto in quella del cane che abbaia, ne conosco dieci versioni diverse.

Vorrei poter dormire come gli altri, qualche volta.

## 4

Ore diciotto. L'ufficetto che Scotti mi ha preparato è uno sgabuzzino due metri per due, piastrellato di verde fino al soffitto. Oltre allo scaffale e alla scrivania traballante c'è solo la sedia su cui sono seduto, che manca di un piedino. La finestrella sembra l'oblò di una nave e dà sul cortile da cui provengono rumori rottamosi. Odore di smog bagnato.

Sfoglio il rapporto quotidiano del Socio, posato sotto il suo libro di relax *De Bello Gallico*. È andato a trovare i guardiani del magazzino incendiato che gli hanno raccontato la tecnica dell'attentato: benzina sotto la porta e cerini. Visto il livello di sorveglianza, non c'era bisogno della Banda del Buco per riuscirci.

Poi il Socio è tornato in ufficio, e si è messo a rompere le scatole alle maestranze. Vengo a sapere che Carmelo è sposato e ha un figlio ragioniere, che Raffaele è scapolo e ha trascorsi come giornalista di spettacolo, che Panz vive solo. Nessuno ha alibi che valga la pena di smontare per la sera prima del pacco bomba. Al cinema da soli, a casa a dormire. Svetlana e Scotti addirittura in viaggio di lavoro, rientrati insieme a mezzogiorno, quando Scotti aveva aperto il pacco. Nessuno si ricorda di quello che faceva quando è andato a fuoco il magazzino. A parte Carmelo, che si addormenta sempre dopo carosello e che suppone di averlo fatto anche quella sera.

Prendo i fogli del rapporto e li ficco nel cestino.

Quanta fatica sprecata. Non vedo l'ora di arrivare al mitico Fantaconvegno, tenere a bada i fan e tornarmene a casa con i soldi di Scotti. Poi, possono anche bombardarlo con un B52, lui e tutta Agnellopoli. E quando avrò finito, basta, basta, basta con le indagini. Me lo tatuerò sul petto. Tornerò a fare il buttafuori rispettabile, dove tutto è molto chiaro. *No signora, non può portarsi a casa il vaso ming del padrone di casa. No signore, non può entrare se non ha l'invito firmato personalmente dallo stilista Zebedei.* Cose cosí. Umiliazioni veloci, che non lasciano il segno.

Bussano alla porta. Tiro pudicamente giú le scarpe dal tavolo, mentre Raffaele entra quel tanto che è possibile, una spalla, piú o meno. Rimane a fissarmi.

– Prego, – gli dico. – Accomodati pure sullo scatolone degli ospiti.

Freme. – Sto in piedi, sí, preferisco.

– Come vuoi, pendo dalle tue labbra.

Punta l'indice, ma non mi sta guardando negli occhi e non riesce a essere minaccioso. – Credo, sí, credo che dobbiamo chiarirci, io e te, – dice.

– Ripendo dalle tue labbra.

– Non ho, sí, non ho apprezzato che tu mi abbia rinchiuso nello stanzino dei manoscritti, ieri. Mi hanno aperto, sí, dopo tre ore.

– Be', avevi da leggere, – dico. Mi sto pizzicando un testicolo per non rotolarmi in terra dal ridere. – No, scusa, deve essere capitato per errore. Ho chiuso la porta e la chiave si è girata.

– Non è una chiave.

– Ah, no?

– È un chiavistello, e i chiavistelli non scivolano da soli –. Poi prende fiato e spara a mitraglia il suo disgusto per un essere come me, che si insinua in un tranquillo consesso di lavoro seminando zizzania pur di cercare un sedicente attentatore.

Alzo le mani. – Raffaele, mi dispiace che tu ti sia offeso, ma per l'ultima volta: della vostra bomba non me ne importa un tubo.

– E io dovrei, sí, dovremmo crederti? – Si indica la

fronte. – Qui non c'è scritto Giocondo. Comunque hai poco da fare il furbo. Pensi di stare simpatico a tutti, qui? Ti sbagli, sai? Se lo vuoi sapere...

– Non voglio grazie.

– Tutti qui ti considerano un parassita...

– Ti avevo detto di non dirmelo.

– ... venuto a rubare i soldi di Franco.

Gli sbadiglio in faccia. – Neanche Arsenio Lupin riuscirebbe a fargli scucire dei soldi, caro mio. Comunque, ti ringrazio per la comunicazione. Altro?

È evidentemente spiazzato. – No... Allora... io vado.

Si gira, esce. Lo richiamo, rinfila la testa. – Sí?

– Quando l'hai finita, mi presteresti la serie del vampiro? Mi è venuta voglia di leggerla.

– Sei proprio uno stronzo, – dice allontanandosi.

Non ha tutti i torti. Ma non mi piace chi dà la caccia ai pazzi.

Pinocchio chiama sul tardi, quando l'ufficio si sta svuotando. Tira su con il naso ogni due parole. Metà di quello che guadagna finisce lí dentro sotto forma di polvere bianca, e ha la rinite cronica. – Sandrone?

– No, sono l'uomo del gas.

– Perfettamente. Ho approfondito come mi hai chiesto –. Il Socio, evidentemente. – Vai tranquillo con il tuo cliente, è pulito che piú pulito non si può. Ci puoi anche mangiare dentro.

– Sicuro?

– Sí. Nessuna storia, niente conti neri o voci strane. Guadagna poco con la casa editrice, ma è ricco di famiglia, soldi investiti normalmente, fondi e bot. La dichiarazione dei redditi mi convince, e se il bilancio societario è fasullo sono disposto a ficcarmelo su per il culo in triplice copia. Passa anche gli alimenti regolari alla sua ex moglie, ma se vuoi che ci vada a parlare diventa un lavoro per i soldi, non so se mi spiego.

– Ti spieghi. Non è detto che non abbia qualcosa per te, piú avanti. Grazie e arrivederci.

– Perfettamente. Sempre a disposizione.

Chiamo Luke e mi accordo sul farmi venire a recuperare. Appuntamento al mio albergo, il tempo di rompermi le scatole in giro per qualche oretta. Poi, già che ho un telefono gratuito in mano, chiamo Alex sul cellulare. Stavolta è in un bar di Cremona, e ha appena finito il giro della giornata con l'Elefante. Solo notizie negative. I quattro allegri conviventi non avevano mai litigato in pubblico, e non frequentavano posti particolari. In piú, il nostro *Ai*gor Corti il giorno dell'omicidio era in una ditta a dirigere lavori di carico e scarico. Alibi di ferro, controllato. Saluto il mio amichetto, lo rassicuro di nuovo sui soldi, e mi concedo qualche secondo per piangermi addosso. Sto per infilarmi il giubbotto, quando arriva Svetlana.

– Sei pronto?

La cena, giusto cielo, parlava sul serio. A forza di beccare il due di picche, non credo piú nelle mie potenzialità seduttive. – Sicuro. Hai delle preferenze?

– Scegli tu. Basta che non sia russo.

Casa tua, penso, ma dico giapponese. Lei accetta.

Ovviamente c'è un intoppo. Panz. Lo incrociamo sul pianerottolo, pantaloncini e maglietta nonostante il freddo.

– Ciao Svetty, – dice baciandola sulla guancia e prendendola sottobraccio. La reazione etologicamente adeguata sarebbe quella di sferrargli un pugno sul naso, ma sono un buono e mi limito ad afferrare Svetlana per il braccio libero. Lei si sfila delicatamente da entrambi, forse per paura che si cominci a tirare.

– Te ne vai di già, detective? – dice Panz.

– No, sto arrivando. Cammino all'indietro per ingannare il nemico.

– Geniale. Io invece volevo proporvi una cena, tanto per fare due chiacchiere. Vi va?

– No, – dico io.

– Sí, – dice Svetlana in contemporanea. Fregato.

Cambio registro. – Svetlana e io avevamo già deciso di cercarci un sushi bar. Il pesce crudo non ti piace, immagino.

Si illumina. – Certo che sí, è quasi il mio cibo preferito. Conosco un posto ottimo a buon mercato. Se aspettate un attimo mi tolgo gli abiti da lavoro. Ero andato a bere un aperitivo, per fortuna che sono rientrato in tempo.

– Proprio, – grugnisco.

Lo seguiamo nell'ufficio vuoto, illuminato solo dalla luce che viene da fuori. Svetlana si ferma all'ingresso per telefonare a un'amica. Io seguo il rompiscatole nella stanza dove l'ho incontrato il primo giorno. Apre un armadietto e si sfila pantaloncini e maglietta. – Non riesco a lavorare con i pantaloni lunghi. Piuttosto in mutande. Ma andare in giro è un'altra storia –. Indossa un sobrio completo grigio, con camicia bianca. – Io sono l'opposto del bancario: loro si mettono in tiro per lavorare, io mi spoglio. Saranno le mie origini proletarie. Mio padre vestiva la tuta tutta la settimana, ma di sabato andava dal barbiere –. Si guarda allo specchio fissato sull'anta dell'armadietto, e si annoda i capelli in una lunga coda.

– Che strano che tu mi rivolga la parola, – dico. – Pensavo di stare sulle scatole a tutti, qui in ufficio.

– È stato Raffaele a dirtelo?

– Hai vinto un mappamondo.

– Non gli avrai mica creduto, spero –. Si rimira di profilo, sembra soddisfatto. Lo sarei anch'io, al posto suo. – Oggi pomeriggio Raffaele ha rotto le palle sulla tua presenza, sul fatto che la nostra privacy non è rispettata e che di te non c'è da fidarsi. Gli abbiamo dato ragione solo perché la smettesse di rompere –. Mi strizza l'occhio, chinandosi a prendere la borsa di cuoio. – Nessuno crede di dover temere qualcosa.

– Forse chi *teme qualcosa* è proprio il tuo collega.

– È solo un depresso –. Mi precede lungo il corridoio e ci chiudiamo l'ufficio alle spalle. – Molesto.

– Razza in crescita.

– Senz'altro. Però un po' te la sei cercata.

– Non sono stato io a chiuderlo nello sgabuzzino. Avevo troppa fretta di scappare –. Panz ride. – Ah, capisco...

– Bravo detective. Sono stato io a interpretare la volontà collettiva. Perché credi che Raffaele sia rimasto rinchiuso due ore, nonostante bussasse?

– E allora cosa ho fatto di male?

– Mah, hai certi modi... Stamattina eri veramente antipatico con le tue domande.

Non sono mai riuscito a insegnare la diplomazia al Socio. – Facevo solo il mio lavoro.

– Con la faccia alla tenente Kojak –. Si ferma a guardarmi. – Non sarai ciclotimico, per caso? Avevo una fidanzata cosí: si svegliava che era un miele e due minuti dopo mi prendeva a calci perché non sapevo regolare il televisore.

– Io ce l'ho ancora, una cosí –. Da qualche parte.

– Ti capisco, fratello. Ma sono cose che passano.

Recuperiamo Svetlana poi l'automobile di Panz, un'Espace tirata a lucido. Sembriamo due bobos con modella a rimorchio. Mi correggo, dandomi un'occhiata allo specchietto di cortesia. Lui lo sembra, io sono il solito bovaro ripulito.

Chiacchiere allegre, clima disteso, sushi bar effettivamente genuino. Racconto la barzelletta del pianista monco, Panz quella della suora con l'ornitorinco. Svetlana ha qualche problema con le bacchette e noi maschietti facciamo a gara per insegnarle il sistema giusto. Sono costretto ad ammettere che la tecnica di Panz è buona quanto la mia ed è la prima volta che mi capita con un occidentale. Cerco di stenderlo tagliando il sashimi con una mano sola, ma lui ribatte dividendo il tempura senza sbriciolare l'impanatura. Uno a uno.

Mentre mangiamo, Panz racconta a mio beneficio il suo incontro con Scotti. Lui veniva dalla scuola d'arte e si era fatto le ossa con le fanzine metallare. Scotti lo aveva trovato perfetto per le sue copertine con donnine discinte.

– Ma tu volevi fare l'artista, – interviene Svetlana.

– Io *sono* un artista. La vera arte, oggi, è quella a larga diffusione. Come i libri, le cartoline e le pagine su internet. E poi io faccio ricerca. Colori fluorescenti, pantoni, materiali nuovi per le copertine.

– Scotti te lo lascia fare? Non costa troppo? – Mi stupisco.

– Mi boccia sempre tutto –. Àgita un pezzo di futomaki. – Ma io continuo. E il tuo lavoro com'è, a parte la trasferta torinese?

– Cerco di correre piú veloce dei guai –. La butto sul personale, per cambiare argomento. – Perché ti chiamano Panz?

– Per via della pancia da birra –. Si colpisce lo stomaco piatto con un suono di tamburo ben teso. – Non ce l'ho piú da quando mi sono messo a fare palestra, ma i soprannomi rimangono.

– Non dirlo a me. Tu Svetlana, hai dei soprannomi?

– No. Ma se vuoi puoi darmene uno –. Bamboleggia.

– Oci ciornie, – dice Panz.

– Che originale –. Faccio portare un'altra bottiglietta di sakè. – Cosa ne pensate, di tutta la faccenda? Parlo della bomba.

– Prima che arrivassi tu, era una specie di gioco di società. Chi è stato e dove colpirà ancora il maniaco mascherato? Ma nessuno si era spaventato –. Panz si fa serio, stringendo gli occhi verdi chiarissimi. – Adesso le cose sono cambiate. In peggio.

Ci rimango un po' male. – Ah. Non è esattamente per questo che vengo pagato.

– Non è colpa tua, – interviene Svetlana. – Ma Panz ha ragione. Se Franco ti ha assunto vuol dire che è preoccupato.

– Un detective vero, significa pericolo vero, – conclude Panz.

– Se mi chiami ancora detective ti infilo una bacchetta nel naso.

– Uau. E tu che ne pensi, invece? Il mio invito a cena non era del tutto disinteressato.

– Potevi risparmiarti lo sforzo, allora. Primo, perché io non sto indagando sulla bomba –. Solita espressione incredula. – Secondo, perché non ci ho capito un tubo. Scartiamo pure i ragazzi dei centri sociali, però.

Raccoglie le ultime briciole di riso. – Sicuro?

– Sí. E non sono neanche creditori incavolati o il racket delle librerie.

– Cos'è il racket delle librerie? – chiede Svetlana.

– Quelli che leggono solo Baricco e la Tamaro, e odiano chi pubblica qualcosa d'altro –. Mi guarda perplessa. – Non preoccuparti, me lo sto inventando –. *Credo*. – Per quel che ne so, possono essere stati davvero gli scrittori falliti. Lo Zazzeruto ne è convinto.

– Se lo dice lui sarà vero, visto che non riesce a farsi pubblicare neanche pagando, – dice Panz. – Scotti non avrebbe problemi a fargli un libro, ma per Raffaele sarebbe un'onta. Pubblicare le sue splendide poesie in una casa editrice di quarta categoria? Meglio la morte.

– Se ci lavora non dovrebbe fare lo schizzinoso.

– È stato costretto. L'hanno buttato fuori dal giornale dove lavorava quando si è messo a bere come una spugna.

– Non sei gentile, Panz, – dice Svetlana. – Aveva dei problemi. Mi ha raccontato che sua moglie lo tradiva, poverino.

– L'ha raccontato a tutti quelli che lo stavano a sentire.

– Non si direbbe un ubriacone, – dico io.

– Fatti un giro agli alcolisti anonimi il martedí sera. Ce lo trovi. *Ciao sono Raffaele e sono un alcolista.*

– Non ci scherzare. Ho avuto degli amici che ci sono rimasti.

– Di qualcosa bisogna pur morire. Gelato verde?

Finisco la bottiglietta. – Sí. Affogato al whisky, però. Ciao sono Sandrone e sono un alcolista.

Accompagniamo Svetlana a casa, e lei divide equamente i baci sulle guance. Poi Panz mi lascia all'atrio dell'albergo dove ci salutiamo cordialmente. Non mi piace trovare simpatici quelli che hanno piú capelli di me, ma con lui non sono riuscito a impedirmelo.

Il mio passaggio per il rave arriva un'ora dopo. Sono una comitiva di ragazzotti dentro una Tipo scassata, con kefiah, orecchini plurimi e giubbotti chiodati. Il meglio per passare inosservati. Ovviamente, non mi portano subito dove devo andare. Troppo presto, dicono.

La prima tappa è una birreria di neon rosa frequentata solo da maniaci delle Harley Davidson. Beviamo birra, ripartiamo con la musica a palla sull'autoradio. La seconda una discoteca nel seminterrato di un palazzo di uffici. Si chiama *Aria Liquida*, tutta luci pulsanti e specchi. I frequentatori sfoggiano mise di pelle, capelli colorati e sguardi persi. La ciurma si svacca su uno dei divani, facendo comunella con uno stuolo di ragazzine. Sudo, uso il ghiaccio del whisky per rinfrescarmi la fronte pensando al ghiaccio che mi mettevano sulla ferita. Musica anni Settanta ricampionata, la gente si dimena su una pista microscopica: sto a guardare fino a che mi portano via.

Terza tappa i Murazzi, passeggiata del Lungopo. La mia scorta si infila da *Giancarlo*, un discobar cosí alternativo che i buttafuori scacciano gli importuni tirandogli i tomi del Capitale. Decido di non contribuire alla calca e rimango fuori a guardare l'acqua che scorre. Sento nostalgia dei Navigli e di casa. Ha smesso di piovere e sul chilometro di marciapiede passeggia qualche migliaio di persone. I neri muovono il fumo, i bianchi la coca, i gruppi misti vendono panini con la salsiccia cotta su barbecue improvvisati. Tutti consumano e stanno allegri, anche se ogni tanto qualcuno si fa male. Un po' di tempo fa un algerino è stato buttato nel fiume e preso a colpi di aspirapolvere finché è annegato. Aveva rotto le scatole in un bar.

Ripartiamo. Neanche questa è la volta buona, neanche quella dopo. Passiamo in rassegna una girandola di luoghi che vanno dalle case occupate ai caffè con i piraña sotto il bancone, tutti per me assolutamente sconosciuti, affollati di ventenni gentili, poco interessati alla mia persona. Non ci fermiamo mai a lungo in nessun posto, ascolto la musica, mi sforzo di chiacchierare con i compagni di strada, ma il gap minimo è di due generazioni, ci si capisce poco. Tranne l'autista, un piccolino rasato a zero, l'equipaggio continua a variare in sintonia con gli approdi. Esponenti sempre diversi del popolo notturno, che scarrozziamo da un punto all'altro della città. Immancabilmente rumorosi ed eccitati, immancabilmente rapiti dal fascino della notte gianduia. Alle tre, quando ho finalmente digerito lo zenzero e il rafano giapponese, ci allontaniamo dal centro storico, direzione ignota. Banchi di nebbia densa sbucano all'improvviso, filiamo veloci mentre aspetto lo schianto.

– Dove stiamo andando? – chiedo.

– A Nichelino, siamo quasi arrivati, – mi risponde l'autista. – È lí che c'è la Ripart-Manori.

– Una fabbrica?

– Lo era. Adesso c'è il rave. Pare che sia tosto.

Capisco cosa intende quando raggiungiamo un grumo di edifici industriali in disarmo. Le macchine in sosta formano una barriera insuperabile e centinaia di ragazzi sciamano dentro e fuori un vecchio capannone. Sul davanti una sorta di scheletro di metallo. Alto piú di tre metri, fari al posto degli occhi. Impressionante, a dir poco. La musica fa tremare il tetto di lamiera.

All'ingresso un paio di ragazzotti stratificati di piumini ci chiedono il pedaggio, restituendoci un timbro sulla mano. Pago per tutti, mi sembra il minimo, entriamo.

Nel capannone ballano almeno mille persone, venti gradi di escursione termica. Dalle travature in cemento penzolano grappoli di stroboscopiche. Ovunque rottami saldati in forma di animali mostruosi. Una specie di toro con le corna di manubri di motociclette, un cavallo di tubi, una tigre striata di cocci di bottiglia. Un totem di amplificatori e laser rotanti è piazzato nel centro della pista in cemento. Spara la musica direttamente nella mia pancia.

– Una figata, eh? – mi grida nell'orecchio il mio accompagnatore.

– Stavo per dirlo. Ma non è stato occupato oggi?

– Vero.

– Come hanno fatto a costruire tutto in un giorno?

– La maggior parte della roba viaggia da un rave

all'altro –. Si guarda intorno. – Io vado in cerca di *paste*. Ne vuoi?

Faccio appello al mio dizionario di slang giovanile. Paste = pastiglie di ecstasy e/o sostanze allucinogene: – No grazie.

Ride. – Proibizionista?

– Anziano. Vai pure, ormai posso arrangiarmi da solo.

Mi aggiro tra i vari banchetti del perimetro: vendono di tutto, dalle t-shirt ai beveroni salutisti al guaranà. Una calca incredibile.

Raggiungo un piccolo bar illuminato da neon viola circondato da una rete di metallo arrugginito. Il barista ha quasi la mia età, barbuto e tatuato anche sui peli delle ascelle.

– Niente superalcolici, – urla, schizzandomi di sudore.

– Birra?

– Quella c'è.

Mi passa una bottiglietta temperatura pediluvio. Fingo di berla. – Hai visto in giro Oink? – gli chiedo.

Mi prende una spalla e mi fa girare, indicando con la mano una specie di torretta da segnalazioni. Sulla cima ondeggiano tre figure dietro una consolle.

Ringrazio e mi faccio largo nel bordello. La torretta è dotata di scala metallica. Salendo, sento delle fitte alla schiena che mi ricordano la mia condizione di convalescente. *Un po' tardi per farselo venire in mente*, mi dico.

C'è una sola ragazza nel gruppetto in cima, vestita d'argento dalla testa ai piedi instivalettati. Anche i capelli a caschetto sono argentati. Ha una cuffia in testa collegata al mixer dei piatti. Balla a occhi chiusi, muovendo i dischi con la punta delle dita. Rimango a osservarla per qualche secondo. Sui ventidue, proprio carina. Ha un orecchino al labbro superiore.

La scuoto gentilmente, mi guarda e si libera le orecchie. – Sono Sandrone, – grido.

Si colpisce la fronte con la mano, annuendo. – Il Gorilla? – le leggo sulle labbra.

– Esatto! Devo parlarti!

– Di cosa?

– Adrian! Adrian Patoil!

– Adrian! – urla felice. Mi salta addosso e mi abbraccia. Mi godo il contatto prima di ricordarmi perché sono lí.

Le parlo a un millimetro dall'orecchio. – Ho una brutta notizia, – dico imbarazzato.

Il suo sorriso cala. – L'hanno espulso?

Scuoto la testa. – Mi dispiace. È morto.

Ha in mano un disco. Lo fa cadere. Rotola sulla testa di quelli di sotto.

– Mi dispiace, – ripeto. Non sono stato delicato, ma come cavolo si fa, in una situazione del genere.

Comincia a colarle il rimmel argento. – Com'è successo?

Le metto una mano sulla spalla. – Andiamo a parlarne in un angolo tranquillo, se c'è.

Fa cenno di sí. Parlotta con un ragazzo che ha tre pitbull alla catena; le dà il cambio al mixer. Scendiamo. Mi conduce in un angolo della sala, diviso da teloni appesi al soffitto che attutiscono la musica. Sul pavimento persone ammucchiate in stato comatoso.

Oink si soffia il naso e cerca di pulirsi gli occhi senza fare un disastro con il trucco. Non ci riesce. – Raccontami, allora. Quando è successo?

– Una settimana fa. Adrian viveva a casa di una mia amica, a Cremona. Lo hanno ammazzato.

– Lo hanno ammazzato... – Respira a fatica. – Come?

– A coltellate.

– Cazzo, – dice piano. – Cazzocazzocazzocazzo –. Si è rimessa a piangere, aspetto che si calmi guardandomi attorno. Non ci fosse la musica, lo spazio telone sarebbe silenzioso. Il resto dei presenti sta dormendo o limonando. Beata gioventú.

– Chi è stato? – chiede Oink dopo un po'. Ha la voce piú sicura, ma l'espressione fissa. Si accoccola per terra, a gambe larghe. Sembra una bambola.

– Sto cercando di capirlo –. Le siedo vicino, profuma di patchouli e sudore. – Vorrei farti qualche domanda su di lui.

Non risponde.

Ripeto. – Posso...

– Ti ho sentito. Chi sei? Un pulotto?

– Secondo te sarei amico di Luke?

– No. E allora?

– Hanno arrestato due albanesi per l'omicidio. Sto dando una mano all'avvocato della difesa.

– Perché la polizia pensa che siano stati loro?

– Perché si fidano delle statistiche. Però la ragazza che li ospitava tutti e tre è convinta che siano innocenti.

– Come si chiama?

– Vera.

– Non la conosco.

– Era la ragazza di Adrian.

Oink ha una strana reazione alle mie parole. Uno scatto di nervosismo che la fa tremare. Prende una sigaretta dal pacchetto, ma non riesce ad accenderla. Le tolgo l'accendino di mano e lo faccio per lei.

– Eravate molto amici, tu e Adrian? – le chiedo.

– Molto.

Oh, oh. – Stavate assieme?

– Piú o meno.

– Quando l'hai sentito l'ultima volta?

– Non l'ho piú sentito, da quando è andato via.

– E quando è andato via.

– Saranno due mesi.

– Per quanto tempo è durata tra di voi?

– Un mese. Piú o meno.

– Vi vedevate spesso?

Sbuffa. – Comincia a stancarmi. Scusa.

Ha ragione, sembro il Socio. – Scusa tu, ma ho bisogno di farmi un'idea. E tu sei leggermente avara con le parole.

– Quando ti sarai fatto un'idea, a cosa servirà? – Non rispondo, lei fuma piano. – Ci vedevamo quasi tutti i giorni. La notte era un casino. Se stai al dormitorio devi rientrare la sera, altrimenti perdi il posto.

Qualche volta usciva di nascosto. Saltava dal muro. Romeo, Romeo, perché sei tu Romeo... – E veniva a casa tua.

– Doveva trasferirsi da me. La mia convivente se n'era andata, non ci sarebbero stati problemi. Adrian aveva già portato della roba sua. Poi è sparito, lasciando tutto da me.

– Cosa ti ha detto prima di partire?

– Niente. Ho pensato che aveva avuto dei guai.

– Che tipo di guai?

– Non aveva il permesso di soggiorno. Potevano averlo preso e rispedito indietro.

– Solo quello?

– Solo quello, sí. Era uno tranquillo, anche se era albanese. Non spacciava e non rubava, e non faceva il pappone –. Lancia il mozzicone facendo il pelo a un bollito che se la ronfa. – Immagino che tu non ci creda.

– Io credo a tutto. Come campava?

– Non lo so. Gli ho prestato dei soldi.

– Sapevi che Padre Molinas è stato picchiato quando Adrian è sparito?

Tace per un po'. – Sí –. Altro ondeggiamento. – Sai, mi ero fatta un viaggio su questa storia. Avevo paura che Adrian...

– Che lui c'entrasse.

– Sí. Anche se mi sembrava una cazzata. Adrian parlava solo bene dei preti, era un credente convinto. Diceva anche la preghiera prima di mangiare. Però la coincidenza c'era. Pensavo che forse avevano scazzato. – Si raggomitola tutta, poggiando il mento sulle ginocchia. – Invece era solo andato da una tipa, che stronzo. No... povero.

– Non era una coincidenza, chi ha picchiato Molinas cercava Adrian. Hai idea di chi possa essere? – descrivo il tipo.

Oink scuote la testa. – Non mi pare.

– Adrian chi frequentava, a parte te?

– Non ne ho idea. La gente del dormitorio, credo. C'erano un mucchio di albanesi e lui era amico di tutti. Diceva che tutti gli volevano bene.

– Non tutti.

Silenzio di piombo. Lo rompe lei. – Già –. Si alza spazzolandosi il sedere. – Ti va se continuiamo a parlare fuori? Se non respiro un po' d'aria sclero del tutto.

Al parcheggio il freddo quasi mi fa venire un infarto. Ma non è quello il peggio. Tutt'attorno, a nemmeno cinquanta metri da noi, la strada è una completa luce blu. Blindati, camionette e auto della polizia, tante che non se ne vede la fine. I primi celerini sono già a terra, disposti per bloccare il passaggio.

– Cazzo, ci sgomberano! – Oink scoppia a ridere.

## 5

Rientriamo nel capannone.

– Bisogna avvisare gli altri, – dice Oink.

– Lo sanno già –. La maggior parte dei festaioli continua a ballare, ma si stanno già formando capannelli di gente preoccupata. Tempo pochi minuti scoppierà un degheio di prima categoria.

– Allora bisogna organizzarci per resistere.

– A getti di vomito? – Indico una coppietta abbracciata in una pozzanghera di birra.

Si incupisce. – E quindi?

– Tu e io ce ne andiamo. Gli altri facciano quello che gli pare. Hai idea se ci sia un'uscita dal retro? Che non dia sulla strada?

– Che cazzo ne so?

– Giusto –. Mi guardo attorno, prendendo le misure al posto. Idiota che sono a non averlo esaminato a fondo quando sono arrivato. Il Socio non me la perdonerà.

Oink interrompe i miei piani di guerra. – Comunque *io* non ho nessuna intenzione di andarmene lasciando gli altri qui.

Ho una botta d'irritazione prima di vedermi come mi sta vedendo lei: un verme che preferisce scappare piuttosto che immolarsi sulle barricate. All'età sua provavo un supremo disprezzo per quelli che viaggiavano nei «posti alternativi» e non erano disposti a pagarne i prezzi. Che erano sempre da un'altra parte quando volavano denunce e manganellate, ed erano i primi a prendere la parola in assemblea. Poi deve essermi successo qualcosa.

Prendo Oink per le spalle e la costringo a guardarmi, mentre una piccola comitiva di rasta urlanti ci sorpassa, schiacciandoci contro un muro. Ci troviamo abbracciati. Rimaniamo cosí, parlandoci nell'orecchio. – Ascolta, Oink, se mi fermano potrebbero darmi il foglio di via. Non mi va di entrare in clandestinità con un lavoro da fare.

– Allora vai. Tu non c'entri un cazzo.

– Voglio finire di parlare con te e voglio vedere la roba di Adrian che è a casa tua. C'è ancora vero?

– Sí. Ma ci possiamo incontrare domani...

– Meglio subito. Mi scoccia dirtelo, ma la morte di Adrian viene prima di ogni altra cosa –. Non sono certo di raccontarla giusta. Forse ho solo paura che Oink rimanga e si faccia male.

La tensione le abbandona le spalle. – Non credo che riusciremo a sgamarla.

– Proviamoci, va bene?

– Davvero pensi che sia importante?

– Sí.

Abbassa il capo. – Allora va bene.

– Stammi dietro.

Facciamo tutto il perimetro del capannone senza incontrare uscite di sorta. Non ci sono nemmeno finestre. Richiamo alla mente la topografia del luogo. Lo scatolone di lamiera affianca un altro edificio, un pezzo di fabbrica. Mi oriento in qualche modo, punto verso un rudimentale palco per concerti, fatto di assi e tubi innocenti. C'insinuiamo dietro, saltando cumuli di bottiglie vuote. C'è una porta di ferro chiusa con una catena e un lucchetto nuovi di zecca. La scuoto un po': solida.

– Hai una forcina? – chiedo a Oink.

– Perché dovrei averne?

– Per i bigodini –. La esamino. Uno dei suoi braccialetti è un semplice filo di ferro colorato, avvolto a spirale. – Quello, dammi quello.

Me lo porge senza protestare. Lo ripiego per renderlo utilizzabile, lo infilo nella toppa.

– Sei sicuro di essere capace? – chiede Oink.

– Ho letto molti Diabolik... ah, ecco –. Il lucchetto scatta quando una voce sostituisce la musica. – AH... AH... PROVA.

Una voce conosciuta, mi prende un colpo.

Mi volto a guardare. Sulla torretta del mixer si è arrampicata una figura scheletrica con la coda di cavallo. Luke: non poteva mancare. A quel punto penso di tornare indietro e prendere anche lui. So che non si lascerebbe convincere, ma potrei dargli un pugno in testa e trascinarlo via. O...

Sentendomi un verme do una spallata alla porta. Un antro buio. Entriamo e richiudo dietro di me, frugandomi in tasca in cerca dello zippo.

– ASCOLTATEMI TUTTI – continua la voce di Luke, un po' attutita. – ABBIAMO SAPUTO CHE LA POLIZIA STA CIRCONDANDO LA ZONA...

Alla luce della fiamma vedo che siamo entrati in un breve corridoio ingombro di pezzi di impianto e cavi elettrici avvolti in bobine. Il backstage. In fondo un'altra porta, mi precipito a spingerla. Chiusa, dall'esterno. Smadonno. Non c'è serratura.

– Siamo bloccati qui? – chiede Oink.

– Momentaneamente. Reggi tu l'accendino.

– Brucia! – Buio. Qualcosa rotola sul pavimento. – Scusa, lo cerco.

... DOBBIAMO MANTENERE LA CALMA E PORTARCI IN STRADA. RIPETO, PORTIAMOCI IN STRADA TUTTI ASSIEME...

Quando Oink trova l'accendino, io sto già spingendo la porta. Fa resistenza solo al centro, deve esserci un chiavistello.

... SE STIAMO UNITI NON POSSONO FARCI NIENTE. E' NOSTRO DIRITTO OCCUPARE LE AREE DISMESSE PER SOTTRARLE...

C'è un tubo sopra la mia testa che attraversa orizzontalmente il corridoio. Lo saggio cautamente, tiene, mi ci appendo. Le vertebre mi scricchiolano, le cicatrici si infiammano, il polmone mi brucia. Comincio a dondolarmi, prendendo a scarpate la porta nel quadrante superiore. Dondolamento, calcio, rimbalzo indietro: uso lo slancio per imprimere maggior forza alle pedate. I colpi mi vibrano nelle ginocchia.

Oink rifà ahi. Ribuio.

– Scotta troppo, – si riscusa.

... RIPETO, MANTENIAMO LA CALMA. VI LEGGERO' IL VOLANTINO CHE ABBIAMO SCRITTO PER CONVOCARE L'INIZIATIVA DI QUESTA SERA... AHH, BASTARDI, BASTARDI!

L'impulso a tornare indietro questa volta è feroce, ma continuo a picchiare con i piedi, cercando di non ascoltare le esplosioni dei lacrimogeni.

Dagli altoparlanti viene ancora un colpo di tosse amplificato e un fischio larsen. Quando si ammutolisce del tutto sento meglio il fracasso: strilli, botti, vetri rotti, sirene. Il dolore mi avvolge, potrei svenire appeso come un salame, *sento* che sto per svenire. Qualcosa cede, i due battenti si divaricano di un millimetro.

– Stanno caricando, cazzo, – ansima Oink. Si è disinteressata ai miei sforzi per osservare la battaglia fuori. Un filo di luce penetra dalla porta socchiusa. – Hanno spinto la gente dentro e li stanno menando. Figli di puttana... Cazzo. Stanno andando verso la consolle dove c'è Luke... – Mi arriva il tonfo di qualcosa di grosso e metallico che cade. Povero Luke. Povero me.

– Che stronzi –. Oink richiude, torna il buio. – Sandrone, non voglio farmi trovare qui nello stanzino. Se ci prendono da soli ci fanno il culo.

– As... petta –. Tiro un ultimo calcio doppio: il maledetto catenaccio cede del tutto. Un battente colpisce il muro, l'altro si apre a metà. Mi stacco e cado a pera, incapace di muovermi. Gemo orribilmente, Oink si informa sulla mia salute, non ho la forza di minimizzare. Mi rialzo un po' alla volta e parto in esplorazione.

Lo spazio oltre è un salone grande la metà di quello che ci siamo lasciati alle spalle. In cemento, con finestroni dalle sbarre a croce. Le luci blu fanno strisciare le ombre sul pavimento.

– Adesso? – chiede Oink, che mi ha raggiunto.

– Fammici pensare.

Fuori lo scenario non è incoraggiante. Ci sono blindati anche lí. Mi avvicino alla finestra, camminando a papera. Celerini in tenuta antisommossa stanno scendendo uno a uno dalle camionette. Un paio in borghese si fumano una sigaretta, casco in mano e manganello sotto il braccio, a un millimetro dall'unica porta che dà sull'esterno.

– Di là non possiamo andare, – osserva Oink.

– Eh già.

– Forse qui non entreranno.

– Non contarci. Quando avranno finito nel salone si faranno il giro completo. Proviamo quella, – dico, indicando una porta sul lato sinistro. La passiamo stando accucciati. Scale che salgono e cacche di topo. Al pianerottolo del secondo piano incappiamo in un materasso lurido vicino ai resti di un fuoco.

– Qui ci viveva qualcuno, – dice Oink. – Che schifo.

– Devi vedere casa mia. Salta la mondezza e andiamo avanti.

Saliamo ancora e finalmente la scala termina davanti a una porta di metallo con la chiusura a leva. Oltre c'è un tetto piatto. La soletta in catrame si muove scricchiolante sotto i nostri piedi. Percorriamo il tetto per tutta la lunghezza, il limite è uno spazio buio che separa il nostro palazzo da quello vicino. Tre metri almeno in lunghezza, e una decina in altezza. La madama non è ancora arrivata fino al cortile in mezzo, ma di saltare neanche a parlarne.

– Be', fine del viaggio –. Oink si siede sulla balaustra. – Aspettiamo qui e minacciamo di buttarci di sotto quando arrivano.

Mi siedo al suo fianco. – Spero che non sia il tuo unico piano.

– Sei tu quello dei piani, mica io.

Dal basso, i rumori della battaglia in corso. Mi sporgo cauto. Ci sono un centinaio di ragazzi con i fazzoletti in faccia che tirano sassi e zolle di terra verso le file di celerini. Questi arretrano, tirano lacrimogeni, caricano. I ragazzi scappano lungo la strada, tirano in mezzo le automobili, si fermano, lanciano i sassi. Lacrimogeni, sassi, lacrimogeni. Per fortuna noi in alto abbiamo il vento a favore.

Torno a sedere. – Se sono tutti cosí questi festini da deficienti non capisco perché abbiano tanto successo.

– Sí, papà –. Oink si abbraccia le gambe. – Ho freddo.

– Prendi il mio giubbotto, tanto ho il maglione –. È grande tre volte lei, le spunta giusto il naso e il ciuffo. Però adesso ho freddo io. Che bella nottata. Torno alla porta del tetto e la richiudo. Sento qualcosa che non mi piace. Voci dalla tromba delle scale. Buttati fuori i raver, gli sbirri stanno cominciando il rastrellamento.

Torno a guardare di sotto, seguendo il perimetro del tetto dal lato opposto alla strada. A metà del percorso faccio una piccola scoperta. C'è un altro tetto piú in basso, rettangolare, che corre sino all'edificio a fianco. Deve essere il sopra di un garage, o qualcosa del genere.

Chiamo Oink con un cenno. – Trovato.

Guarda. – Saranno sei metri. Mi rompo le gambe e muoio. E poi lí che facciamo?

– Vedi quelle righe lungo il muro dell'edificio a fianco? Dove si attacca al tetto.

– Sí.

– È una scaletta di manutenzione, di quelle che si usano per montare le antenne. Saliamo sull'altro edificio e quando siamo di là, vediamo.

– Io non salto.

– Tu sei alta almeno uno e sessanta.

– Cinquantotto.

Le indico la facciata. – Se ti penzoli, arrivi lí, dove c'è la finestra. Vedi le sbarre? Metti un piede sulla prima, ti attacchi a quei cavi, fai scivolare l'altro piede fino al davanzale e ti attacchi con le mani. Tiri giú l'altro piede e salti. A quel punto, saranno al massimo due metri. Li fai come niente.

– Io non mi penzolo –. Torna a sedersi, braccia incrociate.

– Va be', io vado –. Scavalco la balaustra e rimango lí, appeso sui gomiti, la testa che spunta. È la seconda volta in una settimana che faccio una cosa del genere, ne ho già piene le tasche. – Ti decidi?

Si è alzata, guarda di sotto. – Ho paura.

– Ti tengo io.

– Davvero mi tieni?

– Sí, ma sbrigati, Cristo, sta per venirmi un'ernia!

Si butta di sedere oltre il bordo. Quasi cade, ma la sostengo con una mano, sentendo il braccio d'appoggio allungarsi come quello di Mister Fantastic. Le guido il piede sino alla finestra, poi mi calo al suo fianco. C'è spazio per entrambi, rimaniamo appesi come gatti. Dietro il vetro due pulotti salgono l'ultima rampa di scale. Scivolo il piú silenziosamente possibile e mi lascio cadere.

Atterro miracolosamente bene, rialzandomi giusto in tempo per attutire la caduta di Oink. Finisco ancora a gambe all'aria. Stavolta è piú dura rialzarsi, faccio crick e crock da tutte le giunture.

Lei sorride felice. – È stato divertente, – sussurra.

– Domani lo facciamo ancora –. La scaletta c'è davvero e riusciamo a salirla quasi tutta prima che i celerini arrivino sul tetto che abbiamo appena lasciato. Grazie a un faro siamo in piena luce e ci vedono.

Gridano qualcosa, tipo *fermatevi e adesso vi prendiamo*. Io fingo di non sentirli, Oink si blocca sull'ultimo gradino e si gira a mostrargli l'indice.

– Te lo metto in culo quel dito. Hai capito, brutta puttana? – si sgola uno di loro.

– Mettilo in culo a tua sorella, sbirro di merda, – grida Oink. Salta l'ultimo gradino quasi volando.

Il tetto nuovo ha un lucernario arrugginito e una scala esterna di sicurezza che ci lascia in un prato libero da divise. È una corsa lunga fino alla prima stradina provinciale, ancora piú lunga fino a una cabina telefonica dove chiamiamo un taxi. Al tipo che ci viene a prendere raccontiamo di aver avuto un incidente. Non fa commenti e distende una coperta sul sedile posteriore prima di farci salire. Siamo sporchi di fango dalla testa ai piedi.

## 6

Oink abita al quinto piano di un edificio ottocentesco, nella zona barocca a due passi dal Po. Piano nobile, muri di pietra, cortili a scatole cinesi. Il suo appartamento è un'unica stanza di cinquanta metri quadri, a elle, con travi di legno a vista. Lo ha arredato con mobili assortiti e un sacco di cuscini colorati, lampade di carta cinesi, poster dei film di Tarantino, cassette della frutta come libreria. Il pezzo forte è un enorme tavolo dal piano di marmo, ingombro di piatti con avanzi di cibo. Mi ci accascio, mentre lei salterella in giro accendendo lo stereo e bastoncini d'incenso. Radio Specchiorosso trasmette musica, nessuna notizia dello sgombero. Probabilmente tutti i redattori adesso sono in questura a farsi maltrattare.

– Vuoi qualcosa da bere? – mi chiede.

– Magari. Vodka e acqua tonica, se c'è.

– No, ho solo del whisky e per allungarlo... – Fruga nel frigo. – Ginger-ale.

Il ginger lo bevevo all'oratorio, costava venti lire come il calciobalilla. – Non credevo lo facessero ancora, – dico.

Versa in due bicchieroni e me ne passa uno. – Perché non sei un tipo raffinato. Si chiama Highball, anche se ci vorrebbe la fetta d'arancio. Assaggia.

È buono, dolciastro e forte. – Come fai ad avere ancora tutta questa energia? – le chiedo. – Io sono a pezzi.

– Ho fatto un tiro di speed prima che tu arrivassi. Ne ho ancora una riga se vuoi.

Speed = anfetamina in polvere. Killer dei ritmi circadiani. – No, grazie –. Bevo un altro po', sentendomi meglio. Ho un vago accenno di reumatismi alle ginocchia, spero che la casa calda mi asciughi dentro e fuori.

Oink si siede di fronte a me. Senza che le chieda niente comincia a raccontarmi della sua storia con Adrian. Quanto di piú normale, finale a parte. Stavano assieme tutto il tempo che potevano, facevano l'amore a raffica. Adrian nascondeva energie sessuali inesauribili e un animo gentile, raccontava della sua terra descrivendola a tinte leggiadre, recitava poesie in albanese. Parlava poco di sé, mai del passato. Oink si era fatta l'idea che Adrian avesse perso la famiglia durante le sommosse di Valona o qualcosa del genere, ma lui si era limitato a mostrare la faccia triste senza mai rispondere alle domande. Aveva raccontato solo di essere stato per un breve periodo a Firenze, prima di arrivare a Torino.

– Ne sei sicura? – chiedo.

– Sí. È importante?

– Non lo so. Spero di no –. L'idea di fare un saltino anche a Firenze non mi fa godere. – Molinas non lo sapeva, però.

– Adrian raccontava poco i cazzi suoi.

– L'ho capito, questo.

Il giorno della partenza di Adrian era stato identico ai precedenti. Una colazione da coppietta, a letto fino all'ora di pranzo, poi Oink era partita direzione genitori. Adrian avrebbe cucinato la cena, poi era previsto un film in cassetta e un salto al Budino Occupato. Quando Oink era rientrata, Adrian non c'era. Non aveva lasciato un biglietto e non era rientrato quella sera, né la mattina seguente. Non l'aveva piú visto né sentito, e alla fine si era messa il cuore in pace. Poi ero arrivato io con le belle notizie.

Sono le cinque del mattino. Oink si è tolta gli stivaletti da elfo e si massaggia i piedi. – Ho bisogno di un bagno. Anche tu, se vuoi, cosí ti levi i vestiti sozzi.

– Tanto devo rimettermeli –. Fuori comincia a fare vagamente chiaro. Non è proprio l'alba, ma si vede che il cielo sta cambiando. Si sentono i primi uccelli. – Tu fai pure. Intanto do un'occhiata alla roba di Adrian se non ti dispiace.

– No, figurati... – Chiude gli occhi. – Mi manda solo in para.

– Ne farei volentieri a meno.

– Ti credo –. Va a un armadio a muro e ne estrae un baule di legno un metro per ottanta centimetri, con le maniglie di ferro. Lo tira fino ai miei piedi strisciandolo sul pavimento. Non riesco a non guardarle il sedere che preme il tessuto della gonna in latex. Da quanto tempo non faccio l'amore? Tre mesi, almeno. Ho passato periodi piú lunghi di astinenza, ma ci sono momenti in cui mi pesa molto. Faccio a mente la tabellina del dodici.

– È tutto lí? – le chiedo quando ha finito di trafficare.

– Sí. Ci ho messo dentro anche quello che aveva lasciato per casa –. Le trema la voce e capisco che sta passando un altro brutto momento. – Fammi un favore, finisci prima che io esca dal bagno. Metti 'sto coso sul pianerottolo e portalo via quando te ne vai. Preferisco cosí.

– Dammi venti minuti.

– Venti minuti? – Piroetta via. – Starò *un'ora* nella vasca.

Il baule non ha serratura, il coperchio si alza scricchiolando. Odore di sacchettino alla lavanda. Dentro, un giubbotto di jeans imbottito, un paio di calzoni, biancheria, calze di lana, magliette con scritte pubblicitarie, tutto lavato e piegato con cura. Guanti di lana senza dita, un berretto. Un paio di scarpe da ginnastica, una volta bianche, con la suola consumata e le stringhe sfilacciate. Per lasciare tutta la sua roba lí, Adrian doveva essere scappato da casa di Oink in tutta fretta. Il giubbotto lo avrebbe tenuto al caldo, durante il viaggio per Cremona. A meno che ne possedesse un altro, finito chissà dove.

Guardo in giro con occhi diversi cercando dei segni che mi aiutino a capire cosa sia successo. Una telefonata urgente? Improbabile. Qualcuno venuto lí a cercarlo? Lo stesso tipo che poi se l'era presa con Monsignore?

Può essere una spiegazione. Arriva alla porta, suona. Adrian capisce e scappa. Da dove?

Siamo al quarto piano, apro la finestra e guardo sotto. Non ci sono appigli, tettoie o balconi come quelli che ultimamente uso come scalette.

Esamino le altre stanze, idem con patate. Busso alla porta del bagno.

Rumori liquidi. – Che c'è? – chiede Oink.

– Cosa si vede dalla tua finestra?

Ride. – Pussa via.

– Domanda seria, giuro.

– Giuri? Allora entra.

Non me l'aspettavo. Mi preparo spiritualmente e apro la porta, cercando di apparire disinvolto. Oink è nella vasca, evito di fissarla con la lingua penzoloni. Gli occhiali appannati mi aiutano.

– Cosa c'è di cosí importante? – chiede. Ha le braccia incrociate sui seni, ma non coprono molto. Bel tatuaggio tribale sulla spalla sinistra.

– Un'idea che mi sono fatto –. Scosto le tendine, vedo i tetti della casa di fronte. La finestra dà sulla via dove c'è il portone d'ingresso. Apro e mi sporgo. Sul lato destro corre il canale della grondaia. Non lo userei neanche in pericolo di vita, ma forse Adrian era piú agile di una scimmia. Cerco qualche indizio utile, tipo un bigliettino. Non sono fortunato.

– Brrr! – Oink si fa sentire. – Chiudi che ho freddo.

– Scusa –. Obbedisco. Voltandomi cedo all'impulso e la fisso direttamente. Lei non ci prova nemmeno piú a coprirsi. Ci sorridiamo. Passa qualcosa tra noi, piú caldo del vapore che riempie la stanza.

– Ehm, vuoi che ti lavi la schiena? Sono bravissimo con i dorsi.

– Ho finito –. Si alza in piedi, scrosciando. Forse, quando avrà la mia età, la ciccia le cadrà da tutte le parti e avrà i seni penduli, ma adesso la sua forma ad anfora vince agilmente la gravità. Ha il pube rasato. Passo alla tabellina del ventisette, ai logaritmi. – Mi allunghi l'accappatoio?

– Anche due –. Lo prendo da sopra il termosifone e l'aiuto a infilarlo. Poi glielo chiudo davanti e comincio a massaggiarle le spalle.

– Che bello, – dice, – hai le mani d'oro.

Borbotto qualcosa di scemo e provo a tirarla verso di me, delicatamente. Mi abbraccia, ci baciamo. Sa di sapone e sigarette, sento che i polmoni mi si allargano, respiro ossigeno puro

Mi stacca quasi subito. – Perché non vai di là e mi aspetti? – dice.

La ribacio, sull'avido. – Ho paura del buio.

– Io invece voglio asciugarmi con calma e togliermi lo smalto. Senza che tu mi stia addosso –. Mi carezza il volto. – Tanto arrivo, non preoccuparti. E levati i vestiti, prima di infilarti a letto. Ho appena cambiato le lenzuola.

– Sarà fatto, signora. Non metterci troppo o sfondo la porta.

Esco dal bagno con la mente svolazzante: *sempre libero degg'io folleggiare di gioia in gio*... Ops, il cassone. Meglio che Oink non se lo ritrovi davanti, se non voglio rovinare il clima.

Afferro la roba sparsa con l'intenzione di rimetterla dove l'ho presa e mi fermo subito. Non ho fatto del tutto il mio mestiere, per quanto antipatico. Il rumore del phon da dietro la porta chiusa mi rassicura. Ho ancora qualche minuto di bonus. Tanto, a denudarmi sono un campione di velocità. Guinnes dei primati di lancio della mutanda.

Mi inginocchio e palpeggio rapidamente i vestiti di Adrian in cerca di oggetti duri o carte. Nulla al cubo. Sto per dar luogo al mio proposito iniziale, ma mi cade l'occhio sul fondo. Feltro, incollato. Misuro l'interno con l'esterno e la mia allegria scema del tutto. Il fondo è spesso almeno due dita. Lo passo tutto con il palmo, ci sono dei rilievi. Quasi impercettibili, ma ci sono.

Sempre tendendo l'orecchio ai rumori del bagno, corro all'angolo cottura a prendere un coltello. Lo infilo lungo il bordo interno, cercando una fessura che a occhio non si vede. Infatti c'è. Sollevo un lembo del feltro, lo afferro con le mani e tiro. Si pela. Rimango qualche istante a fissare quello che è venuto alla luce.

Addio all'Adrian bravo ragazzo. Il fondo vero del baule è ricoperto di gomma e nella gomma è infilata una rivoltella smontata. Prendo i guanti dal giubbotto ed estraggo i pezzi unti di olio da macchina. Li rimetto assieme girando le viti con il coltello. Il manuale che ho studiato riaffiora dall'archivio eidetico. Dunque: Calibro .357 magnum, guancette in noce zigrinata. Marca Zastava, modello 1983/87. Fabbricazione serba, in Italia praticamente sconosciuta. Annuso il foro della canna, nessun odore tranne quello del grasso. Pulitissima, le tracce sul percussore indicano che è stata usata poco. Il numero di serie è «abraso», come dicono gli sbirri. Dieci proiettili avvolti nel nastro adesivo sono pronti per l'uso.

Merda al cubo. Ecco che tutto torna a posto: la solita storia di mafie estere. Adrian è arrivato a Torino, ha cominciato qualche traffico, gli è andata male, è scappato a Cremona, ha ricominciato i traffici, gli hanno fatto la pelle. Stop. L'unica cosa da capire è se i suoi due amici c'entrino, ma mi stupirei del contrario. Vivevano assieme, no? Solo Vera poteva non capire.

Fine delle mie indagini, ho fatto presto.

Oink canterella qualcosa in inglese, penso freneticamente a dove nascondere la baiaffa prima che la veda. La infilo nella tasca interna del giubbotto. Pesa mezzo chilo e mi fa un rigonfio evidente, ma non ho intenzione di portarla in giro a lungo. Il tempo di buttarla nella prima fogna.

Il phon si spegne. Ficco tutto nel baule e lo porto di corsa sul pianerottolo, nell'angolo della porta. Poi corro al letto, mi spoglio e appallottolo i miei vestiti sul pavimento. Sotto tutti il giubbotto. Mi infilo tra le lenzuola gelate, tirandomi la coperta sotto il mento. Da dove sono vedo la porta del bagno. È ancora chiusa.

So che dovrei concentrarmi su altro, in questo momento, per esempio alla persona che sta per raggiungermi. Però riesco solo a pensare a quello che ho nascosto sotto i vestiti, a Adrian e alle sue fotografie postmortem.

*Adesso basta. Non è il momento.* Mi concentro sulla luce che filtra dall'altra stanza, su Oink e a come l'ho vista nella vasca. Al suo odore.

Certo che ce ne sta mettendo, di tempo.

Sarà che sono molto stanco, ma la tensione comincia ad abbandonarmi. Il corpo affonda nel materasso.

Mi addormento.

## 6

Tintinnio di posate e bicchieri.

– ... quante persone pensa che servano?

Apro gli occhi. Scotti mi sta fissando. E non solo lui. Siamo in quattro attorno al tavolo. Ci sono anche Svetlana e uno sconosciuto, sui trentacinque, barba e baffi sagomati con cura tipo pubblicità dei rasoi Braun. È lui quello che mi ha rivolto la parola. Siamo tutti vestiti in tiro, davanti a piatti e bottiglie vuote. Ho in bocca il sapore della cena. Attorno, un ambiente che è una via di mezzo tra un ristorante di lusso e un night di infimo ordine. Luci basse e musica in sottofondo di Charles Aznavour. Una cinquantina di persone sbevazzano cocktail o finiscono di mangiare, ridendo e chiacchierando.

Lo sconosciuto parla di nuovo, perplesso. – Le chiedevo...

Realizzo. Non ci posso credere, non ci voglio credere. – Merda! – urlo battendo il pugno sul tavolo. Mi alzo di scatto, facendo cadere il tovagliolo che stava ordinatamente piegato sulle mie ginocchia. Mentre lo faccio, sento la schiena che mi brucia. *Non è possibile.*

– Cosa c'è? Si è offeso per la domanda? – chiede a qualcuno lo sconosciuto alle mie spalle.

Cerco la toilette degli uomini, talmente incavolato che travolgo un tipo che sta uscendo allacciandosi la patta. Mi piazzo davanti allo specchio, gridando. – Questa non me la dovevi fare! Non me la dovevi fare! Chi accidenti se l'è portata via dal rave, eh? Chi ha fatto l'eroe? Poi arrivi tu e ti prendi la parte migliore! – Allo specchio solo la mia espressione da imbecille sopra la mia giacca elegante. Me la sfilo buttandola sul pavimento. Snodo la cravatta, apro la camicia. – Non potevi farti i cavoli tuoi, per una volta, vero? Eh, no. Hai approfittato della situazione, come fai sempre! – Mi sfilo la camicia, e vedo quello che temevo. Ho il collo pieno di morsi. Mi volto, cercando di guardarmi la schiena. Ecco il motivo del bruciore. Graffi, graffi maledizione. – Hai trascorso una bella nottata, eh?

La porta della toilette fa passare un cameriere. Espressione sconcertata, a dire poco. – Ha qualche problema?

– Sí. Il fuoco di Sant'Antonio! Ha presente?

Scuote la testa.

– Be', è una cosa che brucia! Da maledetto! Però passa! Non si preoccupi! – gli urlo cosí forte in faccia che il suo parrucchino svolazza.

Arretra di un passo, cercando con gli occhi un oggetto contundente. – È che la si sente, in sala…

Abbasso la voce. – Tutto bene, non sono ubriaco. Vede, sto in equilibrio su una gamba sola. Vuole che faccia la ruota?

– No…

– Allora fuori dei piedi che mi rivesto.

Sparisce, ancora piú perplesso. Prendo la mia roba e vado a sedermi sul water chiudendo la porta dello stanzino.

Il bigliettino è nella tasca della camicia. Scommetto che *lui* non si è addormentato per sbaglio. Scommetto che *lui* si è goduto tutta la cena e che quando si è cominciato a parlare di lavoro mi ha lasciato la patata. Infatti.

Il Socio non cambia mai scrittura. Uno stampatello regolare che sembra battuto a macchina, ma questa volta c'è un vago tremolio nelle lettere. Stava ridendo, il bastardo, mentre mi aggiornava.

Sono costretto a leggere della sua nottata. Ci manca pure che mi ringrazi. Dio che rabbia. Tiro pugni contro la porta.

Non ha trovato i miei appunti, visto che non li ho lasciati, e ha dovuto ricostruire la sera precedente con discrete domande a Oink. Scoperta la pistola, non ci ha messo molto a capire da dove saltava fuori. Uscito dalla casa di Oink ha gettato il baule di Adrian nei rifiuti e ha infilato la pistola nella prima buca delle lettere. *È l'unico modo per farla avere alla polizia*, mi spiega, *e farla avere alla polizia è l'unico modo per sapere se con quell'arma è stato ucciso qualcuno. Meglio scoprirlo, no?*

Grrrr.

In seguito ha passato una giornata piú o meno regolare da Scotti, interrogando i vicini su eventuali movimenti sospetti. Nada.

La seratina in corso è un party per celebrare la nascita dell'*Astronave Perduta*. Stiamo cenando con il proprietario di un'agenzia che si occupa di eventi spettacolari, la Mod Squad. Il tipo che non conosco è il titolare, il dottor Longo. *Mi sembrano un po' cialtroni*, specifica il Socio. *Il titolare fa anche l'animatore. Vedi tu.*

L'ultimo capoverso attraversa il rosso che ho davanti agli occhi. *Svetlana è molto tesa. Buttale un occhio.*

Strappo il biglietto e mi rivesto. Quel che è peggio è che dentro di me qualcosa è cambiato. Come dopo un massaggio profondo, muscoli e nervi sono piú rilassati. I benefici del sesso. *La prossima volta vado a letto con un camionista infoiato*, penso. *Vedremo come se la cava, il fetente.*

Torno in sala quasi calmo.

Scotti sta tenendo banco con la barzelletta del Fantasma Formaggino.

– Scusate, dovevo fare una telefonata urgente, – dico sedendomi.

– Nel cesso? – Scotti si asciuga gli occhi che lacrimano per le risate. È l'unico a divertirsi, ma non ci bada. Dovrebbe fare lui l'animatore, altro che il Barbetta.

– Ah, era il cesso? Per questo l'arredamento mi sembrava migliore –. Davanti a me una serie di bicchieri. Il Socio ha usato solo quello dell'acqua. Lo riempio di rosso, finendo la bottiglia. – Ordiniamone un'altra, tanto per digerire.

– Ma sí, festeggiamo! – grida Scotti facendo voltare tutti i clienti. Colgo inspiegabili sorrisi di approvazione. Qualcosa mi sfugge. – Io vado a cambiarmi.

Si alza e sparisce verso il fondo della sala. *A cambiarsi?*

L'animateur sorride incerto, Svetlana è pallida e a labbra strette.

– Tutto bene? – le chiedo.

Lei scuote le spalle, senza rispondere.

Mi preoccupo. – Ti ho fatto qualcosa che non va? – Il Socio non è mai troppo galante.

– Ho solo mal di testa, scusa. Ne parliamo un'altra volta.

Mi rivolgo al tipo, che ha finto di non ascoltare il mio dialogo con Svetlana. – Cosa mi stava dicendo prima?

– Ah, sí. Volevo sapere quanta gente crede che servirà per il servizio di sicurezza al convegno.

– Dipende quanta gente ci mette lei.

Si tira la peluria del labbro, ancora piú indeciso. – Mmm, insomma, mica tanti. A parte le hostess, ci siamo io e mia moglie, ma ci occupiamo solo dello show e dell'implanting.

– Ah, anche dell'implanting?

– Sí, il sandwiching e il beveraging.

– Un lavoro di responsabilità.

– Insomma... – Spalanca gli occhi. – Ah, era una battuta! Ah, ah. Simpatico –. Annaspa in tasca e toglie un pezzo di carta tutto ciancicato. – Guardiamo la planimetria?

– Stavo per chiederglielo.

Sposta un po' di bicchieri e apre sul tavolo una piantina sbilenca. Un edificio rettangolare, tipo magazzino. Mi torna in mente il rave, chissà se Luke è a piede libero.

Sulla piantina, sono divisi due spazi. Cinquanta per cinquanta metri, se interpreto bene la scala millimetrica. Nel primo sono segnati in rosso cerchi e quadrati sghembi. Tartufon posa un dito su un quadrato. – Questi sono gli stand. Il piú grosso, questo, è quello della casa editrice. Gli altri sono affittati alle varie librerie e associazioni. Saranno una ventina. Vuole l'elenco?

– Se non c'è l'Associazione Serial Killer può risparmiarmelo. I cerchi?

– Sono i punti di ristoro. Ne abbiamo previsti cinque. Qui, – indica una stanza chiusa, – ci sarà l'ufficio organizzativo. E qui, mettiamo la reception. Ci sarà aperta solo la porta centrale, qui.

– È un teatro?

Scuote la testa. – A dire il vero è l'ex mercato del pesce. Il comune ha in progetto di ristrutturarlo e trasformarlo in una sala per concerti. L'abbiamo affittato per tre giorni.

– *Prima* della ristrutturazione? Sarà una meraviglia.

– Lo decoreremo un po' –. Abbassa la voce. – È la sala meno cara di Torino, e visto i nostri budget...

Poi mi spiega che il secondo spazio sarà allestito con sedie, per fare le proiezioni su grande schermo e i dibattiti. Grande apertura venerdí sera, con ballo in costume.

– Ci sarà la premiazione per la maschera piú bella ispirata alla fantascienza, – prosegue, – e il premio Scotti per la maschera ispirata ai libri della casa editrice Scotti. Poi eleggeremo Miss Fantascienza in topless.

– Immagino che Scotti sarà in giuria.

– Be'...

Calano le tenebre. Nella sala rimane acceso solo un faretto che illumina la piantana di un microfono. Un attimo di silenzio, poi parte la musica ad alto volume: *New York New York*. Sbuca Scotti saltellando, quasi mi strozzo con il vino. Adesso indossa un frac ricoperto di paillettes e canta a squarciagola in un radiomicrofono. Sembra che abbia una pronuncia piú orribile del solito, poi capisco che non sa le parole e si limita a imitarne i suoni. Solo al ritornello sputa dei *New York* da far rizzare i peli sulle braccia. Fa il giro dei tavoli, si ferma nel cerchio del faro sparando l'ultima *Yoork* orribilmente allungata. Infila il microfono nella piantana, poi alza le braccia e urla. – Che la Forza sia con voi! Ahr ahr.

I presenti sono basiti. Qualcuno applaude sul fondo, gli amici intimi. Scotti si inchina come se gli avessero lanciato mazzi di fiori. Manda baci con la fronte grondante sudore.

Mi giro verso Svetlana, che sta fissando il suo bicchiere come se volesse finirci dentro tutta intera. – Ma gli lasciano fare questa pagliacciata?

– Ha pagato, – risponde controvoglia.

Scotti prende fiato. – Ehi, che faticata. Volete che ve ne canti un'altra? – Mormorio diffuso. Cerco un panino da tirargli nel buio, ma i camerieri hanno spazzolato tutto. – No? Allora, passiamo al clou della serata, al momento che tutti stavate aspettando. L'Astronave Perduta.

Applausi ancor meno calorosi. Dal fondo uno grida *Dài, Franco!* Mi volto per capire chi sia: è il cameriere con il toupet. Scotti saluta il servo con la mano e prosegue. – Prima, però, una doverosa presentazione. Dovete sapere che avete rischiato di non vedere mai la perla che sto per presentarvi. Esatto, MAI. In Italia, e in quasi tutto il resto del mondo non è mai stata distribuita, per il boicottaggio delle major della comunicazione. Ma noi della Scotti Editrice ce ne freghiamo dei potenti, noi lottiamo per la libertà di espressione artistica! – Pausa nell'attesa dell'applauso che stavolta proprio non arriva. – Voi, questa sera, potrete vedere il primo episodio della serie. Vedrete la vera, sana, fantascienza di una volta, quando gli uomini di spirito producevano cose grandi che permettevano alla gente di tutto il mondo di divertirsi con opere di spirito che la gente di tutto il mondo... – È andato in loop. Recupera con un saltello. – Come questa meraviglia! Siete pronti? – La luce viene spenta e un telone cala dal soffitto. Play, on.

Inizio dimesso. Non ci sono ancora i titoli di testa, e si parte direttamente con un'inquadratura dello spazio. Stelle di magnesio, ronzii. Un cilindro di metallo con le alette passa rombando. Musica elettronica. Zoomata sull'astronave, inquadratura di un oblò. Taglio. Interno della nave, tipo sommergibile. Tre tipi con la tutina marrone seduti a una consolle. Capelli neri, carnagione scura. Uno con barba e baffi.

– A che velocità stiamo andando, Primo Pilota? –, chiede il villoso.

– A nove virgola cinque parsec, comandante George.

– Riduca di dieci pic, Primo Pilota.

– Subito signore –. Il Primo Pilota armeggia con pulsanti e levette. I tre ondeggiano sulle sedie, come reagendo a una decelerazione improvvisa.

– C'è qualcosa davanti a noi –, dice il terzo con la tutina. Guarda dentro una specie di cannocchiale impiantato nel pavimento.

Taglio. Nuova inquadratura dello spazio. Adesso si vede una palla luminosa, tipo meteora di carta incendiata. Sfrigolii terribili. Musica in crescendo.

Stessa inquadratura di prima. Devono avere solo una cinepresa e la stanno usando con parsimonia.

– Cosa pensa che sia, primo ufficiale scientifico? –, chiede il Comandante George.

– Non ne ho idea, signore.

Un dialogo coinvolgente. Cerco di non ascoltare il doppiaggio e mi concentro sulle labbra. Stanno parlando in spagnolo. Altro che comandante George. Dicono *Señor Gonzalo*.

Do di gomito a Longo. – Ma non era un telefilm americano? – gli chiedo.

– Sí, – mi sussurra nell'orecchio. – Dell'America del Sud. Messico, mi pare. Come le sembra?

– Delizioso.

In cinque minuti succede di tutto. L'astronave viene attirata nel campo gravitazionale della palla di carta e inghiottita. Ondeggiamenti e sfrigolii. Inquadrature di varie sale dell'astronave dove quattro o cinque comparse rotolano sul pavimento in preda alle coliche. Poi l'astronave riappare in uno spazio che si intuisce sconosciuto, anche se identico al primo. I motori fumano e sputacchiano. Il comandate George/Gonzalo, svenuto sul pavimento, sogna moglie e figli lasciati in un bunker sotterraneo, con robot di latta che fanno le pulizie. Il mondo del futuro anteriore. Appaiono dei vampiri radioattivi che succhiano il sangue. Cazzotti, esplosioni. Astronauti che finiscono nel vuoto dello spazio lasciando scie di vapore. Ogni volta che un attore colpisce le paratie, il cartone si piega.

Non ricordo di aver mai visto una puzzonata del genere. Il pubblico ridacchia senza ritegno. Scotti se ne accorge e palpeggia il telecomando. Il volume si alza di botto.

– PRIMO PILOTA PRENDA IL COMANDO ,– esplodono gli altoparlanti.

Io prendo il cellulare di Tartufon e scivolo in bagno. Faccio fatica a entrare. Metà della gente che stava ai tavoli è lí che cerca di scappare dal buco dell'aspiratore.

Mi appoggio a un muro e chiamo Radio Specchiorosso. Dev'essere il mio karma. Risponde il tipo con la cresta che mi odia.

Quando dico chi sono emette una pernacchia di disprezzo e riattacca. Per fortuna il cellulare di Tartufon è dotato di richiamata veloce. Alla terza, il punk mi passa Luke. – Chi si astiene dalla lotta è un gran figlio di mignotta, – dice.

– Non è un termine politically correct. Come stai?

– Bene. A parte un bernoccolo.

– Ti hanno menato?

– Non direttamente. Mi è caduta un'impalcatura addosso.

– Ho sentito in diretta.

– Zut, non dire queste cose. Chi ci ascolta potrebbe pensare che c'eri anche tu. Già siamo in cinquanta con una denuncia a piede libero. Tengo a precisare che se anche tu ci fossi stato, avresti fatto bene ad andartene per misteriose vie portando con te una nostra cara amica. Se fosse stata fermata, sai che palle...

– Perché?

– Perché è minorenne, no? Tutte le volte chiamano i genitori e loro se la prendono con me, per qualche motivo ignoto.

Ronzio nelle orecchie. – In che senso minorenne? – balbetto. – Secondo quale calendario?

– Quello cristiano, desueto ma ancora in vigore. Ne avrà diciassette tra un mese. Sembra piú grande, vero?

– Mah, non so, non l'ho guardata bene.

– Come no...

– Stai insinuando qualcosa?

– Nessuna insinuazione, signor Girolimoni. Il collettivo femminista discuterà del tuo caso la settimana prossima. Se vuoi puoi partecipare con un avvocato. Potresti portare Valentina... – Si accorge del mio silenzio. – Ehm, sto scherzando, ovviamente. So che non allungheresti mai le mani su una ragazzina.

– Esatto, – dico con un filo di voce. Una minorenne, mio dio, non mi era mai successo prima, neanche quando avevo ancora l'età per farlo. Ho cominciato tardino.

– Dov'è che sei? – chiede Luke. – C'è un casino micidiale.

Ottimo per cambiare argomento. – Non indovineresti mai. Aspetta, che ti faccio sentire qualcosa –. Apro la porta del bagno sempre piú affollato. Ondata di suoni. Dentro l'astronave il comandante Gonzalo lotta avvinghiato a un uomo con due teste. – Ascolta e indovina cos'è –. Tendo il telefonino verso gli altoparlanti.

BOOOM.

L'esplosione è talmente forte che tremano i vetri del night. All'anima dell'effetto speciale. Ma non è il film. Ci sono fiamme oltre la vetrata dell'ingresso.

– Ti richiamo, – dico a Luke poi corro fuori, lottando con la calca di persone nel panico. Di fronte al locale una macchina brucia allegramente, fumo nero e calore. Una Mercedes nuova di pacca. Almeno lo era prima del trattamento. La riconosco dalla targa. È quella di Scotti. Lui è uscito dietro di me e comincia a emettere lamenti strazianti.

Affacciata al primo piano del palazzo di fronte c'è una vecchia con la vestaglia. Urla. – L'ho visto! È andato di là! Con una fiaccola! – Indica il fondo della via. Comincio a trottare mentre dietro di me le urla si intensificano. Non so chi sto inseguendo, ma spero di vedere qualcuno tipo tedoforo. Niente da fare, solo normali passanti. Per scrupolo faccio il giro dell'isolato e mi accorgo di essere nella zona del dormitorio di Monsignore. Guarda caso.

Davanti alla porta, il solito crocchio di immigrati. Passeggio facendo finta di niente, vicino vicino. Nessun odore di benzina, malfidato che non sono altro. E loro sono tranquilli. Li saluto, come sempre non rispondono. Passo oltre e ritorno al locale.

L'incendio si è sviluppato ancora di piú. Quando è esplosa l'automobile di Scotti ha appiccato le fiamme alle vicine. Due camerieri con gli estintori del locale cercano di spegnerle, per quello che serve potrebbero usare i sifoni del selz. I pompieri arrivano dopo una decina di minuti, poi la polizia che ancora un po' si porta via Scotti in preda a una crisi isterica. È conciato peggio di uno spazzacamino, nero di fuliggine. Non lo tenessero in dieci, si butterebbe a spegnere le fiamme a mani nude.

Quando entro nel suo campo visivo, le sue urla aumentano di intensità. – Hai visto, hai visto? Perché cazzo non l'hai impedito? Era nuooooova!

Gli giro le spalle, non sopporto veder piangere i miei datori di lavoro. Su un muro, a cinquanta metri dalla porta del locale, le luci blu delle volanti illuminano una scritta tracciata con lo spray. SCOTTI FASSISTA, dice.

# 7

Anche se il giorno dopo è sabato, alla casa editrice arrivano quasi tutti. La novità è corsa via telefono, nessuno vuole mancare radioserva, a costo di interrompere spese e libere attività familiari. Panz fa un salto dal set dove l'hanno preso come comparsa: deve fare il tedesco in un film sulla seconda guerra mondiale e si è tagliato a spazzola i biondi capelli.

– Cosa non si fa per la gloria –. Sogghigna. Con la tuta mimetica e il taglio tattico sembra talmente un nazi che mi prudono le mani. Raffaele lo Zazzeruto è invece ancora zazzeruto. Finge di essere passato per caso e fruga in uno scatolone di manoscritti che puzza di muffa. Evita il mio sguardo, gli lancio qualche battuta sulle letture impegnate, non reagisce. Carmelo fuma il solito toscano, Edith si sfrega le mani, tesissima. Mancano solo la povera vittima e Svetlana, a casa con il mal di testa.

A parte lo Zazzeruto, ligio alla consegna del silenzio, tutti mi subissano di domande: vogliono i particolari della faccia di Scotti, come ha reagito, se ha pianto. Cerco di essere discreto ma non mi viene bene. Quando finalmente lui arriva, occhiali neri alla Eleonora Duse, ci manca poco che scatti l'applauso. Racconta con voce roca, si aggrappa alle tende. Le maestranze chiedono il bis poi si dileguano nelle loro stanze. Scotti perde l'aria sfigata. Mi schiaccia in un angolo del suo ufficio e passa la mezz'ora seguente a girarmi come un pedalino. Senso del discorsetto, o lavori o ti caccio dopo una denuncia penale. Per tranquillizzarlo gli racconto una versione purgata delle mie chiacchiere con Luke.

– Se non sono stati gli squatter chi cazzo è stato?

– Non ne ho idea. La polizia indaga, no?

– E a te per cosa ti pago? Per mangiare il mio pane?

– Per il Fantaconvegno. Sarà bellissimo, vedrai.

Fa una smorfia. – Lo spero. Perché ci sono dei guai anche lí.

– Ti pareva. Che guai?

– È arrivato Xavier Mendez, sai l'attore che fa il comandante George.

– Un po' in anticipo.

– Faceva parte degli accordi. Una settimana di vacanza in Italia e argent de poche. Però sta mandando tutto a fare in culo. Ieri doveva presenziare, invece non si è fatto vedere, e oggi mi hanno chiamato dall'albergo per dire che sta dando di matto –. Sospira affranto. – Non ne avessi abbastanza, di guai.

– E io che c'entro?

– Devi andare a parlargli, bello mio.

– Non faccio l'assistente sociale.

– Ma mi devi risolvere i guai, visto che non riesci a prevenirli. Credo che Mendez si sia spaventato per quello che sta succedendo. Forse ha sentito delle chiacchiere. Tu sei l'unico che può convincerlo che non ha niente da temere.

– Prima dovrei convincermi io. Quindi: no.

Scotti tira i piedi sul tavolo. Sulla suola destra c'è attaccato un pezzo di carta igienica. – Ascolta, Sandrone, da quando sei qui non ti ho praticamente chiesto niente.

– Praticamente.

– Sei andato e venuto come ti pareva, non hai fatto una riunione che è una, mi chiudi a chiave i dipendenti e fai il filo alla mia segretaria. Non c'è problema, Scotti è un liberale, ed è anche generoso di natura. Però adesso devi… esplicarti.

Tento un'ultima carta, la peggiore. – Visto quello

che è successo ieri sera, forse è meglio se sto un po' con te.

Brillio degli occhi. – Troppo tardi. La polizia mi ha assegnato una scorta. Guarda alla finestra e vedrai una volante. Finalmente ricevo il trattamento che merito. Ahr ahr –. È un attimo, riprende l'aria cupa. – Dicevi che volevi seguire il Fantaconvegno. Mendez ne fa parte, quindi occupatene –. Si stravacca, fissa il soffitto. – Oppure ritirati. Forse per il convegno basterà la polizia, non c'è bisogno che mi faccia sfruttare…

Tocca a me sospirare. – Dove sta?

Si raddrizza, mi dà delle pacche sulla spalla. – Questo volevo da te, ragazzo mio –. Mi dice il nome dell'albergo. – Convincilo almeno per l'inaugurazione di venerdí.

– Non lo obbligherò con la forza.

– Digli che non gli pago il conto, se continua a fare lo stronzo. Vedrai che basta, è uno straccione.

Mi tiro in piedi. – Sai cosa mi piace di te, Franco? Che sei un vero gentleman.

Alza il naso, orgoglioso. – Sono un uomo d'affari. Pagare lira vedere cammello. Vale anche per te, tra parentesi.

– Lo so.

Mi rinchiudo nel mio stanzino a ponzare. Ci mancava l'attore con le paturnie. Nel giro di mezz'ora arrivano due telefonate per me che Carmelo mi segnala urlando nel corridoio. La prima è di Oink, e mi faccio negare. Ha chiamato anche in albergo, e ho usato la stessa tattica. Negare, negare sempre. E sparire.

La seconda la prendo dal solito telefono del centralino. È di Vera, maggiorenne e vaccinata.

Urla incoerente. Devo farla calmare per capirci qualcosa. – Non ce la faccio piú! – distinguo. – Questa città di merda!

– Cos'è successo?

– Mi hanno sospeso dal lavoro. Figli di puttana!

– Lo hai detto a Mirko?

– Sí: non gliene frega un cazzo.

– Non ci credo, non è il tipo.

– Ha detto che è una questione del sindacato di merda, e che non se ne intende di diritto del lavoro di merda. Ma quella merda del sindacato di merda mi ha detto che è una roba complicata, che siccome sono sottoinchiestapossonofarlofiglidiputtana! – Ha detto tutta la tiritera senza prendere fiato. Lo fa adesso, prima di tirarmi la botta finale. – E poi se vengono ancora a farmi le scritte sotto casa li ammazzo? Hai capito?

Rabbrividisco. – Vera, devi startene tranquilla. Altrimenti diventa tutto...

Lancia uno strillo che mi assorda. Poi mi insulta per dieci minuti buoni. Tengo staccato il telefono dall'orecchio guardando le macchie sul muro. Una sembra Scotti con in bocca un bambino. – Non ti fa bene startene in quella casa da sola, Vera, – dico quando riesco a reinserirmi. – Perché non vai a stare per un po' da qualche amica, dai tuoi genitori, da Lamberto?

– Sei fuori? La donna di Lamberto mi odia –. Ha già scartato le prime due ipotesi, è proprio messa male in quanto a sostegno morale. – E loro non ci sono mai, non potrebbero aiutarmi se l'assassino viene a cercarmi.

– Perché dovrebbe venire a cercarti, Vera? Non sappiamo neanche se ci sia, un assassino.

– Adri è morto di freddo, secondo te? – dice risentita. – Stai proprio conducendo un'indagine di fino.

A quel punto dovrei comunicarle le mie decisioni, ma crollo vilmente. – Sto facendo il possibile, – borbotto. – E lavorerei meglio se non dovessi preoccuparmi per te.

– Non devi preoccuparti per me –. La sua voce è diventata gelida. – Metto solo il blockster in borsetta. Ci provino a venirmi sotto...

Cerco di afferrarmi la lingua con i denti, ma mi muovo in ritardo. – Vieni qui –. Tanto, prima o poi dovrò incontrarla.

– Davvero vuoi? – Colgo la nota di sollievo, mi ha fregato un'altra volta.

– Sí. Puoi stare nella mia stanza, in albergo. Ci sono due letti, non ti preoccupare, – aggiungo in fretta.

– Chi si preoccupa? Quando?

– Quando vuoi.

Non aspettava altro. Chiamo Alex per dirgli le novità. Cellulare staccato. L'Elefante idem. Sabato giornata dedicata alle morose. Fortunatamente Mirko ha il cellulare acceso anche quando dorme, coscienza professionale.

– Disturbo? – gli chiedo.

– Lo sai che non ho una vita privata –. Rumori sul fondo. – C'è Flo che vuole salutarti.

Lei prende il telefono. – Vaffanculo Sandrone. Ma devi starci sempre tra le scatole?

– Pensavo giusto di venire a farvi compagnia all'aperitivo.

La sento deglutire. – Al posto tuo me ne guarderei bene.

Tra un salatino e l'altro Mirko mi ragguaglia. I controlli dell'Internazionale degli sbirri hanno dato esito negativo sulle impronte dei tre, che quindi non erano schedati, ma visto il casino albanese non significa molto. I due superstiti se ne stavano tranquilli in gabbia.

Io racconto quello che ho saputo da Oink e da Monsignore, prendendo tempo. Poi mi decido. – Mirko, devo darti una brutta notizia.

– Getti la spugna.

– Sei telepatico?

– No, ma quando usi il tono umile qualcosa non funziona. Perché?

– Adrian comincia a puzzare e io non voglio farmi del male.

– Puoi dirmi qualcosa di piú?

– Non per telefono.

– Ma sei sicuro.

– Già.

Sospira. – Stavolta mi hai tirato proprio un pacco, caro mio.

– Lo so, e mi dispiace. Speravo andasse in un altro modo, ma credo ancora alle favole.

– La signorina Mezza lo sa di questa tua decisione?

– La saprà presto, viene a trovarmi. Tu cosa farai?

– Non mi va di lasciare una difesa prima dell'istruttoria. Però se i clienti non me la contano giusta, posso anche prendere decisioni drastiche.

Ho una leggera esitazione. – Il fatto che Adrian fosse sporco, non significa che i suoi amici lo abbiano ammazzato...

– Hai parlato con Bibí e Bibò? – chiede Mirko truce.

– Alex e L'Elefante? Non ancora: avessero mai il cellulare attivo.

– Dovrei imparare da loro... Allora ti aggiorno io, anche se a quanto pare non ti interessa piú. Tra le altre cose, Bibí e Bibò hanno fatto il giro del palazzo. Durante l'ora dell'omicidio gli appartamenti erano quasi tutti vuoti, salvo vecchietti e casalinghe.

– Non può essere stato un vecchietto o una casalinga a fare il macello? – domando senza crederci.

Mirko sbuffa. – Secondo il medico legale chi ha tirato le coltellate aveva la forza di un maschio. Adulto, non decrepito. La lama ha intaccato l'osso in profondità, e ci sono anche segni di percosse. Se vuoi ti faccio avere via fax una copia del referto, cosí non vado troppo nei particolari. Flo non ha voglia di sentirli prima di pranzo.

– Neanch'io, e neanche di leggerli dopo pranzo. Scartiamo pure i vecchietti, rimane il resto del mondo. Non credo che qualcuno abbia tenuto conto di tutti quelli che sono entrati e usciti nell'ora fatale.

Pausa. A Mirko non piace comunicare cattive notizie sui clienti, anche quando lo prendono per il naso. – Invece sí.

– Ah.

– Ah. È il tale che sta rimettendo a posto l'impianto elettrico.

– Un altro vecchietto, suppongo.

– Settant'anni appena compiuti e un braccio offeso...

– Nientemeno.

– ... ma lucido. Non credo che punterò sulla sua arteriosclerosi. Ha lavorato nell'atrio dell'unica entrata per tutta la mattina. Conosce gli inquilini, e non ha visto estranei salire intorno all'ora che ci interessa. Ha visto uscire anche i tre muratori che stanno finendo i lavori. Ore undici e quindici minuti precisi, tutti assieme. Corrisponde ai verbali della polizia. Secondo l'autopsia, Adrian è morto tra mezzogiorno e l'una. L'elettricista ha visto anche entrare i signori Kater e Irades, gli unici ad arrivare intorno all'ora di pranzo.

– Li ha visti uscire?

– No. Ha finito di lavorare all'una meno un quarto, quando i nostri clienti salivano le scale. Aveva un lavoro da un'altra parte per il pomeriggio e ha saputo dell'omicidio solo dal telegiornale. Quindi...

– Quindi non può testimoniare su quanto tempo si siano fermati Ismail e Sami. Se il tempo di scoprire un cadavere o di farne uno.

– L'autopsia non può stabilire il minuto esatto. Ma abbiamo la telefonata alla polizia del vicino di casa. Piú o meno intorno all'ora di arrivo dei due –. Mette la mano sulla cornetta e parla fuoricampo. – Se abbiamo finito vorremmo andare a mangiare. – Dice poi –. Ho troppa fame per arrampicarmi sui vetri.

– Ciao.

Tutti in giro a divertirsi con le donne, io a sbattermi come un pesce. E chissà dov'è Valentina, adesso.

Pff.

Il mio momento intimista dura poco, perché Edith spalanca la porta del loculo in un ondeggiare di vesti. Sguardo di fuoco e labbra tremanti.

– Ci mancava la strega Bacheca, – le dico, poco gentile.

– Hai davvero intenzione di non fare niente? Che schifo! – Si accuccia sullo scatolone degli ospiti, che si affloscia sotto il suo peso.

– Accomodati pure. Guarda che secondo il tuo collega Raffaele faccio anche troppo.

– Ah, lui. Bel soggetto che è.

– Non posso darti torto. Ma visto che siamo in argomento, secondo te cosa dovrei fare? Interrogare tutti i maniaci della fantascienza? Magari si sono offesi per la spazzatura che il tuo capo manda in giro. *Eccovi i viaggi dell'astro*...

– Non hai notato che manca qualcuno, oggi? – acideggia.

– È sabato. Non tutti fanno gli straordinari.

– Eh già. E magari ieri sera non è scappata via subito dopo l'incendio. Senza aspettare che la polizia la interrogasse.

Comincio a stufarmi. – Che hai contro Svetlana? Era seduta accanto a me. Se avesse lanciato una molotov l'avrei vista.

– Eh già, – ripete. – Perché una come lei secondo te non trova qualcuno disposto a fare il lavoro sporco al posto suo. Magari promettendogli un po' delle sue grazie.

– Perché avrebbe dovuto? Per dispetto?

– Non sai proprio niente di donne, – mi dice con aria di commiserazione. – Ha cercato di portarsi a letto Franco da quando è arrivata qui. Dovevi vedere come faceva la scema. Gliela sbatteva in faccia. Ma non c'è riuscita, perché Franco non mescola il piacere con il lavoro. Mai, io lo conosco bene Franco. È una persona corretta.

Recupero il fiato. – Stai parlando sul serio?

– Certo che parlo sul serio –. Si rialza e piazza le mani sulla scrivania. Mi alita in faccia dentifricio omeopatico e veleno. – Svetlana voleva diventare la donna di Franco solo per fare carriera e non c'è riuscita. Non ti sei accorto di quanto sia falsa? Forse anche a te ha promesso qualcosina, qualcosina di morbido e caldo.

– Vi volete cosí bene in questo ufficio che penso di farmi assumere. Hai altro da dirmi prima che ti butti fuori?

– Sí –. Fruga in uno dei suoi tasconi e ne toglie un mazzo di chiavi che mi lancia. Le prendo al volo. Sono nuove di conio. – Sono le chiavi di casa di quella puttana.

– Come le hai avute?

– Gliele ho prese dalla borsetta e ho fatto una copia. Perché non cominci a fare il tuo lavoro perquisendola? Vedrai che qualcosa ci trovi.

– Un pacco bomba pronto per l'uso?

– Perché no?

Lancio le chiavi nel cestino della carta. – Mi dispiace, mi è stato chiesto di rispettare la privacy. E io sono ligio al dovere, quasi quanto Scotti. Però, se magari anche tu mi prometti qualcosina di morbido e caldo...

Mi tira una sberla e ci prova con una seconda. Le afferro il polso. – Datti una calmata, va'.

Schiuma, poi esce sbattendo la porta.

Conto fino a dieci poi mi precipito al cestino e recupero le chiavi.

Infilo il giubbotto ed esco, attento a non farmi beccare da Scotti. Ho ancora il cellulare di Tartufon che da malfidato qual è ha fatto disattivare il numero. Butto via la SIM, poi ne compro una ricaricabile al primo negozio, insieme con un caricabatterie non omologato. Spesa modica, passaggio di proprietà effettuato.

L'albergo del comandante George è un dignitoso quattro stelle. Quando dico chi sono alla reception, il portiere in divisa chiama subito il direttore. Arriva già incavolato, un cinquantenne yupposo e sovrappeso.

– Stavamo per chiamare la forza pubblica. Se lo porta via lei?

Alzo un dito. – Piano. Il signor Mendez è un ospite di riguardo e come tale va trattato.

– E questo è un albergo di riguardo, occorre mantenere un certo contegno. Purtroppo, il *signor* Mendez sembra non conoscere i modi del vivere civile. Dunque? Che facciamo?

Cambio tattica. – Io non le posso dare tutti i torti. Ma non sarebbe una buona pubblicità per il signor Scotti –. Pausa. – E neppure per il suo albergo. Quello è capace di fare una conferenza stampa qui davanti.

Mima la completa infelicità. – I vicini di camera si lamentano e poi... – abbassa la voce. – Ho avuto delle lamentele anche dal personale. Ha quasi aggredito una ragazza ai piani.

– «Quasi» cosa significa?

– Le ha tirato, – sospira, – della biancheria intima sporca. Non vuole che gli si rifaccia la camera.

– Un po' poco come aggressione –. Sorrido umile. – Noi vorremmo trovare un accomodamento. Il signor Scotti pagherà spese e disturbo. Parlo io al signor Mendez, mi lasci provare.

Tentenna. – È l'ultimo tentativo, però.

– Grazie.

Mi faccio indicare la camera. Busso alla porta. – Signor Mendez? – Rumore di qualcosa che viene trascinato. – Signor Mendez?

Voce dall'oltretomba. In spagnolo. – Vada via.

– Signor Mendez, le devo parlare –. Proseguo nella sua lingua. – Sono Sandrone. Mi manda Scotti.

– Per favore, vada via. Abbia un po' di pietà per un vecchio. Io... non mi sento bene.

– Whisky o tequila?

– Come?

– Cosa preferisce bere? Vado a prendere una bottiglia.

– Mio Dio. Whisky.

Torno sotto e mi faccio consegnare una bottiglia mezza piena. Sorvolo sull'espressione del barman.

Torno a bussare alla camera. – Ho qui la bevanda. Vuole che la versi sotto la porta?

Mendez bestemmia in modo elaborato ma senza rabbia. Poi apre. Deve avere settant'anni. Pantaloncini e camicia sbottonata sul petto macilento, baffi grigi, volto pallido e scavato. È talmente simile ad Alfredo, a come l'ho lasciato nel letto d'ospedale, che mi si annebbia la vista. Devo telefonargli, penso colpevole.

Mendez fraintende la mia espressione. Fa un mezzo inchino. – Sono proprio io, Xavier Mendez. Prego, si accomodi. Scusi il disordine.

Le persiane sono accostate, il letto sfatto. In un angolo della stanza, un mucchio di stracci. Li guardo meglio. Sono mutande di plastica, di quelle per incontinenti. L'odore di orina è a malapena coperto da quello del tabacco nigro. I mozziconi senza filtro sono sparsi sul pavimento. Mendez si siede sul letto, strappandomi la bottiglia di mano. Io mi siedo cauto su una sedia. La schiena ha ricominciato a farmi male.

– Alla sua salute, – dice. Poi beve a collo una lunga sorsata. Quando posa la bottiglia, le sue gote hanno preso un po' di colore. – Lei lavora per Scotti, quindi. Di che si occupa?

– Servizio di sicurezza.

Annuisce, prende un altro sorso, piú moderato del primo. – Ed è venuto a prendermi a botte perché non mi comporto bene? – Alza la voce, adesso impostata, da attore. – Perché non voglio esibirmi agganciato alla catena, come una scimmia costretta a danzare alla musica dell'organino? – Muove il braccio, mimando un cappello teso. – Perché non voglio raccogliere l'elemosina?

– Forse a Scotti piacerebbe. Io sono qui solo per parlare con lei.

Annuisce di nuovo. – In buon spagnolo. Dove lo ha imparato?

– Ho buona memoria –. L'unico regalo che mi ha fatto la schizofrenia, a parte un Socio rompiballe.

– Potrebbe recitare, allora. Oggi basta avere una bella faccia e un po' di memoria per ricordarsi i copioni.

– Mi manca la bella faccia. Signor Mendez, qual è il problema? Sono tutti molto preoccupati per lei alla casa editrice.

– Il problema? Lei ha mai visto recitare *L'avaro* di Molière?

– No, ma una volta ho visto il *Muppett Show*.

– Ecco, è quello il problema! – Si alza, mettendosi di profilo, il pugno sotto il mento. – Io sono stato Arpagone. E don Chisciotte. E Cirano. Ci crede?

– Sicuro.

– Bugiardo. Lei è un giovane, sciocco come tutti i giovani. Capace solo di guardare la televisione –. Mi fulmina da sopra la spalla. – Quelli come lei conoscono solo gli attori che si vendono per il piccolo schermo, magari in una telenovela. Io, invece, IO, ho recitato nei migliori teatri delle Americhe. Ho cominciato quando lei non era ancora nato. Una volta sono salito sul palcoscenico con la febbre a quaranta, un'altra volta con l'appendicite acuta. E mi sono fermato a raccogliere gli applausi. Io sono un attore, un attore VERO! – Sputa per terra, poi si accende una sigaretta senza filtro. – Può dire al suo padrone che non ho intenzione di esibirmi in quella buffonata che ha preparato per me. È la mia ultima parola, ma grazie per il whisky.

– Ha i soldi per pagarsi l'albergo e il viaggio di ritorno?

– Reciterò agli angoli della via, se sarà necessario.

Non posso farne a meno. Rido. Mendez si aggronda. – Mi prende in giro?

– No. Santo Cielo. Lei mi è simpatico e so riconoscere un vero artista. Come ha fatto a farsi coinvolgere in una stupidata come l'*Astronave Perduta*?

Sorride, mostrando una dentiera perfetta e candida. – Ahimè, attraversavo un momento di congiuntura e avevo gli unici debiti che un gentiluomo è costretto a saldare. Sa quali sono?

– Gioco.

Sorride di nuovo. – Forse lei non è poi cosí sciocco. Poi, non so se ha visto la ragazza che faceva l'ufficiale di rotta. Ci teneva tanto, poverina, ad avere una possibilità per il grande schermo. Io le imposi di averla con me, e lei me ne fu tanto grata. Adesso chissà dov'è e cosa fa... Ma che sgarbato, non le ho offerto un po' del suo dono –. Mi allunga l'alcool. – Purtroppo non ho bicchieri.

– Va bene cosí –. Bevo e ripasso. – L'*Astronave* è stata un successo, dalle sue parti?

Scuote la testa. – Mai andata in onda, per fortuna. Nessuno volle acquistare la serie nonostante gli sforzi del produttore. Si chiamava Lazlo Benedittini, era un italo americano, un gringo con i coglioni. Aveva fatto i soldi con i gangster, negli anni Quaranta. Non so se ha mai sentito parlare di gente come Stompanato e Mickey Cohen –. Annuisco. Lui prosegue. – Benedettini faceva affari con loro, quando sentí il fiato sul collo dei g-men preferí passare la frontiera e mettersi a riposo. Ma negli ultimi anni aveva lavorato con il racket di Hollywood e gli era rimasta la fissa del cinema. Diceva che in Messico si poteva girare spendendo poco. Solo che, poveretto, non sapeva distinguere il suo signor culo da una cinepresa. La prima settimana licenziò il regista e fece tutto lui. Una pena. Poi morí, la sua fidanzata gli sparò in faccia per gelosia –. Tracanna ancora, poi si accende un nuovo zampirone con la brace del primo. – Tutto il girato è rimasto sepolto per anni. Si figuri la mia sorpresa quando sono stato contattato per il lancio italiano.

– Signor Mendez, il problema è che lei ha accettato. Stanno preparando manifesti e statue di cera. Potrebbe fare uno sforzo…

– Lei non demorde, eh?

– Mi piacerebbe vederla su un palco a contatto con i fan.

Scuote una mano vezzosa. – Ah, non mi tenti. Ho accettato solo per conoscere l'Italia. Non c'ero mai stato e oggi, purtroppo, non posso permettermi piú grandi viaggi. Una volta guidavo una Rolls Royce candida e le ammiratrici gettavano petali di rosa sotto le ruote. Ci crede?

– Forse sta un po' esagerando.

Ride. – Solo un po'. Facciamo cosí, dica al signor Scotti che ci penserò.

Mi alzo e gli stringo la mano. – D'accordo, nel frattempo, per favore, non distrugga l'albergo. E lasci stare le cameriere.

– Quella vecchia gallina metteva il naso tra le mie cose. Le TOCCAVA!

– Faceva solo il suo lavoro. Conto su di lei.

Si inchina leggermente. – Vedrò di comportarmi bene. Perché anche lei mi è simpatico. Ma dica al barista di non lasciarmi piú all'asciutto. Mi rende nervoso.

È la prima cosa che faccio, tornato a piano terra. Mendez potrà attingere al bar, nonostante le precedenti istruzioni di quel pidocchio di Scotti.

Svetlana Minareva non abita troppo distante dall'hotel. Tocca a lei, a questo punto.

La chiamo con il cellulare.

– Síí, – risponde tremula.

Peccato, è in casa. – Sono Sandrone. Volevo sentire come stai. Ancora mal di testa?

– Un po', grazie.

– Vuoi che ti passi a trovare e ti faccia una camomilla?

– Oh no. Sto facendo... le pulizie.

– Sai, ho pensato che mi dispiace molto di non aver potuto mai fare quattro chiacchiere con te, a tu per tu. È ancora valido l'invito per la cena?

– Sí, ma... non stasera. Scusa, sto proprio male...

– Allora ti saluto, non voglio farti peggiorare.

– Ciaou.

L'attesa è lunga, e all'inizio, noia pura. Tampinare le persone è soprattutto una gara di resistenza. Se sei da solo, non puoi mai andare a berti un caffè. Basta un minuto perché il tuo obiettivo si involi e tu continui ad aspettare sotto una casa vuota. Però non si può neppure stare piantati sul marciapiede. Occorre fare piccoli spostamenti di continuo. Meglio ancora sedersi nell'auto in sosta, e cambiarla di parcheggio ogni ora. Ma io sono senza macchina, e devo consumarmi le suole. La mia unica speranza è che Svetlana non stia poi cosí male e decida presto di approfittare della prima giornata senza pioggia. Altrimenti, mi toccherà aspettare lunedí, e da qui a là molte cose possono succedere.

Dopo la prima ora passata a fissare le luminarie natalizie mi è tornato il mal di schiena, ma anche i vecchi automatismi. Penso al nulla e al niente, al rumore di una mano che batte, all'albero che cade nella foresta senza che nessuno lo senta, rivedo alla rovescia l'ultimo film, e mi dimentico dei minuti. Il corpo si muove, i miei occhi sono aperti, ma non sono proprio lí, in quel cavolo di via. Sono tutto dentro la mia testa.

Alla seconda ora d'attesa Svetlana esce dal portone. Sono a cinquanta metri e mi affretto a girare dietro una colonna. Lei si guarda intorno, poi prende a camminare veloce.

La seguo, per assicurarmi che il suo impegno mi dia abbastanza tempo per un perquisa veloce: il parrucchiere sarebbe l'ideale. Tira un vento gelido, la Bisa, che per qualche miracolo fisico ti arriva sempre in faccia qualunque sia la tua direzione. Ho la scusa buona per tirare su il bavero e giú il berretto fino alle sopracciglia, ma le palpebre mi si congelano lo stesso.

Dopo mezz'ora di camminata capisco che si fa lunga. Svetlana sembra aver perso il senso dell'orientamento. Passiamo e ripassiamo per le stesse vie, si ferma alle vetrine anche quando sono vuote, continua a parlare al cellulare ruotando su se stessa. Mi do dello scemo per non aver capito subito i sintomi: Svetlana ha paura di essere seguita, controlla se è vero. Interessante. Tampinarla, a questo punto, diventa ancora piú importante che entrare in casa sua.

C'infiliamo in una via di fabbriche e brutti palazzi stile casa popolare, con i balconi arrugginiti. La meta di Svetlana è un edificio a due piani tipo prefabbricato. Lascio che citofoni ed entri, poi vado a leggere la targa di bronzo sullo stipite. Dice: *Associazione Grande Madre*. Ne so quanto prima.

Faccio il periplo della casa passando dalla strada principale a una viuzza laterale. Tutte le finestre sono chiuse, sbarrate con serrande di metallo o con i vetri oscurati. Antisfondamento, direi. Voci da dentro non ne arrivano, anche se mi pare di sentire una musichetta orientale, molto distante e attutita.

Torno sui miei passi, indeciso se trovarmi o no un buco dove aspettare, ma sbatto contro un ostacolo umano. È una donna, ma a prima vista non l'avrei pensato. Alta quanto me, larga il doppio, testa di ricci sale e pepe umidi, come avesse appena finito di farsi la doccia.

– Che cazzo vai cercando? – ruggisce.

– Nulla –. Sorrido. – Devo essermi perso.

– È per questo che spii nelle finestre, figlio di puttana?

Telecamere nascoste, bravo furbo. Apro la bocca per raccontare qualche panzana. Non ne ho il tempo.

La cicciona fa scattare i muscoli delle cosce e spicca un salto in aria. Volando ruota e mi colpisce alla tempia con un piede. Sono preso alla sprovvista e riesco solo ad accompagnare la botta buttandomi all'indietro. Cado sul selciato, sento l'aria che si muove e rotolo ancora. Un piede elefantino cala dove prima avevo il torace. Riafferro gli occhiali che mi sono finiti sul collo, e faccio una capriola sulla spalla, riuscendo a tirarmi in piedi. Poi corro verso una direzione qualsiasi, saltando il cofano di un'auto in sosta, infilandomi in un vicolo. L'uomo alla guida spalanca la bocca.

Il mostro si ferma e rimaniamo a guardarci da sopra il tettuccio dell'automobile. Lei ruggisce. – Non ti fare piú vedere, bastardo! Altrimenti ti faccio male.

Corro fuori dal suo campo visivo. La testa mi risuona. Proseguo piú velocemente che posso verso casa di Svetlana. Per oggi di seguirla non se ne parla piú. Tanto vale tornare al piano originario.

La copia del mazzo clonato ha tre chiavi, individuo subito quella del portone. Aria disinvolta, parto dall'ultimo piano, il quinto, e scendo le scale fino all'ammezzato. Svetlana Minareva non è su nessun campanello. Risalgo fermandomi alle porte anonime. Quella al secondo ha una toppa che sembra adatta alla chiave di sicurezza in mio possesso.

Infatti, è lei. Suono brevemente il campanello. Nessun abbaiare di cani feroci. Giro la chiave ed entro.

Non so cosa mi aspettassi, ma certo non quello che trovo. L'appartamento, due stanze piú servizi, è un bordello totale. Vestiti sul pavimento e cocci ovunque. Penso addirittura che qualcuno sia arrivato prima di me, poi vedo che quasi tutti i cassetti sono chiusi, gli sportelli accostati. Nessuno è passato di lí, tranne una padrona di casa in crisi isterica. Non si attaglia molto alla donna che conosco.

Faccio un rapido giro nella camera. Sul letto le lenzuola puzzano di sudore. Decisamente si sta trascurando, la ragazza.

Ci sono un sacco di libri, tutti in russo. L'unica cosa in italiano sono le bollette del telefono e della luce raccolte sotto un fermacarte di bronzo. L'intestazione mi sorprende: Elisa Scotti. Un membro della famiglia che non mi è stato presentato.

Non scopro altro d'interessante, niente bombe o pistole. Al di là del casino, è il normalissimo appartamento di una normalissima ragazza. Con i suoi peluche, vestiti, fotografie di se stessa incorniciate. Anche quella di due vecchi, seduti su un divano. I genitori, immagino.

Frugo nello sciacquone, tasto le piastrelle, gli zoccoletti dei muri, il materasso. Nada. La cicca di spinello sotto il letto è il massimo del losco.

Una macchina si ferma sotto la finestra che dà sul portone d'ingresso. L'ho tenuta socchiusa, e mi sono sporto ogni volta che ho sentito tintinnare di chiavi. Lo faccio anche stavolta, e stavolta è proprio Svetlana. Si è fatta dare uno strappo dal mostro che mi ha preso a calci.

Mentre sto ritirando la testa, un motociclista di passaggio illumina brevemente un'auto in sosta un centinaio di metri dietro quella con cui Svetlana è arrivata.

Ahia.

L'auto è la stessa su cui ho capriolato poco fa. Stesso modello, stessa antenna piegata. Richiamo alla mente quello che ho visto dell'autista. Quarant'anni, moro. Grosse mani appoggiate al volante.

Se è lí può esserci solo una spiegazione. Ha seguito l'auto del mostro fino alla casa di Svetlana. E prima stava sorvegliando proprio la Grande Madre. Forse è un poliziotto, ma se non lo è possono esserci guai in vista. È raro che ti seguano per gettarti mazzi di rose. Mentre faccio queste riflessioni, sto già lasciando l'appartamento. Scendo piú velocemente che posso, pregando perché il mostro rimanga a chiacchierare con Svetlana qualche minuto.

Ma non va cosí. Svetlana comincia a urlare che sono ancora al primo piano. Scendo di corsa. E la vedo.

È aggrappata allo stipite della porta aperta. L'uomo moro della macchina le sta strattonando un braccio. Non fermo la corsa, uso la velocità per imprimere forza al calcio.

L'uomo mi vede, lascia Svetlana e para il colpo con gli avambracci, comincia a mulinare calci e pugni.

Tecnica precisa, da kickboxer. È alto e massiccio, abituato a fare a botte. Indietreggio, paro e indietreggio. Cerco di allungargliene un paio, ma li schiva senza problemi. Intanto, vedo con la coda dell'occhio Svetlana correre verso le scale. L'uomo si confonde, ne approfitto per farmi sotto. Lo abbraccio, gli prendo il naso con una testata. Grugnisce e cerca di ginocchiarmi il basso ventre. Un pugno alla nuca, mi lascio cadere e gli afferro il braccio destro scalciando verso il suo viso. Lo centro sotto il mento con la punta dell'anfibio. Incassa e grugnisce. Torco il braccio e tiro un'altra pedata. Stavolta lo prendo sui denti, ma non cede. Coriaceo, il bastardo.

Vedo dei piedi che entrano dalla porta. Il moro non è venuto da solo, porca miseria. Il secondo bestione, quasi calvo, si precipita su Svetlana, ancora a metà della prima rampa. Le tira una sberla in faccia, lei cerca di superarlo sulla destra. Perdo per un attimo la visuale, il bestione coi capelli ha cambiato posizione. Ruoto, mi libero, atterro sulle mani. Quando sto per rialzarmi, vedo Svetlana penzolare a testa in giú dalla ringhiera, mentre il calvo la sta praticamente facendo penzolare per la gonna. Poi la lascia andare, Svetlana cade urlando, e lui balza verso di me. Non riesco a parare il calcio alla tempia. Sento uno scricchiolio...

*Dolore. Corpi. Pressione addosso. Senza occhiali. Due uomini. Capriola all'indietro. Dolore alla schiena, alla testa. In piedi. Finta di sinistro, destro in faccia a quello piú vicino. Sul naso sanguinante. Poi un altro pugno, mira alla gola. Lo prende, l'uomo si piega.*

*Si gira per affrontare il secondo. Troppo tardi, lo sta caricando a testa bassa. La testa gli centra il torace come un ariete. Cade all'indietro, batte la nuca.*

Dev'essere successo qualcosa. Ho perso conoscenza ma non sono nella posizione di prima. Il moro sembra messo male, fatica a respirare. Ma l'altro mi torreggia sopra e cala un piede sulla mia mano sinistra. Un dolore atroce alle dita. Alzo il pugno destro con tutta la forza che ho. Miro ai testicoli. Si lascia cadere su di me, affondandomi le ginocchia nel petto. Mi esce tutto il fiato, vedo rosso...

*Non riesce a respirare. Ha due mani attorno al collo. Sangue in bocca, dolore al petto. Alza le ginocchia di scatto. Colpisce la schiena dell'uomo sopra di lui che continua a stringere. Alza le gambe, usa le caviglie per prendergli la testa. Sente che nel petto qualcosa cede, ma continua a tirare. Poi riapre e usa le tibie per colpire le orecchie del suo aggressore. La stretta dell'uomo perde forza. Colpisce ancora, e ancora. Poi incrocia i piedi sotto il mento del suo aggressore e tira. Si getta di fianco. Scivola in ginocchio. Adesso è lui sulla schiena dell'altro lo afferra per i capelli e gli sbatte la faccia contro il pavimento. Poi la luce si accende. Un grido. Una botta da dietro...*

Cerco di vedere attraverso il sangue che mi cola dalla fronte. I due tipi sono in piedi, stanno scappando dalla porta aperta. Non riesco nemmeno a fare il gesto di fermarli. Non riesco a parlare, non riesco a respirare, non riesco ad alzarmi.

Un viso preoccupato si china su di me. È un ragazzo.

– Che cosa è successo? – chiede stridulo.

Non gli rispondo, non ce la faccio. Cammino a quattro zampe verso il posto dove ho visto Svetlana cade-

re. Riesco a distinguere la sua sagoma. È a terra, dove è caduta lungo il bordo delle scale. Il pavimento è macchiato di sangue. Cristo quanto sangue. È una pozza.
– Svetty? – gracchio.

Un millimetro alla volta arrivo a lei.

La sua testa non tocca il pavimento. Quando il bruto l'ha gettata oltre la ringhiera, lei è finita con la faccia su una cassa di bottiglie vuote. Il collo di una bottiglia di coca le è entrato nell'occhio sinistro. Le sollevo il capo è sento un rumore orribile quando la stacco. Viscido. La faccio rotolare via dai cocci, cercando di farla cadere su di me. Perché è viva, la sento che respira.

E si sveglia.

Apre l'occhio sano, guardandomi a pochi centimetri di distanza. Le afferro le mani perché non si tocchi la ferita, e lei comincia a urlare. Urlo anch'io, fino a quando l'idiota che mi ha salvato la vita non si muove e chiama l'ambulanza, e la polizia.

Gli infermieri mi devono staccare a forza da Svetlana. Ma non fanno troppa fatica. Svengo quasi subito.

## 7

Per essere un sogno è particolarmente logoro. Non c'è niente, salvo una stanza azzurrina e l'odore di metallo rovente. Poi lo vedo, e capisco di non essere io a stare sognando. Almeno penso, difficile orientarsi tra questo genere di cose.

Lui è lí, che sta facendo ginnastica. Flessioni addominali, con i piedi poggiati su una sedia dello stesso colore delle pareti. Guardandolo, mi chiedo come succeda che la gente ci scambi l'uno per l'altro. Il corpo è lo stesso, ma lui lo usa in modo differente dal mio. Posture, gesti. Poi l'espressione. Adesso che non ha la maschera sociale indosso, il suo volto mostra l'impassibilità totale. Non un guizzo, non un sorriso. Se parlasse, muoverebbe a malapena le labbra.

Poi mi vede, e fa una smorfia disgustata. – *Ah, sei qui. Mi pareva che ci fosse un po' troppo disordine in giro. Devo dedurne che siamo svenuti, Fratellino.*

– O morti, Socio.

– *I morti non sognano* –. Si siede nella posizione del loto. – *Chi erano i due tipi che abbiamo pestato*?

– Che noi abbiamo pestato? Hai un ego tremendo. So solo che stavano aggredendo Svetlana. La pedinavano da un po'.

Gli faccio un breve resoconto della giornata, che ascolta senza curiosità. Alla fine si succhia le labbra, soddisfatto. – *Ottimo*.

– Cosa c'è di ottimo? I punti di sutura che ci daranno?

– *Le cose si stanno chiarendo.*

– A me non pare.

– *Sappiamo i motivi del nervosismo della tua amica con i capelli verdi.*

– In effetti, mi si sono chiarite un po' le idee, – concedo. – Pensavo che Svetlana avesse a che fare con gli attentati, ma aveva solo paura di diventare un bersaglio. Rimane da capire perché tutto questo accanimento contro la Scotti e i suoi dipendenti.

Si alza, e comincia a toccarsi le punte dei piedi. – *Sai cos'è il tuo problema, Fratellino?* – dice.

– Certo, sei tu.

Fa il suo sorrisetto. Odioso. – *Il tuo problema è che non hai mai imparato a guardare la realtà senza ricamarci sopra. La fantasia può essere utile in molti mestieri, ma non in quello che ci siamo scelti. Meglio la concretezza.*

– E cosa dice la tua concretezza?

Scuote la testa, senza cambiare espressione. – *Che è presto per qualsiasi teoria. Raccontami dell'altra storia. Quella che stai facendo per beneficenza.*

– Con quella abbiamo chiuso. Sarai contento.

– *Parlamene lo stesso. Sai, i tuoi resoconti sono sempre inutilmente prolissi sulle tue sensazioni ed estremamente stringati sulle tue esperienze dirette. Sarà interessante raffrontare le idee che mi sono formato con quello che effettivamente è avvenuto, secondo il tuo punto di vista.*

– Vuoi che ti racconti tutto quello che ho visto da Cremona in poi?

– *Quello che hai visto, quello che hai sentito, quello che hai annusato. Pensi di farcela?*

Vorrei mandarlo a quel paese, ma scambiarci le informazioni è sempre stato il nostro mezzo per rimanere fuori da un manicomio.

Alla fine, fa di nuovo il suo sorrisetto. – *Complesso, davvero. Se c'è un assassino diverso dai due albanesi, bada bene se, si è mosso in un arco di tempo molto, molto stretto. Se non è tutto un caso, è quasi un genio. Ma bisogna capire chi poteva.*

– Allora ti ricordo che siamo fuori. Abbiamo chiuso, finito, stop.

– *Eri cosí desideroso di farti coinvolgere e adesso hai cosí fretta di andartene. Solo per una pistola. Sei sicuro che fosse di Adrian?*

– Il baule era il suo.

– *Può averlo rubato a un compagno di stanza, la pistola poteva essere un ricordo di famiglia che non si è sentito di lasciare in Albania, un mezzo per proteggersi da nemici che non conosciamo. Non è che stai scappando perché non sai che pesci pigliare?*

Mi muovo verso di lui. – Credo che, per adesso, piglierò il tuo sedere a pedate.

– *Sarebbe un esperimento interessante, vista la nostra condizione* –. Alza una mano in segno di pace. – *Ma non sarà possibile. Sento una variazione nell'ambiente. Stiamo per salutarci.*

Cerco di tirargli lo stesso un calcio, ma sta già cominciando a sbiadire, il mio piede lo attraversa. Svanisce. Poi svanisce tutto il resto e attorno a me si forma una stanza nuova, quella di Cremona, dove ho vissuto i primi anni della mia vita. Un sogno vero finalmente. Sono talmente felice che per qualche istante non mi accorgo di essere in compagnia. Disteso nel letto c'è Adrian, che sorride attraverso la ferita della faccia. Mi volto per scappare, ma mi salta addosso, urlando. Ha in mano una bottiglia rotta.

# 8

Mi ingessano il polso sinistro e tre dita della mano. Mi fanno la TAC. Mi cuciono il naso, le sopracciglia, le orecchie. Mi tolgono l'ultima scheggia di un dente devitalizzato. Mi fasciano. Mi passano di tintura di iodio. Mi fanno l'antitetanica.

Mi interrogano, un poliziotto in borghese che ho visto la sera dell'attentato alla macchina di Scotti. Non mi aveva detto il suo nome allora, e adesso non riesco a leggerlo quando mi sventola lo scudo di metallo sotto il naso. Racconto quello che ho visto dall'aggressione in poi, tralasciando pedinamento e visita in casa. Lui ascolta poco interessato, e continua a domandarmi se i due erano albanesi. Un po' alla volta, capisco che la versione di Svetlana è: aggressione a scopo di libidine compiuta da due stranieri. Puro delirio.

Io ricordo gli insulti dell'uomo con cui sono rotolato sul pavimento. Era italiano come me. Riferisco i miei dubbi, lo sbirro alza le spalle e se ne va.

Il mio vicino di letto è cosí carino da prestarmi un giornale. Sono curioso di vedere se c'è qualcosa su Scotti e, infatti, trovo un articoletto in cronaca locale, collegato a uno molto piú grosso su squatter e nuovi terroristi. Si riparla anche del magazzino incendiato. Sono già partite delle perquisizioni negli ambienti anarchici. Strappo la pagina e la infilo in tasca, poi scosto le coperte un millimetro alla volta. Ogni volta che muovo la parte superiore del corpo ho delle fitte da paura nel mezzo del torace. Mi fa male anche se respiro. Butto le gambe fuori e cerco di posarle per terra mentre arriva l'infermiera a togliere il separé. Sui quaranta, mora, carina. – Come va? – chiede.

– Bene.

– Vuole il pappagallo?

– No. Mingerò a casa, grazie.

L'infermiera arriccia le labbra. – Non mi risulta che lei sia stato dimesso.

– Allora mi dimetto da solo... – Colgo un movimento dietro di lei. – Ah, eccoti. Hai portato i vestiti?

– Sicuro –. Sono colpito da quanto Vera sia cambiata in cosí poco tempo. Sembra piú vecchia e decisamente piú magra. – Ti do una mano?

– Temo di averne bisogno –. Ho addosso solo il camicione dell'ospedale.

Mi volto perché Vera lo slacci, e cosí facendo torno a inquadrare l'infermiera, sempre piú irritata. – Vado a chiamare il medico di guardia, – dice.

– Faccia quello che vuole.

Quando un medico sconosciuto arriva sono nudo, a parte un qualche chilo di bende sparse per il corpo, e Vera mi sta infilando le mutande. Il medico cerca di convincermi a mettermi tranquillo un'altra notte, per via delle botte in testa. Nel farlo commette l'errore di toccarmi il braccio sano, e Vera lo allontana da me con uno spintone. Afferra la piantana di una flebo, e gliela punta contro. – Non lo toccare, hai capito? – grida. – Se Sandrone vuole andare se ne va!

– Vera –. Gemo dal letto sul quale sono ricaduto. – Va tutto bene. Non siamo nel *nido del cuculo*. Non possono trattenermi.

Il medico ha fatto un balzo indietro, pestando il piede all'infermiera che strilla. Dagli altri letti i non-moribondi si levano a godersi lo spettacolo.

– Deve solo firmare un modulo, – ansima il dottore.

Vera ci rimane male. – Ah. Allora....

La richiamo all'ordine. – Finiamo la vestizione, va bene?

Torniamo all'hotel con l'auto che Vera aveva parcheggiato nello spazio riservato ai medici. Soffro a ogni sobbalzo, ma Vera sembra incapace di guidare sotto i cento. Però ringrazio il cielo di averla trovata in albergo, quando ho telefonato.

In quella che adesso è diventata la nostra camera, Vera mi chiede se voglio distendermi, rispondo di no. Testa e torace mi fanno male qualunque sia la mia posizione, e voglio sgranchirmi un po' le gambe, anche solo camminando in circolo.

– Vuoi che ti tolga le scarpe? – chiede Vera, appoggiata al tavolino.

– No, grazie.

– Vuoi del caffè, qualcosa da mangiare?

– No –. Colgo una sua strana espressione. – Che c'è, Vera?

Si accende una sigaretta. Dovrò abituarmi a convivere con la puzza di fumo. – Ha telefonato tua mamma.

Mi fermo. Sí, la testa mi gira proprio. Mi appoggio al muro, tra l'attaccapanni e l'armadio. – Non le hai detto niente dell'ospedale, spero. Tende a preoccuparsi.

– Non sono scema –. Esita. – Dice che... uff. Io in queste cose faccio schifo. È per il tuo amico Alfredo.

Uno spillo di ghiaccio nella colonna vertebrale. – No.

– Sua moglie ha chiamato tua mamma... Dice che... È successo ieri sera.

– No. Cristo –. Sento qualcosa dentro che pompa, vedo rosso. Senza pensare tiro un pugno all'anta dell'armadio. La fitta di dolore al torace mi toglie il respiro.

– Sandrone! – Vera cerca di abbracciarmi, la scosto con la mano. – Stai bene? – mi chiede.

Annaspo. Le parole mi si appiccicano in bocca. – Come si può sentire una merda. Dov'è adesso? Gli hanno già fatto il funerale?

– No. Tua madre mi ha detto che lo hanno portato

a casa sua. Mi ha detto anche che doveva succedere, prima o poi –. Mi prende la mano sana. – Tu non potevi farci niente.

– Potevo telefonargli. Quando ero in ospedale gli rompevo le scatole tutti i giorni. Quando sono uscito me ne sono fregato –. La guardo. – Devo vederlo. Accompagnami in stazione, per favore.

– Cosí conciato? Sei scemo?

– Ho fatto di peggio. Se non vuoi prendo un taxi, per me è uguale.

Butta con rabbia il mozzicone sul pavimento, dove sfrigola un buchetto nero sulla moquette. – Sei proprio una testa di cazzo. Ti porto io.

– Sicura? È a Milano, sono due ore di macchina.

– Lo so. Ma visto che ti sei preso le mazzate per colpa mia tanto vale che ti aiuti.

– Non è stata colpa tua, Vera. Ma grazie lo stesso.

Durante il viaggio non riesco a parlare. Vera prova a fare conversazione, ma rinuncia al terzo tentativo che non raccolgo. Dovrei essere piú gentile con lei, ma non ci riesco. Nei miei pensieri c'è solo spazio per il mio sentirmi un essere orribile. Troviamo facilmente la casa di Alfredo, anche se non c'ero mai stato prima. Di fronte alla porta del suo appartamento qualche mazzo di fiori. Deposito il mio, comprato a un distributore automatico. Fiori di campo, quasi ci stanno bene.

È mezzanotte passata. La moglie di Alfredo viene ad aprirmi, mi stringe la mano e mi ringrazia a bassa voce. Qualche parente in cucina davanti a tazzine di caffè e bicchieri vuoti. Non conosco nessuno, non mi presento.

Alfredo è sul letto. Eccola lí la morte paziente. Sono abituato a quella feroce, che ti prende di colpo con un coltello o un proiettile. O a quella crudele, che ti lascia sanguinare sul pavimento. So come trattarla, a cosa pensare quando mi chino su un cadavere. Quella lenta, che ti scava dall'interno, mi incute timore. Non è un incidente di percorso che si possa scansare stando attenti. È il destino inevitabile, il saldo del conto.

Eppure con Alfredo è stata gentile. Non sembra che dorma, ma neanche che abbia sofferto. Ha un fazzoletto attorno alla testa che gli tiene serrata la mascella, un abito scuro, il volto quasi piú in salute dell'ultima volta. Sono solo nella sua stanza, ed è un bene, perché posso parlargli senza vergogna. E per qualche minuto lo faccio.

Poi esco. Vorrei salutare sua moglie a distanza, ma lei corre verso di me lasciando il parente con cui chiacchierava.

– Cerchi di riguardarsi, – mi dice. – Si vede che non è ancora guarito del tutto.

– Va bene, grazie. Mi faccia sapere se le serve qualcosa.

– Non si preoccupi. Tenga –. Mi allunga un piccolo sacchetto di carta, chiuso con il nastro adesivo.

Lo rigiro tra le mani. – Cos'è?

– Alfredo mi ha detto che si è dimenticato di darglielo in ospedale. Ho pensato che le facesse piacere averlo adesso.

Apro il sacchetto. È una vecchia edizione de *Lo strano caso del dottor Jekill e del signor Hyde*.

*Vecchio stronzo*, penso. Ma mi sento stranamente meglio.

Durante il viaggio di ritorno perdo i sensi.

# Parte terza
# Ballo in maschera

# I

Il dolore alla faccia si è calmato, il naso ricomincia a sentire gli odori. Fumo stagnante, soprattutto. E, sniff sniff, la mia stessa pelle, direi. Ho bisogno di una doccia. Apro gli occhi. La stanza è cosparsa di abiti femminili, cartoni di fast food, libri e giornali. La mia provvisoria convivente sembra avere abitudini suinesche. Sento il suo respiro. Dorme a bocca aperta alla mia destra, un braccio ripiegato sotto il corpo l'altro che supera il breve spazio dei nostri due letti accostati. Mi fa tenerezza, con l'inevitabile filo di saliva che le cola sulla federa. Muovo il braccio sano per accarezzarle i capelli e gongolo alla sensazione di intimità che non provavo da un sacco di tempo. Come quella della sonnolenza, che mi fa sentire debole e un po' idiota. Manca solo mia madre a portarmi la colazione a letto e la regressione sarebbe completa.

Agito i piedi nelle coperte, mi stiro cauto per le costole con la bua, gioco con la mano ingessata mettendola sotto il raggio di luce delle tapparelle. Piccola novità: ci sono delle firme sopra il gesso. Vera e una M allungata che finisce in una proboscide. Riconoscendola, il mio umore peggiora di colpo. È la firma dell'Elefante. Non sarà mica a dormire nella stanza a fianco? Altro che colazione. Quello è capace di piombare con una canna in mano.

Finalmente, mi decido a leggere l'orologio da polso. Quello che vedo impiega qualche secondo a trapanarmi la coscienza torpida. Mi sveglio del tutto, tipo elettroshock. Sono le otto del mattino, e questo l'avevo piú o meno capito dalle ombre. Ma secondo il calendarietto da quando mi hanno dimesso dall'ospedale sono passati...

Tre giorni.

Sposto pian piano il braccio di Vera, poi rotolo giú dal letto. Il Socio non è mai stato sveglio tanto a lungo. Mai.

Le costole si fanno sentire, ma riesco ad alzarmi. Dolore anche alla schiena, testa a posto.

Ho perso tre giorni, Cristo. Da non credere.

Frugo dietro lo specchio del bagno, posto canonico dove il Socio lascia i biglietti quando dormiamo con qualcuno. Non c'è niente. Torno in camera e rivolto i vestiti. Niente. Sempre peggio, respiro lentamente per calmarmi.

C'è un'unica soluzione e al pensiero lo stomaco vuoto mi si torce. Riaddormentarsi, lasciare che il mio Socio rimedi alla mancanza. Ma l'adrenalina in circolo aumenta. E se dormissi per una settimana, questa volta? Lascerei tutto in mano al Socio, e non so come se la caverebbe con una roba come il Fantaconvegno. Poi c'è Vera...

Meglio trovare altre strade, per ora.

Sfilo il cellulare dai pantaloni, e torno in bagno. Alex è a casa, si prepara per andare alla finanziaria che gli dà misteriosamente da vivere.

– Mattiniero, eh? – mi dice. – Ti scoccia se intanto mi bevo il caffelatte?

– Fai pure. Che cavolo ho combinato in questi giorni?

Gnam gnam. – Qualche cazzata di certo. Perché?

– Roba da poco. Il Socio ha tenuto il volante per tre giorni e si è dimenticato di riferire.

– Caspita –. Gnam. – Il vostro ménage è un po' in crisi ultimamente. Cosa vuoi sapere?

– Il piú possibile.

– Boh... non lo sento da quando l'ho visto. Quando è stato... tre giorni fa.

– Sei venuto anche tu a Torino con l'Elefante?

Glomp. – Guarda che sei venuto tu a Cremona. Ah, ops, il tuo Socio.

Un piccolo giramento di testa. Mi appoggio alla vasca. – Oddio. Che ha fatto?

– Un giro a casa di Vera. Hai, scusa, *ha* passato mezza giornata a parlare con tutti. L'elettricista, i vicini. Quelli che lo hanno cagato, mica tanti. Capirai, cominciano a stufarsi di gente che va avanti e indietro. A proposito, ti hanno saccagnato per bene. Complimenti.

– Lascia stare –. Il Socio si sta proprio interessando della storia di Adrian. Incredibile. – E non ti ha detto che avevamo intenzione di lasciar perdere tutto?

– No –. Gnam. – Sai che questa conversazione è una delle piú strane che abbiamo mai fatto?

– *Sai che questa conversazione*... Alex, fai il bravo che sono già abbastanza nel panico. C'era anche Vera?

– Non l'ha portata.

– Perché?

– Che cazzo ne so? È stato talmente di poche parole che l'Elefante se n'è avuto a male. Prima o poi dovrai informarlo dei tuoi problemi di testa.

Quando vorrò che lo sappia tutta Milano.

– Ma no che sa mantenere i segreti –. Ridacchia. Scroscio del rubinetto sulle chicchere. – Cos'è questa storia che dobbiamo mollare il colpo?

– A questo punto non lo so piú. Il mio Socio ti ha lasciato delle istruzioni?

– Ha detto di cercare tutti i muratori che lavoravano alla casa della tua amica e ricostruire con loro minuto dopo minuto la giornata, prima e dopo il fattaccio. Cosa non facile. Hanno finito i lavori e sono tornati nel deposito dei magut, sparsi per la Val Brembana. Indovina chi parte oggi per una gita esplorativa?

– L'Elefante?

– Bravo. Io sarei andato volentieri con lui, – balle, – ma come sai ho un lavoro che mi permette di pagare l'affitto.

– Beato te –. Ci mancavano anche i muratori. – Be', grazie di tutto.

– Prego. Ti mando la parcella. Gli psichiatri costano.

– A me lo dici?

Riattacco e sveglio Vera scuotendola per un braccio. Lei si agita e mi maledice.

– Che ore sono? – borbotta.

– Le otto e mezzo.

Apre gli occhi. – Non puoi aspettare?

– No.

– Stracciacazzo –. Si tira seduta. – Che vuoi?

– Abbiamo un sacco di cose da fare.

– Cosí di colpo? – Raddrizza il cuscino, accende una sigaretta, mi guarda con gli occhi iniettati di sangue. – Sicuro di stare bene?

– Insomma… Perché?

Pare stupita. – Davvero non ti ricordi niente?

– A cosa ti riferisci? – chiedo vago. Senza istruzioni, non so cosa abbia fatto il Socio con lei e rischio di commettere delle gaffe.

– Be', forse è normale… – borbotta.

– Cosa? – Vorrei scuoterla, ma mi trattengo.

Finalmente si decide. – Al fatto che hai dormito.

– Che c'è di strano?

– Per due giorni. Se ti scuotevo biascicavi, poi tornavi secco.

Altra botta di adrenalina. Mi verrà un infarto. – Non è possibile, – gemo.

– Invece sí. Ti ricordi che ti ho messo a letto? L'altro giorno? – Scuoto la testa. – No, eh? Ogni tanto ti alzavi per andare in bagno, ma eri mezzo addormentato. O prendevi da bere con gli occhi chiusi. Ti ricordi almeno che è venuto il dottore? – Scuoto la testa. – Niente. Il tuo organismo doveva ripigliarsi, ha detto il dottore. È lo shock.

– È lo shock… – ripeto. Peggio di cosí non poteva andare. Le botte che ho preso hanno scombussolato anche il Socio. Abbiamo dormito tutti e due: ci capita solo con l'anestesia, o quando stiamo davvero male.

– Sono contenta che ti senti attivo –. Vera butta giú le coperte e si alza. Indossa una delle mie magliette. E basta. Sicuramente sta meglio a lei. – Facciamo colazione? Immagino che avrai fame. Ti ho dato del brodo, ma...

– Sí –. Ecco il perché del borbottio di stomaco. Frugo sul comodino cercando di scacciare l'immagine del Socio svenuto per terra. – Hai visto i miei occhiali?

Va in bagno e chiude la porta. – Li ho portati dall'ottico, – grida. – La nuova montatura è pronta stamattina.

– Bene.

Ai piedi del letto c'è un sacchetto di medicinali che neanche la Croce Rossa. Inghiotto tre pastiglie di Aulin, poi mi spoglio davanti allo specchio, studiandomi a quei due centimetri di distanza che permette la mia vista da miope. Tra lividi blu e neri, e punti di sutura, sembro Braveheart dopo l'autopsia. Ma il problema vero è dentro la testa. Il Socio addormentato e io che non mi risveglio per quarantotto ore. Di nuovo mi sale la paura, mi calmo con una serie di mantra. Ci fosse un medico per quelli come me andrei a consultarlo.

Aspetto che Vera esca dal bagno e mi faccio una doccia benefica, tenendo il braccio ingessato in un sacchetto di plastica. Quando torno in camera purtroppo lei si è rivestita. Le tiro uno dei rotoli di benda. – Dammi una mano.

– A fare cosa?

– Devi bendarmi stretto, tutta questa parte del torace, davanti e dietro. Poi fissi con il cerotto.

L'operazione è talmente dolorosa che mi copro di sudore, ma alla fine ho addosso un carapace che mi tiene insieme. Se cadessi di schiena farei la fine di uno scarafaggio rovesciato. Mi infilo il maglione piú largo che ho e dei pantaloni comodi.

Vera mi studia dubbiosa. – Sei a posto?

– Pronto per la pugna. Mi tiri giú la valigia, per favore? È lí sopra l'armadio.

– Agli ordini –. La posa sul mio letto. C'è dentro solo il mio sacchetto degli attrezzi e il pc portatile. Apro il sacchetto, e dispongo il contenuto sulla coperta.

– Che roba è? – chiede.

Prendo l'affare che sembra un'antenna telescopica ripiegata. In acciaio. – Questo è un ninjastick, l'articolo piú venduto dei negozi di arti marziali che frequento io. Dentro il tubo c'è una molla. Se dai un colpo con il polso viene fuori –. Apro e richiudo un paio di volte, per farle vedere. La molla è lunga trenta centimetri, con una palletta di metallo sull'estremità. – Si usa come un bastone o una frusta. Se devi difenderti, aprilo e colpisci, possibilmente sul naso o in bocca. Attenta, però, fa danni veri.

Lo rigira, lo prova contro il palmo, sorridendo feroce. Capisco perché il Socio non se la sia portata a Cremona. Avrebbe aggredito qualsiasi sospetto. – Prevedi che ci romperanno i coglioni? – chiede.

– Spero di no, ma non è mai troppo tardi per comportarsi da furbi. Io prendo questo –. Infilo in tasca il tirapugni di ottone, un pezzo di antiquariato comprato alla Fiera di Senigallia. – E questo.

– Un deodorante?

– Per gli scarafaggi. Bomboletta mignon di gas lacrimogeno. Consigliato in mezza Europa contro gli stupratori, vietato in Italia. L'ho trovato su Internet, in un sito svizzero –. La infilo nella tasca sinistra. Riuscirei ad azionarla con le dita che mi rimangono sane da quella parte. – Possiamo andare, adesso.

Vera non si muove. – Senti, Sandrone, mi fa piacere che pensi al mio culo, ma prima che usciamo mettiamoci un po' d'accordo.

– Su cosa?

– Tu mi stai aiutando, gratis, e io ti voglio bene per questo –. Ha un attimo di imbarazzo che le passa subito. – Ma questa storia si fa un po' strana. Prima sparisci per un giorno, poi dormi per due, adesso sei tutto «andiamo e facciamo».

– Scusa.

– Scusa un cazzo. Capisco che sei conciato, ma io sto un po' sclerando. Quindi, se vuoi portarmi da qualche parte, prima mi spieghi che cazzo vuoi fare, poi io ti dico se ci voglio venire! – Il tono è andato alzandosi progressivamente. Le ultime parole le ha urlate. – Claro?

Alzo le mani quel tanto che posso. – Claro. Mettiti in ginocchio.

– Sei scemo?

– In ginocchio, su –. Le premo delicatamente una spalla, fino a quando obbedisce.

– Hai in mente qualcosa? Perché io te lo sgagno via, nel caso.

– Taci, che mi devo concentrare –. Fingo una faccia ispirata. Poi le poso il braccio ingessato sulla testa. – Nel nome del dio degli imbecilli e degli ubriaconi ti nomino mia aiutante. E, come mia aiutante, avrai diritto a istruzioni precise, tutela amichevole e spiegazioni complete, queste ultime davanti alla famosa colazione. Se ti alzi, ti bacio sulle guance. Di piegarmi io non se ne parla.

Sorride, per la prima volta da un pezzo. Mi piace quando sorride. – Sei pazzo, lo sai?

– È una delle mie poche certezze.

Vera mi raggiunge alla piccola saletta ristorante dell'hotel che sto finendo la terza brioche confezionata. Comincio a sentirmi meglio. Ha in mano qualcosa di orribile che mi allunga sedendosi al tavolino.

– Sono i miei occhiali, quelli? – chiedo.

– Mm mm.

– Montatura viola?

– L'altra era da buttare, questa è un po' piú moderna, cazzo.

– Li hai pagati tu?

– Con la tua carta di credito. To', te la rendo.

La reinfilo nel portafoglio. – Non voglio sapere quanto ho speso –. Inforco gli occhiali e mi rimiro nel riflesso della zuccheriera di acciaio. Assomiglio a Elvis Costello. Ma almeno ci vedo.

Vera ordina un cappuccino e mi guarda giocherellare con la tazzina vuota. – Sono pronta per la famosa spiegazione. Hai bisogno di una preparazione speciale?

– No. Io racconto, tu ascolta. Domande alla fine.

– Sí capo.

Invece mi interrompe ogni due per tre. E si incavola di brutto quando le racconto della pistola nel baule. Ho il mio daffare a convincerla che non è stata Oink a mettercela.

Alla fine abbozza: – Be', non è grave. Una pistola, e che sarà mai…

– Certo, poteva essere una bomba nucleare –. Grr. – Stammi a sentire, se Adrian aveva un ferro, cosí regolare non doveva essere. Sicuro che non ne avesse una anche a Cremona?

– Non dire cazzate. Poi gli sbirri l'avrebbero trovata.

– Giusto. Però preparati, perché arriveranno altre sorprese. Me lo sento.

– Ma che bravo. Un detective parapsicologo.

Proseguiamo la colazione in un silenzio non proprio amichevole. Ordino un altro caffè. Il cameriere me lo porta strascicando i piedi.

È Vera a cedere per prima. – Non è che l'altra storia ti sta facendo perdere troppo tempo? – chiede. – Oltre che riempirti di mazzate?

– Me ne occupo il meno possibile, anche perché sarebbe inutile. La polizia farà una bella retata di anarchici, e chi si è visto si è visto. Per fortuna mancano solo tre giorni al Fantacavoloconvegno.

– E dopo?

– Dopo mollo tutto e torno a Milano, sorella. Se potrò fare ancora qualcosa per Adrian vedremo, ma certo Scotti e Torino non mi vedono piú per un bel pezzo. Tira aria grama.

– Ma quelli dei centri sociali non erano amici tuoi?

– Lo sono ancora. Non tutti, – aggiungo.

– Non te ne frega se ne arrestano qualcuno a gratis?

Fisso il fondo del caffè e conto tutte le particelle. – Vera, una volta per tutte: non sono Simon Templar.

Il mondo è pieno di innocenti in galera e non voglio aumentare il numero con la mia persona. Ci siamo capiti?

– Fin troppo –. Non le è piaciuta. – Che si fa, adesso?

– Adesso andiamo alla Scotti.

Davanti alla Scotti c'è la solita volante e dentro talmente tanto casino che è quasi impossibile passare dalla porta. Corridoio ad anello e stanze sono ingombre di sagome di cartone e polistirolo, confezioni colorate di videocassette, depliant, libri. C'è un lunghissimo portabiti su rotelle, con costumi assortiti da mostro, e un albero di natale luminoso. Al posto delle palle hanno appeso dei libri tutti infiocchettati. Che pensiero delicato.

Scotti sbuca dal suo ufficio, cordless all'orecchio e avana in bocca lungo mezzo metro. Non ha piú l'aria della povera vittima, adesso è il fiorente uomo d'affari. Porta la mano alla bocca, fingendo impressione per quello che vede. – Ma sei davvero uno schifo!

– Molto gentile, grazie.

– Non te la prendere. È che ti hanno conciato male quei bastardoni. Ci mancavano anche gli stupratori albanesi, non ci bastassero gli squatter. Ma li troveremo, eh. Ho una mezza idea di mettere una taglia –. Dà di gomito a Carmelo, afflosciato sul divanetto dell'ingresso. – Pensi che si possa fare?

Carmelo si sveglia e risponde come se avesse capito. – No –. Poi ricomincia a russare.

– Peccato. Senti, puoi lavorare, vero? Con calma, si intende, ma ho bisogno di te –. Vede Vera e si illumina. – Chi è questa splendida ragazza? La tua fidanzata?

– La mia assistente.

Scotti si sfrega le mani. – Bene, bene –. Mi tira di lato. – Non è che sarebbe disponibile a fare da hostess? Ci manca un po' di personale. Ti faccio avere un extra, poi pensi tu a darle quello che ritieni giusto. Anzi, – aggiunge sgomitandomi nella parte sana, – mi sa che le stai dando di già qualcosa. Ahr ahr.

Sto per colpirlo, poi ci penso meglio. Vera nei paraggi è meglio che in giro brada con il ninjastick. – Perché no?

– Ottimo. Stavolta spacchiamo il culo a tutti, ahr ahr ahr –. Si volta verso Vera. – Sei assunta! – le dice puntando l'indice.

Vera spalanca la bocca, porto Scotti nel suo ufficio prima che scoppi il casino. Mi allunga una scatoletta di sigari come il suo. – Prendine uno. Offre la ditta.

– Per carità. Come sta andando la preparazione del convegno?

Alza le spalle. – Procede. Pensi di fare tutto da solo per la sorveglianza?

Eh già, sono rimasto indietro. – No, mi servono altre sei persone. Almeno.

– Possiamo usare qualche ragazzetto. Un mio amico ha una ditta di volantinaggio...

– Manco per idea. Ho usato gente di tutti i tipi, in passato. Ma non erano previsti guai. Qui voglio dei professionisti. Chiamo la Shadow. Ho lavorato per loro, e sono seri.

Si gratta la testa. – Costano cari?

– Mi farò fare uno sconto, in nome dei vecchi tempi.

– Bravo, bravo. Mi dispiace farti lavorare conciato come sei, ma siamo in dirittura d'arrivo –. Giocherella con il sigaro tutto sbausciato. – E qui i dipendenti tendono a sparire uno dopo l'altro. Non per colpa tua, intendiamoci, ma se fossi un po' piú efficiente...

– Ci vediamo, Scotti.

– Non te la prendere, eh...

Vera sta parlando con Edith nel corridoio. Edith mi corre incontro. – Devo parlarti.

– Oh che novità! Massí, anch'io ti voglio parlare.

La tiro nel mio stanzino e sbatto la porta per chiuderla. Le costole mi fanno cric cric. Inghiotto una pastiglia di rincalzo. – Sono andato dietro a Svetlana come volevi tu e forse ho fatto bene. Solo per questo non ti strozzo.

– Oh, ancora quella puttana... – mormora, senza guardarmi.

– Cosa sai che non so? E basta con le favole su lei che cerca di farsi Scotti che non me la bevo. Scotti si farebbe l'Astronave Perduta, se si mettesse la minigonna.

– Tu Franco non lo conosci. Ma non è di questo che dobbiamo parlare, adesso. Panz è sparito.

– Panz? E da quando?

– Stamattina non è venuto a lavorare e non ha telefonato.

– Può aver avuto un contrattempo, non mi sembra il caso di...

– No, – dice decisa. – Avrebbe avvisato.

– Forse è impegnato con il film...

Scuote la testa, facendo tintinnare l'orecchino da zingara. – Non ci è piú andato da sabato e avevamo appuntamento stamattina presto, per portarci avanti con il lavoro. Ho chiamato a casa sua, ma non c'è nessuno –. Si morde le labbra. – Sandrone, devi fare qualcosa.

– Non sono il tuo tirapiedi personale. Dimmi cosa pensi che sia successo e ti aiuto.

– So solo che è strano da quando hanno aggredito la puttana. È preoccupato.

– Lo siamo tutti, no?

– Non cosí, – dice guardando fuori dal mio oblò. – Lui non ci sta piú con la testa. Sospettavo di... – si morde le labbra, – di Svetlana, e forse mi sbagliavo. Però adesso sono preoccupata per Panz. Non è colpa mia se qui tutti se ne fregano.

Sospiro. – Sai cosa ha fatto ieri, Panz?

– No –. Sembra sollevata per il fatto che le dia credito. – So solo che è uscito prima, anche se è indietro con il lavoro.

È talmente patetica che non ho piú voglia di prenderla a calci. – Non so cosa posso combinare, Edith. Ma farò il possibile.

– Grazie, – dice solo e se ne va, ondeggiando la gonnellona a fiori.

Rimasto solo chiamo la Shadow con il cellulare. Non

mi va che gli altri sentano la conversazione. Il direttore si ricorda di me, anche se non ci sentiamo da un paio di anni. È un carabiniere in congedo, piuttosto efficiente. Ci accordiamo per una batteria di lavoranti, che incontrerò il giorno dopo direttamente al mercato del pesce.

– Non posso darti piú del dieci per cento di commissione, – dice alla fine il signor Shadow.

– Facciamo il quindici. Caricalo pure tutto sulla fattura, a Scotti non dispiace.

– Questo si chiama parlare. Arrivederci.

La seconda telefonata è per Pinocchio.

– Te ne intendi di cinema, case di produzione e simili? – gli chiedo. Tanto vale levarsi il dubbio su Panz.

– Perfettamente. Che ti serve?

– Stanno girando un film, a Torino. Di guerra, sui nazisti.

– Non ne so un accidenti.

– Cerca il set, e mettimi in contatto con quello che assume le comparse. Ti lascio il numero del mio cellulare.

– Se ti deve dei soldi posso arrangiarmi io. Poi ci mettiamo d'accordo sulla commissione.

– No, devo solo parlarci. Vacci tranquillo.

Contrattiamo un po' per il suo onorario, me la cavo con poco, poi esco a recuperare Vera, schiacciata in un angolo da Scotti in action. Lei sguscia via, sollevata.

In macchina le spiego che dobbiamo andare all'ospedale.

– Per andare a trovare la ragazza che è stata menata?

– Sí.

– Scusa se te lo chiedo, ma quando ricominciamo a occuparci di Adri?

– È solo uno scrupolo, cara. Porta pazienza.

Suona il clacson per far spostare un pedone che non corre sulle strisce. – La pazienza non è il mio forte.

– Già l'avevo capito.

La stanza di Svetlana non è piantonata, se mai lo è stata. Per i guai tra extracomunitari non si sprecano i denari pubblici. L'unico privilegio che le hanno concesso è una cameretta singola. Lei è nel letto, con una fasciatura che le copre metà faccia. Il resto che si vede sembra una bistecca poco cotta.

– Ciao Svetlana. Come stai?

Mi guarda con il suo unico occhio e non risponde.

– Lei è Vera, – continuo. – È una mia amica, e mi sta dando una mano con il lavoro.

– Ciao, – dice Vera, imbarazzata.

Svetlana chiude l'occhio.

– Svetlana, mi dispiace disturbarti mentre stai male. Ma c'è qualcosa che ho bisogno di capire. Hai detto alla polizia che sei stata aggredita da due albanesi. Io so che non è vero.

Silenzio. Proseguo. – Se hai mentito, e lo hai fatto, l'unica spiegazione è che sai chi erano quei due. E ne hai paura. Però non stai facendo la cosa giusta.

Lei si lecca le labbra e basta.

Mi siedo sul bordo del letto. – Io la paura la capisco. Ne ho sempre un mucchio. Ma potrebbe succedere ancora, se non mi dici niente. O succedere qualcosa ai tuoi colleghi –. Potrei parlare al muro per quello che serve. Cambio tattica. – Panz è sparito.

Ha una piccola convulsione.

– Ne sai qualcosa?

Continua a tacere.

– Sei l'ultima persona che l'ha visto. Sai cosa…

Cerca di colpirmi con un pugno. Mi alzo di scatto. – Svetlana…

Lei urla. – Bastardo! È tutta colpa tua! Guarda che cosa mi hanno fatto! Sono rovinata per tutta la vita! – Allunga la mano e pigia il campanello.

Quando l'infermiere arriva, Svetlana sta piangendo e fa segno di buttarci fuori. Cosa che avviene. Uscendo, incrociamo il medico che Vera ha minacciato con la flebo. La riconosce e impallidisce.

Vera non parla fino a quando saliamo in auto. – Sei stato bravo a fare l'interrogatorio. Ci vuole molto a diventare bravi come te?

Ci sono rimasto male. – Non mi va di parlarne.

– *Scusa se ti disturbo, ma io ho bisogno di…* – cerca di imitare il mio vocione e ci riesce fastidiosamente.

– Tu le avresti cavato l'altro occhio, immagino.

– Se lo meriterebbe quella stronza. È per colpa sua se ti sei fatto massacrare. Non ti è neanche un po' riconoscente.

– Gli eroi sul cavallo bianco sono un po' in ribasso, – ammetto. – Soprattutto quando non valgono una cicca.

– Va là che sei bravissimo, – mi carezza la guancia.

– Grazie, ma non è vero. Proviamo per un'altra via. Gira per di là.

La faccio guidare sino alla Grande Madre, il divertente luogo dove la cicciona mi aveva pestato come un tamburo. Non ci sono macchine sospette attorno. Solo una comitiva di donne che esce dalla porta. Alcune sembrano mediorientali e portano lo chador.

– Tocca a te, adesso, – dico a Vera. – Vai a citofonare. Io preferisco non farmi vedere.

– Di chi chiedo?

– Dí che cerchi l'amica di Svetlana e che l'aspetti fuori. Qualcuno verrà, non ti preoccupare.

Vera obbedisce, parlotta al citofono, poi torna all'auto. Io sto inghiottendo un altro paio di pillole. Chissà se danno assuefazione.

– Ha risposto una straniera. Dice che telefona.

Annuisco. – Bene, aspettiamo.

Striscio fuori della macchina e aspetto, appoggiato al cofano caldo. Vera mi raggiunge e rimaniamo fianco a fianco. Un momento di pausa, nella luce ghiaccio di mezzogiorno. Non aspettiamo molto. La macchina del Mostro arriva sgommando, parcheggia davanti il portone della Grande Madre. Il Mostro scende. Ha ancora addosso la tuta da ginnastica anche se è coperta da un piumone che la rende praticamente una sfera. Una sfera di muscoli.

Mi vede, si ferma, infila le mani in tasca. Rimaniamo a scrutarci a distanza. Agito il braccio sano. Il Mostro cammina verso di noi, la testa bassa, fermandosi a mezzo metro senza dire nulla.

Parlo io. - Sono qui per Svetlana. Io e te dobbiamo parlare.

Allunga una mano guantata di pelo. Non vuole colpirmi, solo stringere la mia. Lo faccio.

- Sapevo che prima o poi saresti venuto, - dice. - Ti chiami Sandrone, vero?

- Ben arguito.

- Ti ho visto in ospedale, quando sono venuta a trovare Svetlana. Io sono Elisa.

Rivedo le bollette in casa di Svetlana e un paio di pezzi vanno a posto. - Elisa Scotti?

- Non piú, per fortuna -. Sorride stanca, e la vedo trenta chili meno, vedo la bella donna sotto la maschera di carne che si è fatta crescere addosso. - Adesso è un'altra poveretta a fargli da moglie.

## 2

– Da dove devo cominciare? Ci sono cosí tante cose... Quando ero piccola sognavo solo di sposarmi e metter su casa. Volevo dei figli, una persona speciale. Ma il matrimonio con Franco si è rivelato proprio una fregatura. Non subito. Lui era un ragazzo di buona famiglia, suo padre non gradiva molto che frequentasse una che veniva dal popolo, come diceva lui. Ma Franco, in questo, è stato assolutamente magnifico. Non gli importava niente. Diceva che mi amava e che questo doveva bastare, anche se avevo solo la terza media e un anno di liceo linguistico. E credo che fosse vero, all'inizio era vero sicuramente.

– Lui lavorava molto, non era ancora diventato il capo, ma credeva molto ai suoi libri, al fatto che dovessero diventare piú commerciali per rimanere sul mercato. Litigava molto con suo padre per questo. Poi a suo padre è venuto un infarto, e Franco è diventato quello che prendeva le decisioni. E ha cominciato a lavorare ancora di piú, se possibile. Io cercavo di rendergli la vita piú semplice, credevo davvero che si potesse fare la casalinga ed essere felici. Cercavo di essere sempre bella per quando lui tornava a casa, ed ero sempre elegante quando uscivamo. Volevo che lui fosse orgoglioso di me, e piú gli altri mi guardavano come una femmina da monta, come diceva lui, piú era contento. Loro ti desiderano, ma solo io posso averti. Tu pensa di quante stronzate ci riempiamo e come ci possono rendere felici. Siccome gli ho dato tutto, siccome non aveva piú niente da prendermi, è finita. Un po' alla volta.

– Rientrava sempre piú tardi, qualche volta non rientrava per niente. Ha cominciato a viaggiare da solo, per le varie convention e le fiere. Non mi portava piú con lui. Alla fine ho scoperto quello che sapevano tutti, tranne me. Che si scopava ogni ragazza che gli passava sotto mano, anche la sua segretaria, che era l'amante fissa. Telefonava a casa, quella stronza, e lui faceva sempre finta che fossero questioni di lavoro Scusa, sai, devo andare, è successo un imprevisto, è arrivato un autore... Tutte stronzate, non capivo perché non volevo capire. Poi ho trovato le lettere. Pazzesco, le conservava in casa. Le lettere delle sue amanti. Una gli aveva anche scritto una poesia, diceva: Sei come un turbine che entra nella mia vita e che tutto sconvolge. Me la ricordo ancora. Quando ho finito di leggerle tutte ho aperto l'armadietto dei liquori. Non avevo mai bevuto cosí tanto, prima. Pensavo che una signora che si rispetti non dovesse bere. Che non stava bene. Invece ho bevuto quasi mezza bottiglia di amaro, sono stata malissimo. Quando Franco è rientrato a casa avevo già cominciato a spaccare tutto. Le tendine che avevo scelto con tanta cura e che lui non aveva neanche mai notato. I soprammobili, il servizio dei piatti belli, quelli per le cene importanti che non facevamo piú da tanto di quel tempo che erano diventati tutti gialli. E gli specchi. Sette anni di guai li avevo già avuti. Lui cercava di fermarmi, Ma cara qui, ma cara là. Calmati, per favore. Io ridevo e continuavo a spaccare. Un paio di volte ha cercato di alzare le mani, ma non ha osato, il verme. Sapeva che lo avrei ammazzato. Gli ho stracciato tutti i vestiti, tutti i libri che teneva in casa per farsi bello, la sua collezione di pipe, i suoi quadri di merda. Poi me ne sono andata. Era notte e me ne sono andata, da sola. Non sapevo neanche dove.

– Ho trovato un albergo, era la prima volta in vita mia che andavo in albergo da sola. Avevo paura che mi prendessero per una prostituta, senza valigia e senza niente. Non sono uscita per due giorni, mi facevo portare da mangiare in camera. La cameriera che mi ha comprato la biancheria pulita diceva: Cara lo sai come sono fatti gli uomini, vogliono solo una cosa. Pensavo al suicidio e speravo che lui venisse a cercarmi. Lui non è venuto, io non mi sono ammazzata. Sono tornata dai miei. E dopo un anno, ho smesso di pensarci.

– È stato il mio ultimo uomo, e mi ci è voluto un po' per capire che non avevo perso un granché. È stata Grazia, la mia prima donna, a farmelo capire. Ho capito anche che non me ne fregava niente di essere bella a tutti costi, di rimanere a dieta. Piú ingrassavo, piú ero contenta. Ho cominciato ad andare in palestra, e mi dava soddisfazione essere piú brava e piú resistente dei miei istruttori. Nessuno mi guardava piú come se fossi una femmina da monta. Erano le donne a cadere ai miei piedi, adesso. Non avrei mai pensato che potessi essere cosí attraente per le lesbiche, invece piú ingrossavo piú mi volevano. Ero la parte forte, questa volta. E la sensazione mi piaceva. Con Grazia non è durata molto, ma siamo rimaste molto amiche, la sorella che non ho mai avuto. Mi ha insegnato un mestiere, quello di fotografa, e sono diventata brava. Gli uomini sul lavoro mi trattano alla pari, qualche volta ci provano ancora, forse perché sono diventata talmente maschile che soddisfo i loro desideri omosessuali senza metterli in crisi. Ma a me non interessano piú.

– Di innamorarmi non mi è successo per un bel pezzo: tante amiche, ma nessun amore. Loro si disperavano, io le tenevo alla larga.

Poi tre anni fa abbiamo fatto una gita. Quattro amiche, due che stavano insieme e stanno ancora insieme adesso, una coppia di ferro. Gita alle terme di Saturnia, tutto il giorno a mollo nell'acqua sulfurea. A una di noi è venuta l'idea di andare in uno di quei locali di Roma per maschietti arrapati, quelli con le ragazze che camminano sul bancone e si spogliano. Perché noi non possiamo vedere qualcosa di carino? Che ci provino a rompere le scatole. Io ero attirata dall'idea di fare una rissa, avevo bevuto un po' troppo, ero allegra. Il locale era abbastanza squallido ma non eravamo l'unico gruppo di donne. Ho continuato a bere, guardando le ragazze che ballavano in topless. Tutte con i sorrisi finti, gli sguardi finti, la stanchezza addosso. Poi è arrivata lei. Non era la piú bella tra le ragazze che ballavano, era forse troppo magra, magra come non sono mai stata io, anche quando mangiavo solo una foglia d'insalata al giorno, davanti a Franco che si riempiva come un maiale, e continuava a diventare piú largo. Magra, ma agilissima, con due occhi… Ballava e mi guardava, come se mi conoscesse. Mi ci sono annegata dentro quegli occhi. Ho sentito come se qualcosa mi si rompesse dentro e mi sono messa a piangere, lí nel locale, con le mie amiche che mi chiedevano: Ma cosa ti succede, stai bene? Vuoi che andiamo a casa?

Mi sono fermata a Roma e la sera dopo sono tornata da sola, e anche quella dopo ancora. E tutte le volte lei mi guardava. Ballava solo per me, anche se tutti i maschietti che le pagavano da bere pensavano la stessa cosa, forse. Solo la terza sera ho avuto il coraggio di rivolgerle la parola, mentre scendeva dal bancone, tutta sudata. E lei mi ha detto: Ma quanto tempo ci hai messo? Speravo che ti avvicinassi prima, ma avevo paura di non piacerti. Ho capito che avrei dovuto pagare, e ho pagato. Siamo andate nel suo albergo, e quando abbiamo finito di fare l'amore sapevo che ero fregata. Sono tornata a Roma tutti i weekend, per due mesi. E alla fine gliel'ho chiesto: Vieni via con me a Torino. Ti posso ospitare, ti posso mantenere, dài un taglio con questa vita di merda, con tutti gli uomini che ti guardano e ti sbavano addosso. E smetti di farti scopare per i soldi. Mi sentivo una pazza a dirle le cose che le stavo dicendo, non si possono dire certe cose a una donna che paghi per portartela a letto, ma lei non si è messa a ridere. Mi ha detto solo: Non posso. Vorrei, ma non posso venire. Non chiedermi perché, ma non posso. Poi si è alzata dal letto, si è rivestita e mi ha detto: Forse è meglio se non ci vediamo piú. Non posso coinvolgermi, non sarebbe buono per nessuno delle due. Credimi, finirebbe male. Vai via.

– Io sono ripartita, e mi sentivo ancora come quando me ne ero andata di casa. Non mi importava piú niente di niente. Grazia se ne accorgeva che non c'ero con la testa sul lavoro, ma a lei non ho raccontato la storia. Un mese dopo è arrivata. Mi ha telefonato, di notte, e mi ha detto: Sono a Torino, vienimi a prendere in stazione per favore. Sono andata. Era lí che mi aspettava sulla panchina, e stava piangendo. Mi ha detto: Non chiedermi niente, non chiedermi mai niente. Volevi che io venissi e sono arrivata. Posso stare da te? Certo, le ho detto. Certo, sarà bellissimo, vedrai che staremo bene. Non è stato cosí.

Vera e io siamo annichiliti dalla valanga di parole che Elisa Scotti ci ha scaricato addosso senza pietà. Ha parlato per piú di un'ora, senza mai alzare la voce e senza fermarsi. Sembrava una pentola di fagioli. Ha toccato a malapena il bicchiere di vino che le ho versato, al tavolino del bacaro dove siamo seduti.

– Sei stata tu a trovarle il lavoro, vero? – le chiedo, quando recupero l'uso della parola.

Elisa distoglie lo sguardo dalla parete alle mie spalle. – Sí, con Franco adesso siamo in rapporti cordiali. Mi ha fatto un piacere.

– E tu quanti ne hai fatti a lei? Le hai trovato il lavoro, le hai affittato un appartamento... da quanto tempo non state piú insieme, tu e Svetlana?

– Praticamente da subito. Un mese, al massimo, è durata. Però non mi pento di averla aiutata. Almeno, non deve piú prostituirsi.

– Già. Le hai mai piú chiesto cosa fosse successo a Roma?

– Sí. Ma non mi ha risposto.

– Vi siete viste spesso, dopo che la vostra storia è finita?

– No. Non spesso.

– Perché è venuta a trovarti l'altro giorno?, quando ti ho conosciuta, diciamo.

– Non l'avevo con te, immagino che tu non sappia cos'è la Grande Madre.

– Un posto omosex per donne?

– Non proprio, ci vengono anche le etero, ma gli uomini non possono entrare. C'è la sauna, un baretto, la stanza per i massaggi. Ogni tanto arriva qualche arrapato che cerca di guardare dal buco della serratura e io gli faccio cambiare idea. Nel tuo caso, mi sono sbagliata, ma non era mai successo, ti giuro –. Sorride, e ritorna per un attimo quella che mi ha fatto rotolare sul marciapiede. – Almeno credo.

Vera interviene per la prima volta. – Dev'essere un posto carino.

– Se vuoi venirci, tu, sei la benvenuta, – fa Elisa –. Svetlana, negli ultimi giorni è venuta a trovarmi spesso. Diciamo che recentemente i nostri rapporti sono diventati piú frequenti.

– Siete tornate amanti?

Ride. – Che tipo che sei, arrivi subito al punto. Svetlana mi ha fatto delle avance molto esplicite, ma non me la sono sentita di ricominciare. Era spaventata. Diceva che le servivano dei soldi, tanti, che non avevo.

– Questo prima o dopo che hanno messo la bomba dal tuo caro ex maritino?

– Prima. Circa una settimana prima.

– Poi vi siete piú incontrate?

– No, fino a una settimana fa. Svetlana è tornata alla carica. Ha detto che un po' di soldi li aveva trovati, ma che le serviva il resto. Circa metà della cifra, cinquanta milioni.

– Glieli hai dati?

– No. Non li ho. Le ho chiesto quale fosse il problema, ma lei si è sempre rifiutata di rispondermi. L'altro giorno, quando è venuta, abbiamo anche litigato.

– Cosa pensi che voglia farci con i soldi?

– Forse tornarsene in Russia. Sarebbe meglio cosí, con quello che le è successo –. Scuote il testone. – Non prendermi per cinica, ma questo non è il posto per lei.

– Ti ricordi il nome del locale dove ballava a Roma?

– Certo, La Tigre, via dei Popoli Uniti. Non so se ci sia ancora, o abbia cambiato nome. Non ho piú avuto la curiosità di saperlo –. Finalmente prende il suo bicchiere e lo vuota. – Ha avuto solo due anni di grazia, povera piccola.

## 3

Salendo sull'auto tolgo il cellulare di tasca: quattro chiamate non risposte. Non ho sentito la suoneria, settata troppo bassa. Ne provo una serie, provocando l'irritazione di Vera che fa del suo meglio per travolgere i pedoni.

– Hai finito con questo spaccamento? – mi chiede.

– Quasi –. Scelgo la marcia dell'Aida, poi mi concentro sulle chiamate ricevute. Tre vengono dallo stesso cellulare, quello di Pinocchio. Lo richiamo.

– Eccomi qui, – gli dico.

– Ho provato a cercarti.

– Lo so, ma ero in riunione. Novità?

– Perfettamente. Set aperti in questo periodo a Torino: zero.

– Zero? Nemmeno piccole produzioni?

– Solo piú i cit della scuola di cinema dei Cammelli, ma non penso che ti possano interessare. Poi un paio di registi che stanno facendo delle location, ma di film in opera, con i camerati o senza, niente di niente. Garantito al limone verde.

– Fammi pensare un secondo –. *Ciao, sono Panz e sono un mitomane*. Ma che strana storia. Sfumata la possibilità che sia tra le braccia di una stellina del cinema, la sua situazione comincia a farsi un po' piú seria.

– Ci sei ancora? – chiede Pinocchio con un colpo di narici da venti litri d'aria.

– Quanto vuoi per una gita aziendale?

– Dove?

– Roma. Ho bisogno di sapere vita, morte e miracoli dei gestori di un locale, da tre anni a oggi. Probabilmente un locale che puzza di giri strani. Donnine allegre e cosí via. Si chiama la Tigre, via Popoli Uniti. Potrebbe aver cambiato nome.

– Un locale di pelo, ci andrei volentieri, ma non mi posso muovere da Torino. Però, se ti sta bene, posso passare l'incarico a qualcuno.

– Fidato?

– Come un biglietto da cento. Tu paghi me, io pago lui.

– Bene. Siamo sulle solite cifre?

– Naturale. Per quando vuoi il mestiere?

– Domani?

Ride. – Ti pareva? Vedremo.

– Mi basta una spolverata. Fai il possibile.

– Perfettamente.

Il secondo numero mi è assolutamente sconosciuto. È di Torino, ma non è l'ufficio di Scotti né la Shadow. Richiamo perplesso e se dico pronto è solo perché i fruscii di fondo non mi fanno distinguere immediatamente la voce.

– Ma dov'eri finito?

– Oink?

– Ma che bravo che ti ricordi.

– Scusa sono stato molto impegnato. Mi ero segnato di... Volevo proprio... – Vera si volta incuriosita, bruciando un semaforo. Non mi ha mai visto color peperone, posso capirla. – Come hai avuto il numero?

– Me l'hanno dato al tuo ufficio. Ascolta, ho qualcosa...

– Qualcosa di che?

– Sandrone, insomma! Su Adrian! Ti interessa ancora, spero.

– Certo che mi interessa –. Finalmente sono riuscito a resettare il software in testa. Svetlana ed Elisa scompaiono sullo sfondo. – Non dire altro. Sei a casa?

– Sí.

– Stai lí e aspettami.

Vera scalpitava per la fame. Sono le tre, e a parte due salatini al bar con Elisa abbiamo nello stomaco solo brioche e vino. Ma adesso tace, con le mani contratte sul volante. – Adri? – chiede solo.

– Ci sono delle novità. Ma prima... arancio o cioccolato?

– Sei scemo?

– Avere fame fa venire il nervoso. Arancio o cioccolato?

– A*grrr*ancio.

Le tiro una barretta dalla tasca. – Sono per le diete ma vanno bene anche per gli spuntini. Proteine e vitamine, tutto quello che ti serve –. Le spiego l'indirizzo di Oink, lei fa una curva senza neanche mettere la freccia. Clacson dietro di noi. – Quando arriviamo, fai quello che ti dico, ok?

– Certo, – digrigna.

– E fammi un piacere. Per motivi che non sto a spiegarti, ma sono complessi e inerenti la mia ancor piú complessa funzione, fingi di essere molto intima con me. Praticamente, la mia fidanzata.

Non si volta a guardarmi, ma sento ugualmente il suo sguardo in faccia. – Te la sei scopata.

– Non proprio.

– Maschietti del cazzo, – sbuffa.

– Non posso darti torto.

Potevo risparmiarmi la figura perché Oink non è sola. Un ragazzo che se la tiene sulle ginocchia. Quando arrivo Oink salta in piedi, inorridita per la mia faccia. Le spiego che sono caduto dalle scale e le faccio rimirare il gesso. Poi le presento Vera. Le due si guardano, si abbracciano e cominciano a parlare fitto, a bassa voce. Bene, niente strappamento di capelli.

Mi siedo sulla poltroncina di fronte al ragazzo. Ha una ventina d'anni e una divisa da cameriere piena di patacche. Allunga la mano, faccio per prenderla, alza il pollice verso il soffitto. – Passa in portineria, – dice.

Poi si mette a ridere per la battuta fresca. – Ciao Gorilla, come hai fatto a cadere dalle scale?

– Usavo lo skateboard sulla ringhiera.

– Però ti facevo piú grosso. Né che non è grosso come mi dicevi, Nasino?

– Non ho detto che era grosso, – risponde lei.

– Ma sí che l'hai detto, ma te quando vedi un ragazzo non capisci piú niente. Io sono Peppo, il manico del Bar Wendy.

– Piacere, – sospiro. – Che c'entri tu?

– Come che c'entro? Io c'entro, vero Nasino? Dài vieni qui che sento freddo.

Oink torna a buttarglisi addosso, lui la gira a faccia in giú e la sculaccia. – Hai un popò che è la fine del mondo. Brrr.

Oink ride. – Dài, piantala che devo parlare. Piantala, ti ho detto!

– La pianto, la pianto –. Il manico del bar Wendy alza le mani. – Se la tua amica vuole darti il cambio va bene lo stesso.

Mi aspetto l'esplosione, ma Vera rimane impassibile e si depone sulla sedia piú distante. – Magari piú tardi.

Guardo Oink, tutta rossa in faccia. *Dio, è davvero giovane, come hai fatto a non accorgertene?* – Allora?

– Allora devi parlare con Peppo, che sa tutta la storia bene.

Peppo il Manico ulula. – Eh già che devi parlare con me.

Risospiro. – Che ne sai?

– Oink mi ha raccontato che vuoi sapere cosa faceva l'albanese, perché era sparito eccetera. E io l'ho visto.

– Quando?

– Il giorno che è andato via.

– Come fai a sapere che è il giorno giusto? Ti ricordi cosí bene?

– Oh, mi sa che mi stai prendendo per scemo. Guarda che puoi anche andare a cagare, per me. Chi cazzo mi hai portato, Nasino?

Oink si fa seria. – Fai il bravo, Peppo. Anche tu, Sandrone. È una vita che ti cerco per parlarti, non fare lo stronzo.

*Vedi la cattiva coscienza*, mi dico. – Allora, Peppo, cosa sai?

– Io lavoro al bar Wendy, che è qui sotto. Nasino era venuta a salutarmi prima di andare dai suoi vecchi. Due ore dopo ho visto passare l'albanese. Lo conoscevo, perché Nasino me l'aveva presentato. L'ho salutato, ma lui ha tirato diritto. Ho visto che andava all'Aurora e ci sono rimasto di merda. Ho pensato che non veniva da me perché gli stavo sui coglioni. Sapeva che io e Nasino avevamo avuto una storia, magari gli girava il culo.

– Cos'è l'Aurora?

– Una trattoria. Non molto regolare.

– Che vuol dire «non molto regolare»?

Sorride, ha il piercing alla lingua. Alza il polsino sinistro della giacca. Sotto c'è un pataccone di marca. – Vale quindici zucche in negozio. Me l'ha venduto a una e mezzo un negro che sta sempre lí. Non è un'imitazione, l'ho fatto valutare prima di cacciare. Lí dentro ci si trova di tutto se sai a chi domandare. Comunque lo stesso giorno che Adrian è andato lí hanno fatto una perquisa e si sono portati via un po' di vu cumprà. Forse c'era anche Adrian in mezzo.

Annuisco. – Capito. Oink, posso parlarti in privato un secondo?

Me la porto nel tinello, e chiudo la porta. – È affidabile il tuo amico?

– Certo che è affidabile. È un tesoro.

– No è una merda. Come fai a stare con uno cosí?

L'espressione si fa meno allegra. – Lui almeno mi fa divertire. Con chi dovrei stare, con un musone come te?

– Non ho detto questo.

– Ma l'hai pensato.

Sono proprio un maschietto. – Lascia perdere, non sono affari miei.

– Ma tu sei abituato a farti i cazzi degli altri –. Mi abbraccia cauta e mi dà un bacio sulle labbra. – Sono stata bene l'altra sera.

La stacco. – Devo chiederti un'altra cosa. Hai ancora dell'anfetamina?

– Perché?

– Devo fare dei turni di guardia, ho paura di addormentarmi.

– Ho comprato due grammi stamattina. Ma se te ne serve di piú puoi chiedere a Peppo.

– Mi basterebbe quella che hai tu. Ti dispiace? Te la pago.

– No, te la regalo. Stai lavorando anche per me. Strano vero? – Va alla credenza e dal vasetto dello zucchero tira fuori una bustina di carta che mi passa. – È forte, fattene poca alla volta.

La infilo in tasca sentendomi sporco. Dal soggiorno arriva un grido maschile che termina in una sfilza di bestemmie.

Quando torniamo di là, Vera è ancora seduta al suo posto, ma Peppo si frega la guancia. Ci sono stampate cinque dita scarlatte.

– Gli hai dato una sberla? – chiedo a Vera.

– Non mi piace che mi tocchino.

– Stavo solo scherzando, – si lamenta il reprobo.

– Dovevi dargliene almeno un paio. Cosí ti toglievi il gusto –. Oink si precipita a consolarlo. Penso che le nuove generazioni dei centri sociali avrebbero bisogno di un po' di collettivi femministi.

– Noi andiamo, Oink, – le dico. – Solo due cose. Non fare niente e non ci hai detto niente. C'è un po' troppa madama in giro, su questa storia.

– Va bene.

– Convinci anche il tuo amico.

– Puoi parlare con me, stronzo…

Lo ignoro. – Perché il tuo amico lavora qui e se succedono guai, qualcuno potrebbe chiedergliene conto. Spiegaglielo bene, tu che hai piú sale in zucca.

– Tu che cosa hai intenzione di fare? – chiede Oink.

– Vado a bere una birra.

Sul pianerottolo Vera non si trattiene e mi ride in faccia. – È stata una conquista difficile la tua amica?

Non le rispondo. Sono troppo impegnato ad ascoltare i gridolini che giungono da dietro la porta.

## 4

La Trattoria Aurora non è un posto losco. È un antro, un covo da film di pirati. Le due vetrine sono scure per la polvere, l'insegna al neon ha tre lettere bruciate e le altre ronzano a intermittenza. Dentro è buia. Poche luci, un televisore unto appeso in un angolo che nessuno guarda, odore di frittura e fumo. I frequentatori sono nettamente divisi in due categorie. Vecchi male in arnese e stranieri di tutte le razze. I vecchi hanno vino e carte davanti, quando non si limitano a fissare il pavimento, gli stranieri parlano in gruppo rigidamente divisi per etnie. Ci sono algerini, nigeriani, camerunensi ed esteuropei. Ci guardano tutti, quando Vera e io entriamo e ci sediamo a un tavolino libero. Anche perché Vera è l'unica ragazza lí dentro.

Ordiniamo una birra e una coca a una donna che trascina a fatica anni e chili in un paio di ciabatte sfondate.

– Bel posticino allegro, – commenta Vera. – Ci passiamo la notte?

– No. Voglio solo farmi un'idea.

– Quelli sono albanesi, – dice indicando con il mento quattro giovanotti al tavolo d'angolo. – Possiamo chiedere a loro se conoscevano Adrian.

Uno dei giovanotti intercetta lo sguardo di Vera e si gira a parlare con gli altri, ridendo. Non sento i commenti, ma posso intuirne il genere.

– Non credo sia il caso.

– Io sí. Mi sto rompendo le palle di girare a vuoto. Al massimo mi mandano a cagare.

Prima che possa fermarla si alza e va verso il tavolino. Osservo a distanza con lo stomaco stretto. Vera sorride, i quattro le fanno cenno di sedersi alla sedia libera. Vera parla, i quattro ridono. Vera parla ancora. Il giovanotto che ci fissava prima cerca di metterle un braccio sulle spalle. Lei si scosta infastidita, lui ci riprova. Lei si alza, si alza anche il giovanotto e la guarda tornare al mio tavolino, ridendo a crepapelle.

– Che ti hanno detto? – le chiedo quando si è riseduta.

– Lascia stare –. È rossa sulle guance. – Non combiniamo un cazzo qui.

– C'è ancora il tuo amico, – dico, indicando il giovanotto arrivato alle sue spalle. È chiaramente ubriaco e puzza di sudore da fare paura. Gli altri tre rimasti seduti lo incitano.

– Che cazzo vuoi? – chiede Vera, voltandosi.

Lui si china per baciarla, fissandomi negli occhi. È arrivato il gallo del pollaio. Vera si volta di scatto, con un braccio alzato in modo strano. Quando mi accorgo che ha in mano il ninjastick è troppo tardi. Lo sta già tirando in faccia al playboy. Splat. Il danno non è molto, Vera non è riuscita a far scattare la molla. Il tipo arretra, stupefatto, poi fa una smorfia e l'afferra per i capelli alzando l'altra mano per uno sberlone. Gli tiro in faccia il boccale di birra, tenendolo per il manico. Il boccale si frantuma, come la fronte dell'albanese. L'idiota cade in ginocchio.

Gli altri tre stanno già correndo verso di noi. Urla varie, bottiglie rotte in mano. Agito il coccio di bicchiere per tenerli a distanza mentre spingo Vera verso l'uscita.

Un'ombra si frappone fra me e gli albanesi. È un italiano grande e grosso, che mi volta la schiena. – Che cazzo state facendo? Metti giú quella bottiglia, la figa di tua madre!

Gli albanesi si raggruppano, urlando e maledicendomi. L'uomo torna a rivolgersi a me. Ha i baffi e i capelli rossi. – E tu butta giú il vetro, mona!

– Hanno cominciato loro, – dico. Ma lascio cadere il coccio.

– Non me ne frega un cazzo. Adesso ti levi dai coglioni con la tua zoccola, va bene?

– Se tieni quelli dentro. Non voglio dover correre.

– Li tengo, ma tu non tornare piú o ti faccio cagare sangue.

Nessuno ci viene dietro, ma corriamo comunque fino alla macchina. A ogni passo le costole mi friggono.

Vera trema talmente che dubito riesca a guidare. Le occorrono dieci tentativi per mettere in moto.

– Non... non pensavo che...

Le sfioro la mano. Scatta come se l'avessi toccata con un punzone elettrico. – Buona, che è tutto finito. Tieni presente che alla prossima che mi fai ti rimando a Cremona. Claro?

– Sí... Scusa... – Gratta con la marcia. – Dove andiamo?

Mi rilasso contro lo schienale. Se pigio, le costole mi fanno meno male. – Da nessuna parte. Spostati solo di qualche isolato. Hai notato l'accento del padrone del bar?

– No.

– Padovano al cento per cento, capelli rossi e baffi. Abbiamo trovato quello che ha picchiato il prete, forse. Adesso, lasciami organizzare un bel confronto all'americana.

Le 2 CV, ormai, le usano solo i collezionisti e i rivoluzionari. Soprattutto se rosse, come quella di Luke, che arriva intorno alle dieci di sera all'angolo dove gli ho dato appuntamento. Vedo il resto dell'equipaggio e mi rilasso: Luke ha fatto quello che gli chiedevo. È riuscito a convincere Monsignore, che siede dietro, drappeggiando un cappotto nero e una sciarpa bianca. A fianco del guidatore, però, c'è una presenza che non mi aspettavo. Il solito incavolato. Faccio segno, Luke accosta, salta giú e mi viene incontro.

– Perché ti sei portato il ? – gli chiedo subito.

– È bravo. So che non andate d'accordo, ma se vuoi gli racconto cosa combinavi negli anni d'oro.

– Lascia stare. Il punk ha il diritto di scegliersi i suoi compagni di strada, e io quello di non mostrare i vecchi bollini della militanza –. Molinas mi sta fissando dal finestrino. Gli faccio ciao. – Non hai detto niente al prete, vero?

– No. Pensi davvero che sia il modo migliore?

– L'unico. Come se la cava il punk?

– Fa arti marziali.

– Oh, un ninja. Fantastico.

– Ci sta dentro. Tranquillo.

– Tranquillo è morto. Salgo con voi. Vera ci seguirà con la sua macchina.

Il punk protesta ma mi cede il posto. Monsignore si schiarisce la voce, piuttosto scocciato. – Cosa c'è di cosí importante? – chiede. – Le assicuro che ho troppe cose da fare per concedermi di andare a passeggio. Soprattutto di sera.

– Mi scusi un secondo. Metti in moto, Luke. Per di là –. Torno a parlare con Monsignore, con il solo scopo di distrarlo e tenerlo buono. – Sto ancora indagando sull'omicidio di Adrian, e volevo discutere con lei un paio di questioni.

– Se pensa che sia utile... – borbotta.

– Lo spero. Deve solo portare ancora un po' di pazienza –. Come da istruzioni, Luke marcia a passo d'uomo. La trattoria riappare alla nostra destra. Ci sono le serrande a mezz'asta. Sta per chiudere, come mi aspettavo. Ricordavo il cartello dell'orario e la scritta: *Cucina solo a mezzogiorno*. Quello che ci aspetta non dobbiamo farlo con troppa gente intorno. – Andiamo qui, Luke.

– Non possiamo conversare in macchina? – Il viso di Monsignore comincia a colorirsi.

– No. Ho un attacco di fame improvvisa. Non si preoccupi, conosco i gestori e ci daranno lo stesso da mangiare.

Luke spegne il motore, scendiamo. Come da istruzioni, il punk e Luke stanno accanto al prete. Vera parcheggia e ci viene dietro.

Dentro ci sono due persone al tavolino. Nigeriani, che finiscono l'ultimo bicchiere di vino. La cameriera sta già tirando su le sedie, il padrone è alla cassa.

Lui sente alzare la saracinesca e si volta incavolato. – È chiuso, cazzo! Quante volte devo...

Mi vede e mi riconosce. Poi riconosce Monsignore, e Monsignore riconosce lui.

– Tu...

– Lei...

Monsignore cerca di afferrarmi un braccio. – Lei lo sapeva! – grida.

Non rispondo. Luke e il punk fermano il prete. Io corro dietro al baffo che è già scappato nel retro. È la cucina, semibuia con le pentole lavate e appese che riflettono la luce della sala. Il tipo sta armeggiando nel cassetto. Non aspetto, sfilo una padella di ghisa e gliela tiro sul gomito. Bestemmioni, qualcosa di metallico cade sul pavimento. Continuo a spadellargli in testa, dritto e rovescio, mentre con il piede faccio scorrere lontano la pistola che gli è scivolata di mano. Lui grida il suo desiderio di ammazzarmi, alla decima padellata grida e basta. Mi fermo. Prendo la pistola.

Cerca di rialzarsi, ci sono andato troppo leggero.

Mollo la padella e mi faccio sotto con il tirapugni infilato sulla mano sana. Lo colpisco in faccia, poi alle costole e alla pancia. Lo sbatto sul pavimento e continuo a colpirlo, tracciando schizzi rossi nell'aria. Cerco di non rompergli le ossa, lo colpisco nelle parti morbide, sulle cartilagini. Si dibatte sempre piú debolmente.

La porta della cucina si apre alle mie spalle. – Cosa fai... – La voce è quella di Vera.

– Fuori! – dico.

– Ma...

Mi volto. Vera fissa inorridita la mia faccia sporca di sangue. – FUORI!

Scappa.

Sotto di me il baffo ha smesso di dimenarsi. Una bella pozza rossa si allarga sotto di lui, ma so di non averlo ferito gravemente. – Basta... – mormora attraverso i denti spezzati. – Basta, per l'amor di Dio.

Mi rialzo, giocherellando con la pistola. Rivivo in fastforward il dolore del proiettile che mi trapana il polmone. Per allontanarlo comincio a parlare. – Non chiamare Dio che è incavolato con te. Te la sei presa con uno dei suoi uomini –. È una Beretta a canna corta. Trovo il pulsante di sgancio del caricatore, lo faccio scivolare fuori, poi faccio saltare il colpo in canna. Il proiettile rotola sul pavimento.

– ... di chi... stai parlando? – ansima il baffo.

– Lo sai. Come ti chiami?

Esita. – Carlo Molin.

– Di dove?

– Monselice... – Stringe gli occhi, uno talmente gonfio che sembra un pomodoro. – Che ti frega? – aggiunge. Si è ricordato di essere un duro.

– Niente. Cosa volevi dal prete?

– Quale prete?

Non andiamo da nessuna parte. Riprendo la padella di prima e la calo di taglio sulla sua tibia sinistra. Urla, poi si morde le labbra. Spero che gli basti, perché non ho alcuna voglia di torturarlo. – Ascolta, Carlo. Io non sono uno sbirro e so già tutto di te. Voglio solo delle conferme. Mi capisci? Perché te la sei presa con il prete?

– Sei un amico di quel figlio di puttana? Ti ha mandato a saldare il conto?

– No. Mi muovo per conto mio. Cosa volevi da lui?

Si appoggia piú comodamente alla parete. – Lo sai, cercavo l'albanese.

– Perché?

– E tu perché te la fai con gli infami, se non sei un madama?

– Quali infami?

– Di chi stiamo parlando?

– Adrian Patoil?

– Come cazzo si chiama –. Si fruga in bocca, toglie un pezzo di dente. – Ce l'avevo tra le mani, il pezzo di merda. Ce l'avevo qui. E mi è scappato via. Ho bruciato il suo cazzo di giubbotto, per la rabbia.

– Che ti aveva fatto?

– Non so se sei un *cavallo* o no, ma non ci credo che non sai chi ha fatto tanare metà della gente che veniva qui. Faceva l'amico, quel pezzo di merda. Invece se la cantava.

– Chi te l'ha detto?

– Certe cose non c'è bisogno di dirle. Ero già andato in puzza, perché non la contava giusta. Diceva di essere affratellato con questo e con quello, invece erano tutte balle. Ma balle fatte bene, qualcuno gli dava le dritte. Gli sbirri. Ma che te lo dico a fare? – Sputa ancora. – Se te la fai con lui, sei uno sbirro o un infame anche tu.

– E quando hai smesso di crederci, alle sue balle?

– Mi hanno detto che l'avevano visto, il merdone. Diceva di essere arrivato diritto da Brindisi, invece l'avevano già sgamato a Bologna. Solo che ci andavano piano, nel dubbio. Gli albanesi sono bestie, se tocchi uno di loro ti ammazzano tutta la famiglia. Anch'io ci sono andato tranquillo. Se quello era un affibbiato a qualche cosca del cazzo mi facevo male.

– E non lo era?

– Ma va'. Quello era solo un infame. La sua cosca era la questura. Una settimana di gabbia mi ha fatto fare, quel bastardo. Solo perché c'erano dei loffi che giravano nel mio locale con la bamba in tasca. Non posso piú tenere aperto la sera.

– Adesso dov'è l'albanese? – domanda delle cento ghinee.

Non ha un attimo di esitazione nel rispondermi e, maledizione, gli credo. – Se lo sai, dimmelo che vado a prenderlo –. Sogghigna con i denti rotti.

– È morto. Ammazzato. Sei stato tu?

L'ombra che gli passa in viso basta a convincermi del contrario.

In sala Luke sta tenendo Monsignore per un braccio, mentre il punk è seduto sopra un tavolino, a fianco della cameriera, abbattuta su una sedia. La tipa si regge la faccia tra le mani e piange. Vera guarda in strada dai buchi della saracinesca. È sconvolta, la prima volta fa impressione. Nessuna traccia dei nigeriani.

Tutti si voltano verso di me. – Ce ne andiamo, – ordino, fingendo di essere il capo. Nessuno replica, passo dietro il bancone e apro la cassa. C'è una mazzetta di denaro di taglio cospicuo. La infilo in tasca.

– Anche questo… – dice il prete, vedendo i miei maneggi.

– L'occasione fa l'uomo ladro. Andiamo, su.

Il punk ha già riaperto la serranda, Vera corre alla sua auto, noi a quella di Luke. Sono l'ultimo a salire, perché devo liberarmi del ferro che ho sequestrato. Cassonetto della spazzatura, smontato in sacchi diversi. Poi mi pigio con gli altri e partiamo, Vera segue.

Nessuno parla, la tensione che scende mi fa salire la nausea. – Mi dispiace, Monsignore, – dico quando mi torna la saliva, – ma era necessario.

– Poteva avvisarmi –. Sembra il piú calmo di tutti. Accende una sigaretta e l'abitacolo si riempie di fumo. – Pensa che sia un ragazzino pauroso? Dove stavo prima ne ho passate di peggio.

– E dove stava prima?

– Chiapas. Molto prima che ci venissero gli amici vostri a farci il turismo politico. Quattro botte date a un delinquente mi fanno poca impressione. Anche se, sia ben chiaro, non approvo affatto il suo comportamento –. Sfumazza. – Da come si è comportato, immagino che lei non intenda accompagnarmi alla polizia a fare denuncia, vero?

– Non sarebbe saggio. Soprattutto dopo stasera.

– Naturalmente no, naturalmente no –. Puff puff. – Cosa ne ha ricavato, da questa sua bella trovata?

– Ho saputo che il baffo non c'entra con l'omicidio.

– Potrebbe aver mentito.

– Quello è un balordo. Uccidere in una rissa: probabilmente. Omicidio premeditato? Non mi suona. Soprattutto dopo essere venuto da lei facendosi vedere in faccia. Per ora mi accontento.

– Pensi che potrebbe essere lui a cercare Padre Molinas? – chiede Luke.

– No. Comunque, padre, stia in campana.

– Di sicuro.

Gli do la mano da stringere, che lui accetta come se non fosse sporca di sangue. – La terrò informato. Promesso. Luke fermati qui e accompagnami giú per favore, che devo dirti un altro paio di cose. Ciao, Punk, sei stato bravo.

– Fanculo, – risponde gentile.

Porto Luke fino a un vicoletto. Si appoggia a un muro con la pubblicità di *Go go la vita, baby*. C'è puzza di carogna di topo. – Adesso che farai?

– Qualcosa mi inventerò. È il mio lavoro, l'hai detto tu.

– Ma io sono tuo amico e gli amici si preoccupano.

– Giusto –. Prendo una scatoletta vuota di pelati e la lancio come un pallone da basket, ma manco il cestino appeso al lampione. Rotola sul marciapiede. – Io invece mi preoccupo *degli* amici. Di quelli come te.

– Adesso cosa ti ho fatto?

Do un calcio al barattolo. Sdeng, contro il muro. – Nel magazzino dei libri è stato qualcuno del tuo giro a fare il botto.

Rimane impassibile. – Cosa te lo fa pensare?

– Un articolo di giornale, che ho letto in ospedale. Ma ho capito solo oggi, mentre ti aspettavo.

– Ah, i giornali…

– Non sono idiota del tutto. L'insieme non mi quadrava da prima. La bomba aveva un bigliettino, quando hanno bruciato la macchina hanno fatto una scritta sul muro. Per il magazzino niente. E che ti trovo sul giornale? L'elenco della merce distrutta dal fuoco. Certo, c'erano i libri di Scotti, ma anche qualche migliaio di manifesti dei fasci. Contro gli immigrati di San Salvario. Per questo si parla ancora di quell'incendio dopo settimane. I giornalisti sanno che è una questione politica.

Luke alza le spalle. – Lo sapevano tutti.

– Tranne me. Perché non me l'hai detto, merda di una merda? – La rabbia e la tensione mi escono di botto. Gli do una spinta sul petto. Luke barcolla all'indietro, stupefatto, poi mi restituisce la spinta. La fitta alle costole mi piega in due.

– No, tu mi hai chiesto di Scotti! Che cazzo volevi, di piú? – Abbassa la mano. – Scusa, mi ero dimenticato... – mormora.

– Niente scuse. La verità. Siete stati voi?

Stringe gli occhi e abbassa la voce, anche se non passa nessuno nel raggio di un chilometro. – Noi chi? Te l'ho già detto che non esiste il Grande Vecchio. Dalle nostre parti ognuno fa quello che ritiene opportuno, con il suo collettivo, o gruppo, o da solo. E poi, chiunque sia stato era un idiota. Ha bruciato centinaia di libri, ed è una roba da nazi, non da compagni. Poi c'era anche il materiale di una piccola casa editrice anarchica che ha avuto la sfiga di metterlo nel posto sbagliato. Proprio come il tuo amico Scotti. Stiamo facendo una colletta per aiutarla.

Sono avvilito, ma non riesco a stare zitto. – Potevi dirmelo lo stesso. Mi sarebbe servito.

Scuote la testa. – Gorilla, che ti aspettavi da me? Che mi mettessi a fare lo sbirro al posto tuo?

– Io non sono uno sbirro.

– Ma qualcuno in galera ci finisce lo stesso, quando lavori. Mi sbaglio? – Non dico niente e lui continua. – Vieni qui, fai domande su quello che succede, e pensi che io ti dirò tutto solo in nome di quello che eri una volta. Non è cosí che funziona.

– Vi tireranno anche i pacchi bomba di Scotti per questa bella pensata –. Continua a rimanere impassibile. – Ti entra questo nel tuo cervellino militante o no?

Alza le spalle. – Non hanno bisogno di scuse per prendersela con noi.

– Non c'è neppure bisogno di aiutarli. Poi, a cosa diavolo serve, me lo sai dire? Le assicurazioni pagano e i vostri nemici si sentono degli eroi.

– Continui a parlare con la persona sbagliata.

– Tu disapprovi l'obiettivo, non il metodo.

– Quando si tratta di autodifesa non è violenza, ma intelligenza.

– Non tirarmi fuori Malcolm X, adesso! – urlo. – Lui non faceva attentati.

– Neanch'io, io faccio il dj. Ma preferisco chi si mette in gioco a chi va in giro con la tutina bianca e la kefia biascicando cazzate sulla non violenza. E intanto, si prepara per una bella carriera politica –. Imita la voce di un imbonitore. – *Votate il rappresentante dei centri sociali buoni. Tutto deve cambiare perché tutto rimanga come prima.*

– Sempre meglio che farsi ammazzare. Non è piú tempo per le «azioni dirette».

– Invece sí. L'unica differenza è che ora tu hai mollato.

Lo dice con calma, senza alcuna volontà di farmi del male. Ma avrei preferito un calcio nelle costole. Cerco qualcosa da rompere, ma non c'è niente di papabile in giro. Mi limito a girargli la schiena e fissare un albero di Natale fatto di neon che ondeggia appeso ai fili della luce. Lo guardo finché la vista mi si annebbia.

Suona il clacson della 2 CV.

– Devo andare, – dice Luke dietro di me. Mi posa una mano sulla spalla. – Mi dispiace che ti sia offeso. Non era mia intenzione.

– Anche a me dispiace, – rispondo senza voltarmi. – Di non capirvi piú, soprattutto.

– Grande è la confusione sotto il cielo, la situazione è eccellente.

– Levati dei piedi, va'.

– Non fare cazzate.

All'albergo Vera mi aiuta a spogliarmi e a togliere le bende, poi mi lascia solo sotto la doccia. La faccio durare a lungo, e mi sembra quasi di stare meglio quando ho finito. Mi avvolgo un asciugamano attorno ai lombi. Lei mi guarda rientrare in camera, seduta sul letto. Ha gli occhi rossi. Si è portata un radiolone sintonizzato su Radio Nostalgia: trasmette *Ashes to Ashes* di David Bowie.

Mi siedo accanto a lei, le metto un braccio sulle spalle. – Come va, Aiutante?

– È stato orribile, – mormora. – Tutta questa giornata... Orribile.

– Ce ne saranno di migliori.

– Stasera lo hai massacrato, il tipo. Non sembravi neanche tu.

– Non si può evitare il lavoro sporco –. Le accarezzo i capelli. – Quelli come me non vanno in giro con la lente d'ingrandimento a fare geniali deduzioni. Siamo dei poveracci che frugano nella merda.

– Se lo avessi capito non ti avrei mai chiesto niente. Ma adesso è tardi, vero? – Passa l'indice della mano libera su una delle mie cicatrici seguendone il percorso. È quella che mi traversa il petto: baionetta Seconda guerra mondiale. È un tocco estremamente sensuale, ma so che non lo sta facendo apposta. – È sempre cosí, per te?

– Non piú.

– Quando lo era?

Sono troppo stanco per inventarmi delle balle. – Quando mi occupavo di maniaci sessuali.

Si sposta di un mezzo metro, scivolando sul copriletto. Una mossa strana, come se piú da lontano potesse inquadrarmi meglio. – Come la Buoncostume?

– La Buoncostume non si occupa dei violenti, e neanche degli stupratori. E, soprattutto, nessun corpo di polizia ha tempo di seguire tutte le telefonate oscene, le lettere anonime o i gatti sgozzati sullo zerbino. Cosí chi ha i soldi si rivolge alle agenzie private. E le agenzie private, quando hanno finito gli operatori interni, si rivolgono ai free-lance. Io ero uno di quei free-lance.

– È capitato anche a me di ricevere delle telefonate strane. Ma non è successo niente.

– La maggior parte delle volte va cosí. C'è sempre un vicino idiota a cui stai sulle scatole, o un collega di lavoro che ti vuole portare a letto ma non ha il coraggio di dirtelo. Le agenzie lo sanno e ci marciano.

– Ma qualche volta è diverso, ho ragione?

Mi girano in testa le solite scene. Stanno sempre lí, ad aspettarmi dietro il neurone sbagliato. – Qualche volta ci sono veri fuori di testa o veri bastardi che vorrebbero davvero stuprarti o farti a fettine. Io seguivo i clienti, soprattutto donne, stavo a casa loro finché era chiaro che non sarebbe successo niente.

– Un lavoro tranquillo.

– All'inizio sí. Poi le agenzie hanno cominciato a darmi i casi un po' piú rognosi, quelli dove c'era puzza di maniaco vero. E, qualche volta non solo la puzza. Avevo messo in piedi anche la mia squadra personale, tutta di ex del Leoncavallo. Due li hai conosciuti.

– Alex e l'Elefante.

– Sí, erano bravi, anche se non sembra: Alex a seguire le persone e l'Elefante con la sorveglianza elettronica. L'Elefante è stato il primo a mollare, quando ha scoperto che con il software faceva piú soldi. Poi Alex ha trovato un lavoro serio.

– E tu hai continuato da solo.

– Fino a due anni fa.

– Poi perché hai mollato?

Cerco di sintetizzare una risposta credibile. Ce n'è una sola. – Avevo gli incubi.

Lei sembra capire e mi stringe la mano. – E adesso ti arrangi.

– Già. Guadagno meno, ma non corro piú il rischio che qualcuno mi salti addosso con una sega elettrica –. Mi accarezzo lo stomaco, alzandomi. Comincia a ritornare delle dimensioni normali. – Adesso basta parlare di queste cose, ho fame. Tu?

– Non tanta.

– Vedrai che ti ritorna. Perché non esci a procurarti del cibo, mentre io aspetto qui comodo comodo? Ti accompagnerei ma sono troppo conciato.

– Va bene –. Si alza e comincia a infilarsi il giubbotto. Che suona l'Aida. Le avevo passato il mio cellulare prima dell'ambaradan.

Numero di Mirko. Rispondo facendo la voce allegra. – Indovina cosa ho da dirti.

– No, ascolta cosa ho da dirti io –. È teso, ahi ahi.

– Che è successo?

– Alex mi sta venendo a prendere per andare in Val Brembana. Hanno arrestato l'Elefante.

– È cascato addosso a qualcuno? – Faccio cenno a Vera di proseguire con il programma cibo, lei esita sulla porta, attratta dalla mia conversazione. La caccio gentilmente e richiudo. – Perché è l'unico modo in cui l'Elefante potrebbe fare dei danni.

– Non ne so di piú, mi hanno chiamato i carabinieri di Zogno e non hanno detto molto. Solo che era in stato di fermo.

– Uh, i carabinieri di Zogno...

Disturbi assortiti, Mirko che si infila nell'ascensore. – Conosci?

– Ridente paesino di dieci anime e due capre, venti chilometri da Bergamo. Quando facevo la scuola alberghiera studiavo da quelle parti. Non credo che troverai nessuno ad aspettarti in questura, dopo l'orario d'ufficio.

– Se non mi ricevono tiro giú dal letto il sindaco –. Mirko è in strada. – L'Elefante sta lavorando per me, e ha un foglio in tasca che lo prova –. Clacson. – È arrivato Alex, ci vuoi parlare?

– No, mi farebbe due scatole cosí. Chiamami quando sai qualcosa di piú.

Quando rientra Vera, mi sono già collegato all'Ansa con il mio portatile. E non ho piú fame.

ULTIME NOTIZIE: ATTUALITA'
Notizie del giorno

23:07 Ritrovamento cadavere assassinato; Fermato un sospetto.

ZOGNO (BG) - Il cadavere di un uomo è stato ritrovato nella sua abitazione in provincia di Bergamo. Dai primi rilevamenti della scientifica l'uomo, Roberto Pecis di anni 42, risulterebbe ucciso per lo sfondamento del cranio con un corpo contundente. I carabinieri del nucleo operativo di Bergamo hanno fermato un sospetto di cui non si conosce ancora l'identità e che attualmente è sottoposto a interrogatorio da parte dell'autorità giudiziaria. L'uomo ucciso era di professione muratore (Ansa).

Vera mi spia da sopra la spalla. – Che roba è?

– Una grossa, grossa merda. Il sospetto è l'Elefante.

La mia assistente si lascia cadere sul letto, come se le mancassero le gambe. – Cazzo. Era questa la telefonata che hai ricevuto?

– Sí. Scusa, devo farne proprio un'altra io –. Richiamo il mio avvocato preferito sul cellulare.

– Non sono ancora arrivato, – dice.

– Ho visto le Ansa. Sospettano Marco di omicidio.

Mirko zufola. – Omicidio? – Alex deve aver sentito perché in sottofondo bestemmia. – Di chi?

– Se tanto mi dà tanto di uno dei muratori che lavoravano a casa di Vera. Avevo mandato l'Elefante a far qualche domanda al gruppetto, ma deve essere arrivato tardi.

– Sí, Alex mi aveva informato. Posso dichiarare agli inquirenti che era solo un'indagine di routine? O c'è qualcosa che mi nascondi come al solito?

– Io... – Cosa accidenti aveva visto il Socio? – No. Era davvero un giro esplorativo. Marco avrà già raccontato tutto agli sbirri.

– Sicuro, ma se davvero il morto c'entra con l'uccisione del signor Patoil i guai non saranno per l'Elefante. Capisci cosa intendo?

Mi sintonizzo sull'onda. – Naturalmente.

– Potrebbe succedere già domani. Stai in campana.

– Fammi un chiamo quando hai novità.

Vera mi fissa in attesa di delucidazioni. Non ha toccato gli involtini primavera che si stanno raffreddando nel sacchetto. Mi alzo e vado in bagno a rivestirmi. Le racconto attraverso la porta chiusa.

La sventurata esulta. – Ma non capisci! – grida. – Questa è la prova che ci serviva!

– Per cosa? – ringhio.

– Per cosa? Ma sei bollito? Ismail e Sami sono in galera, non possono essere stati loro –. Fa una pausa. – O credi che i due omicidi non siano collegati?

– Credo eccome che siano collegati. Quel povero disgraziato sapeva qualcosa che non aveva raccontato alla polizia, o l'assassino lo pensava.

– E perché non sei contento? Oh, oddio, sei preoccupato per l'Elefante...

– L'Elefante lo molleranno subito quando arriva Mirko. Se lo stanno trattenendo è solo perché vogliono rompere le scatole. È vecchio del mestiere, non avrà lasciato ditate in giro.

– Allora è come dico io! Ismail e Sami non possono essere stati, quindi...

Mi allaccio i pantaloni e torno in camera. – Loro non possono essere stati *direttamente*. Un loro complice... perché no?

– Ti sei bevuto il cervello?

Afferro le bende, e ricomincio l'arrotolamento. Vera mi aiuta. – Per esempio una persona molto vicina a loro, ancora a piede libero –. La guardo. – Una ragazza che ha avuto la fortuna di un alibi a prova di bomba per il primo omicidio. Ma per il secondo...

Sbianca. Lascia cadere il cerotto. – O cazzo. Ma io ero qui...

– Se pensi che la mia parola valga qualcosa sei tu a esserti bevuta il cervello –. Raccolgo il cerotto e finisco da solo. Sto diventando bravo. – Hai dato i documenti, in albergo?

– Sí, certo.

– Come pensavo. Fai la valigia.

Non si muove, ha gli occhi persi. La capisco: è passata in un secondo da investigatrice a sospettata d'omicidio.

Le metto le mani sulle spalle e le parlo a dieci centimetri dal viso. – Vera, quando sapremo di piú del morto bergamasco avremo il modo per dimostrare che non c'entri. Ma è meglio se fino ad allora non ti fai trovare, capisci?

– Dove vado? – mormora.

– Ho già in mente un posto. Molto tranquillo e insospettabile. E i carabinieri non possono metterci piede.

– Perché?

– Perché sono uomini.

# 5

Elisa Scotti mi aveva lasciato il suo numero di cellulare, per le evenienze. Non sembra nemmeno tanto sorpresa di sentirmi, e accetta un incontro al solito posto. Parcheggiamo nella piazzetta di fronte alla Gran Madre e lei dopo mezz'ora si pigia nell'auto con noi. Tiene il piumino, nonostante il riscaldamento vada al massimo. Le racconto la storia senza perdermi in spiegazioni complicate. Faccio leva su ragazza perseguitata e polizia tonta: funziona. Forse perché Elisa si sente ancora in debito per le botte che ho preso, da lei e per difendere la sua amica.

– Vuoi che la ospiti? – mi chiede alla fine.

– Sí. Per qualche giorno. Lo chiedo a te perché gli altri che conosco a Torino sono inaffidabili o troppo incasinati con gli sbirri. Non sarà un problema. Non sei tenuta a sapere che la stanno cercando per interrogarla. Anzi, al momento non è nemmeno ricercata. Forse, – aggiungo a beneficio di Vera, – non la cercheranno mai e andrà tutto a posto comunque.

– Tu sei d'accordo, piccola? – le sorride. – Fammi sentire la tua voce.

Vera era rimasta in silenzio, fumando una sigaretta via l'altra. – Sí, – risponde solo.

– Abbiamo delle stanze, alla Madre, ma sono contenta se vieni a stare da me.

– Sicura? – Vera sembra smarrita.

– Sicura. Vivo da sola, in questo periodo. Un cambiamento mi farà bene.

– Bene –. Sbadiglio. Comincia a venirmi sonno. Un po' prestino per i miei standard, è solo l'una. Che sia un altro segno dei miei guai di testa? – La macchina la tengo io, per ovvi motivi. La lascerò da qualche parte.

– Va bene, – dice ancora Vera.

Scendo per salutarla e ci abbracciamo a lungo, sotto un lampione. Sta piangendo. – Piantala se no mi metto a piangere anch'io, – dico.

– Tu non piangi mai. Tu sei un duro.

– Piú duro dei duri, piú avaro degli avari.

– Come Paperone.

– Come Paperone.

Ride, poi ripiange, poi si stacca. – Ciao.

Rimango a vederle andare via prima di rimettere in moto. Torno all'albergo, tolgo dalla tasca la bustina di anfetamina e la poso sul tavolino. Siamo al momento della verità. Vado a letto sperando che il Socio salti fuori come al solito o mi prendo io tutta la rogna, almeno fino all'inaugurazione del Fantaconvegno? Se decido di stare sveglio, accetto di non sapere che cosa aveva pensato il Socio quando ha mandato allo sbaraglio l'Elefante. Ci posso arrivare da solo, ma non so in quanto tempo.

Alla fine mi decido e apro la bustina. Continuo a vedere me stesso nel letto, addormentato, mentre attorno succede qualsiasi cosa. Vera in galera, soprattutto. La polverina mi si presenta pastosa, tendente al giallognolo. La muovo con una penna e l'annuso. Non sa di niente. *Fanne poca*, mi ha detto Oink. Cosa si intende per poca? Mezzo etto o un picogrammo? Opto per una via di mezzo, una striscia bianca di pochi centimetri sul bordo del lavandino. Ma quando cerco di nasarla, finisce da tutte le parti. Prendo un'altra dose e la verso in un po' d'acqua, usando il bicchiere del bagno e lo spazzolino per mescolare. Rimane tutta a galla, ma la bevo ugualmente. Bleah, è amara come il tossico. Mi sciacquo la bocca e torno in camera, in attesa di qualche novità. Quando arriva la prima telefonata sono le due di notte, e il sonno mi è passato. I colori sembrano piú colorati, la luce piú luminosa, i suoni piú sonori.

Al telefono, però, non è Mirko.

– Sono Edith, – dice.

– Hai presente che ore sono? Che vuoi? – Ho tensione alle mascelle, mastico a vuoto.

– Sai qualcosa di Panz?

Panz? Eh già. – No.

– Non è rientrato a casa neanche stasera, e non si è fatto sentire –. La voce è stridula, fastidiosa. – Speravo che avessi…

– Se sei cosí preoccupata, perché non vai dagli sbirri? Magari a loro racconti quello che non hai detto a me. Non ti pare una buona idea?

Piange. Sono stufo di donne che piangono.

– Edith, ho già i miei guai. Panz tornerà a casa oppure no. Che ci posso fare?

– Ho paura, Sandrone.

– Di cosa? Di che?

Riattacca. Guardo il telefono, rimango a fissarlo, anzi, per una buona decina di minuti. Bell'effetto, l'anfetamina. Il tempo corre veloce.

Alle due e mezza una telefonata piú simpatica. – Sono io, eri preoccupato, eh?

È l'Elefante. Rumore di automobile in sottofondo, sta tornando a casa. – Vai, vecchio, ti hanno mollato! – esulto.

– Però ho rischiato, grazie alle tue meravigliose pensate.

– Raccontami.

– Non c'è molto da dire. Sono arrivato a casa del tipo. Ho suonato, la porta era aperta e sono entrato. C'era sangue dappertutto e lui era lí steso sul pavimento. Una merda. Hai già visto, no?, una testa aperta, con il cervello che viene fuori.

Solita girandola di immagini schifose. – Non ricordarmelo, grazie.

– Bene, allora sai.

– E la polizia?

– L'ho chiamata io, che cazzo dovevo fare. Quelli

arrivano, si mettono a saltare da tutte le parti, poi il piú furbo comincia a chiedermi come mai io ero lí e perché, se ci avevo litigato... Oh, il tipo era morto steso da un bel pezzo. Sai quando il sangue si secca e diventa una colla schifosa e appicci...

– Puoi anche risparmiarmeli i particolari vomitevoli.

– Io però me li sono dovuti cuccare. Comunque, faccio notare allo sbirro che il tipo è morto da un tot e che è un po' da pirla pensare che me ne sarei stato lí a girare per casa delle ore per poi chiamarli, se fossi stato io. Lui si incazza e mi tira un papagnone in faccia. Poi mi infila le manette. Per fortuna che il suo capo era piú furbo. Gli ho dovuto dire del lavoro, però.

– Hai fatto bene, non abbiamo niente da nascondere.

– Sarà...

– Gli altri muratori?

– Lui era il primo della lista. E anche l'ultimo, visto il casino. Da oggi, sono a riposo. Comunque, sono tutti vivi. Gli sbirri hanno controllato.

– Bene. Passami Mirko.

Stava dormendo sul sedile – Richiamami in orario d'ufficio, Sandrone, – sbadiglia.

– Sí. Ma prima ti voglio aggiornare. Ti ricordi che ti dicevo che Adri mi sembrava losco?

– Come? Ah sí...

– Pare che invece il giro malavitoso locale pensi che fosse un infame. Che facesse soffiate alla madama su questo e quell'altro.

– Un informatore della polizia? E perché sarebbe scappato?

– Non lo so. Ma i suoi amici dovrebbero saperlo.

– Se non me l'hanno detto fin'ora, perché dovrebbero farlo adesso?

– Perché c'è stato un altro morto. Perché può essere la loro salvezza. Perché Vera rischia. Non so, inventati qualcosa.

Sbadiglia di nuovo. – Perché parli a macchinetta? Sei agitato?

– Io, agitato. Quando mai –. In effetti, sto saltellando in giro per la stanza come un idiota. Mi fermo, con il respiro mozzo. Ho un caldo d'inferno, ma mi è calato il dolore. – Allora, ci stai sopra a questa cosa?

– Sí, buonanotte. Vuoi parlare con Alex? No, lui non ti vuole parlare.

– Allora ciao.

Caspita, come mi sento sveglio. Berrei qualcosa di forte, ma ho paura che faccia reazione con l'amfe. Solo acqua. Ho la gola chiusa. *Sono Sandrone e sono un drogato*.

Merda.

Panz.

Sapevo che ci sarei arrivato.

Dalla valigia tuttofare prendo l'attrezzatura serrature, niente di particolarmente ladresco. Una serie di chiavi e di ferretti, che funzionano se non si tratta di scassinare una porta blindata.

Ci vado a piedi. Ho lasciato l'auto di Vera a un chilometro dall'albergo, e non ho piú intenzione di toccarla. Oltretutto, sono un pessimo guidatore. È stato il Socio a dare l'esame per la patente, io ho sempre paura di tirare sotto qualcosa che non vedo.

Il Socio, mi pesa sapere che devo fare a meno di lui. Chissà come si sente la gente che non ha una personalità accessoria. Un sacco sola, probabilmente.

Arrivo in mezz'ora all'appartamento di Panz. Portone aperto, nessun problema. Una vecchia casa, con vecchie porte e vecchi odori. Quarto piano. Una vecchia serratura. Nessuno in giro, nessun segnale d'allarme. Il terzo appartamento in poco tempo in cui entro non invitato, ma stavolta è proprio uno scasso, un'effrazione in regola, di quelle da sei mesi di galera con la condizionale. Ci metto cinque minuti, anche se mi sembrano trenta.

Tre stanze piú cucinotto, pulito e ordinato. Nessuna traccia da crisi nervosa come da Svetlana. Trovo una bella collezione di riviste porno, un vasetto di marijuana, polvere e ragnatele. Se Panz se ne è andato, lo ha fatto senza lasciare tracce evidenti. Provo subito il redial del telefono. Tirurirariràrú. – Ospedale Regina Margherita.

Riattacco. Panz ha parlato con Svetlana, sai che novità. La lucetta della segreteria pulsa il numero 10. Ascolto i messaggi. Sono tutti di Edith. Edith, che passa dal tono serio al tono piagnucoloso, da quello preoccupato a quello spaventato. Il succo è sempre lo stesso: per favore, non metterti nei guai, ti prego telefonami a qualsiasi ora. O la Strega Bacheca si innamora di tutti gli uomini che le bazzicano attorno, o mi ero fatto un'idea sbagliata dei suoi sentimenti per Scotti. Fingeva di preoccuparsi per lui, invece temeva per Panz. Ma non voleva farlo sapere, prima di oggi.

Bip, bip, bip. Fine dei messaggi. La vita sociale del biondo è quasi peggio della mia. Sfilo la cassetta dalla segreteria. È di quelle a dimensione normale, usabili con qualsiasi mangiacassette. La infilo in un walkman che ho trovato in una delle camere. Se la segreteria è vecchia la testina non cancella bene. Rimangono tracce delle precedenti incisioni. Con le cuffiette sulle orecchie apro la finestra e guardo fuori, respirando l'aria solida per il freddo. Parole smozzicate e fruscii vari mi riempiono la testa, fisso le luci gialle della città e mi ci perdo dentro. Una volta ho assistito a un documentario sulle sedute spiritiche uditive. Il medium lasciava andare il registratore di notte e il nastro si riempiva delle voci dall'aldilà. Mi sembra di stare facendo la stessa cosa, adesso. Forse le voci che sento, e che parlano di appuntamenti, saluti, lavoro e cinema, sono quelle di fantasmi che pensano di essere ancora vivi e si chiedono come mai nessuno risponda alle loro telefonate.

Il nastro finisce. Non ho trovato niente di utile. Tolgo le cuffie e i suoni dei vivi tornano a farsi sentire. Automobili e cani che abbaiano, un televisore distante. C'è un pacchetto di sigarette mezzo pieno sulla scrivania. Ne accendo una, senza nemmeno rendermene conto. Ahh, come ho fatto a resistere tutti questi anni? Mi sembra talmente naturale che neanche tossisco. Il polmone in convalescenza accetta il fumo senza problemi, la testa mi si fa piú leggera. Anfetamina, fumo, violenza. Tra un po' mi metterò anche a dire le parolacce.

Rimetto a posto il walkman, poi la cassetta nella segreteria. A quel punto vedo il blocchetto per gli appunti sotto il telefono. Era talmente evidente che il mio mezzo cervello non l'ha notato. Sul primo foglio, grande cosí, c'è scritto Pensione Terminal e nient'altro. La cerco sulle Pagine Gialle. C'è, a Torino, a due passi dalla stazione di Porta Nuova. Qualcosa di concreto. Almeno mi sembra, ho la testa stanca. Tiro fuori la bustina, un altro pizzico in un po' di cocacola che rubo dal frigorifero. Comincio ad abituarmi al sapore. Ripulisco il bicchiere, rimetto via la bottiglia. Accendo un'altra sigaretta. Pensione Terminal. Non ho modo di controllare se Svetlana sia ancora ricoverata in ospedale a quest'ora, ma l'unica ipotesi che mi viene in mente è che sia un appuntamento per Panz. Lui le ha telefonato all'ospedale, lei gli ha detto dove raggiungerla. Poi è scappata e si è nascosta lí, per paura dei suoi aggressori.

Continuo la mia perquisizione generica.

Il bagno. Niente droghe nell'armadietto, niente siringhe, niente armi nascoste nello sciacquone, niente soldi dietro la mattonella. Il piccolo cestino dei rifiuti contiene solo l'anima rigida di un rotolo di carta igienica. Alzo il sacchettino di plastica all'interno. Il fondo di metallo del bidone è cosparso di piccole ciocche di capelli. Biondi. *Se li è tagliati per il film*, penso. Poi ricordo che non esiste nessun film. Afferro una manciata di capelli e li porto alla luce della specchiera. Sono quelli di Panz, senza dubbio. Il colore è proprio il suo. Però alcuni hanno una forma strana, sembrano fusi. Li annuso. Odore di pollo bruciato. Mi torna in mente quando mia madre strinava il pollo sulla fiamma del fornello, per togliere i frammenti di penna. L'odore è lo stesso.

La scena mi scorre davanti agli occhi. Una fiammata, un passamontagna che prende fuoco. Panz che corre spegnendosi con le mani. E intanto pensa come fare, il giorno dopo. Che scusa raccontare in ufficio. L'attentatore non aveva una fiaccola in mano, era la sua testa. *Ciao, sono Panz e ho appena bruciato l'automobile del capo.*

## 6

Decido di non lamentarmi piú di dove sono alloggiato, quando vedo la Pensione Terminal. Ha una stella sull'insegna, ma devono avergliela regalata per buona condotta. Sono le cinque del mattino, il portiere è appoggiato al bancone e guarda una videocassetta porno sul televisore. – Quante ore? – chiede. Poi vede che sono solo e si gratta la barba nera come le sue unghie, studiando la mia faccia pesta. – Desidera?

Decido di non chiedere informazioni. Non ne avrei. – La signora Minareva mi aspetta, – dico invece. – Posso salire?

Smette con la barba e passa agli incisivi. – Chi ha detto?

– Minareva.

Scuote la testa. – Non mi risulta. Se vuole una stanza gliela do, ma non c'è nessuna Min… Mina…

– Minareva.

Sbadiglia. – Nessuna Minareva. Allora, vuoi una camera? No? Buonanotte.

Estraggo il portafoglio. Ci sono ancora i soldi che ho fregato nel bar. Ne sventolo un po'. Li guarda, continuo a parlare. – Potrebbe aver dato un altro nome. È qui in incognito.

Prende i soldi con due dita. – Com'è fatta la tua amica?

– Capelli tinti di verde, bella ragazza, giovane. Accento straniero.

Sorride. Sa. – Ah. Ti aspetta?

– Sí. È sola?

– Adesso sí –. Tira i soldi, lascio che se li intaschi. – Stanza 22. Non fare casino.

– Grazie.

Sulle scale incrocio una coppietta che scende, lui italiano lei dell'est con zeppe ai piedi e rossetto viola. Non credo che siano marito e moglie. Lei mi manda un bacio e indica se stessa, poi me e le scale alle sue spalle. Hai visto mai che trovi un cliente senza dover tornare in strada. La deludo scuotendo la testa e la sorpasso infilandomi nel corridoio ammuffito.

Busso alla stanza 22. Nessuna risposta. Spingo la porta ed entro. Buio, un corpo nel letto con il respiro pesante, fumo e sudore.

Cerco con le dita l'interruttore della luce. Devo contorcermi, perché è sul lato del braccio offeso. – Svetlana, – dico. – Dobbiamo fare due chiacchiere –. Giro l'interruttore. – E stavolta...

Mi blocco. La ragazza nel letto si tira a sedere, con gli occhi spalancati. Ha i capelli verdi, certo. Ma è nigeriana. – Che cazzo vuoi? Ho la febbre! – grida.

Arretro. – Scusa. È stato un equivoco.

Fruga sotto il cuscino e tira fuori un serramanico. – Vieni qui, frocio. Bastardo, figlio di... – Il resto non lo capisco. Perché la sua lingua la capisco poco, e perché sono già nel corridoio.

Il portiere è tornato al suo film. – Già fatto? – chiede.

– Non è lei.

– Capelli verdi, hai detto, bella figa. È l'unica.

– La mia è una bianca. Russa.

– Cazzi tuoi. Qui non c'è –. Si alza. Mi supera di una testa e di due pance. – Qui le puttane sono tutte negre. E io mi sto rompendo i coglioni. Hai afferrato o devo romperti anche l'altra mano?

– Afferrato, grazie e arrivederci.

Esco, prendo un caffè corretto al bar che sta aprendo sull'angolo e con il caffè due pastiglie.

Non so come mi vengano certe idee. Sono lí, e un otturatore mi si apre nel cervello. Zang.

Torno alla pensione praticamente correndo.

Il tipo sta ancora guardando il film e telefonando contemporaneamente. Non lascio che mi inquadri. *Spaventalo*, penso. *Giú duro subito. Non sei abbastanza in forma per fare il fesso.*

Con una manata ingessata butto sul pavimento tutto quello che stava sul bancone. Biro, portabiro, agenda, registro, bicchiere, calcolatrice, chiavi, soldi, fogli. Patapum. Il mezzano apre la bocca, ma ho già tolto di tasca la bomboletta di gas lacrimogeno e gli spruzzo negli occhi, trattenendo il respiro.

Diventa viola, annaspa. Gli strappo la cornetta di mano e, per buona misura, uso quella per colpirlo alla radice del naso.

Deve fare male perché va giú subito. Mi inginocchio sulla sua schiena. L'anfetamina mi pulsa dietro le sopracciglia ricucite.

– Mi senti? – chiedo

Tossisce, piange. – Che vuoi? Che ti ho fatto? – Ansima.

– Due domande. Poi me ne vado, va bene?

– Che domande?

– È mai venuta la ragazza di cui ti ho chiesto prima?

– No... ma che cazzo...

Era solo per controllare, una domanda di riscaldamento. – Cerco anche due uomini. Grossi. Uno moro. L'altro praticamente calvo.

– Ma sai quanti ne vengono...

– Hanno dei lividi in faccia. Recenti.

Si irrigidisce.

– Dimmi solo se sono ancora qui –. Gli chiedo premendogli il coppino. – Non ti conviene coprirli. Sono guai grossi.

– Non li sto coprendo. Non ci sono piú, cazzo.

Pigio la punta del ginocchio. – Davvero? – chiedo soave.

– Davvero. Cazzo, mi stai spaccando... Sono andati via ieri pomeriggio.

– Ti hanno dato i documenti?

– No... io...

Ha registrato i documenti, spiega, ma su schedine farlocche, da consegnare alla polizia solo in caso di controlli. I controlli non ci sono stati, le schedine sono andate distrutte. Ma i nomi l'amico se li ricorda. Porcacchia, due fratelli.

Torcendogli il braccio mi faccio accompagnare alla stanza che i due bestioni avevano occupato, ora vuota di persone e cose. Da un particolare capisco che il tipo non mi ha preso in giro portandomi in una camera a caso. Appallottolata nel cassetto dell'unico comodino c'è una camicia sporca di sangue. La riconosco, l'aveva addosso il Porcacchia con i baffi.

Mollo il tipo e me ne vado di corsa. C'è da dire una cosa sugli alberghi a ore, la clientela si fa gli affari propri. Almeno una decina di allegroni mi ha visto maltrattare il padrone di casa e nessuno ha avuto a che ridire. Capitasse cosí nella vita vera, sarebbe una pacchia.

Visto che sono le nove passate cammino fino a un taxi, riflettendo su quanto poco ho capito del mondo. Svetlana conosceva perfettamente i suoi aggressori, al punto da sapere dove alloggiavano. Però non ha detto niente a nessuno, salvo a Panz, che è stato mandato da loro come pecora tra i lupi.

Mi viene in mente una spiegazione sola: ricatto. Panz è andato a trattare, forse a portare i soldi che Svetlana aveva cercato di farsi dare dalla sua ex fidanzata. Forse era stato lo stesso Panz a sganciare. O forse Scotti. Un'altra rapida idea da anfetamina: forse questo spiega gli attentati di Panz. Ricattava Scotti per dare i soldi a Svetlana. Ma perché Scotti lo avrebbe tenuto nascosto a me?

Mi si attorciglia il cervello. Smetto di ponzare, anche perché il taxi mi ha mollato davanti al mercato del pesce, dopo aver superato una manifestazione di netturbini che stanno bloccando la strada con i sacchi della spazzatura.

L'edificio, basso e lungo è veramente brutterello,

nonostante gli addobbi. Dentro è anche peggio. I manifesti dell'*Astronave Perduta* navigano tristi tra buchi dell'intonaco e piastrelle a scacchi. E fa un freddo terribile, richiudo subito il giubbotto che avevo inopinatamente aperto.

Tra il via vai di lavoranti, la prima faccia conosciuta che becco è quella di Tartufon: dirige l'opera di due operai che tirano cavi.

– Ah, Sandrone. Come sta? – Mi saluta con un cenno.

– Tutto a posto. Come va l'addobbing?

Si frega le mani. – Come schedulato. Anche meglio –. Si tira il baffo. – Ci sono delle persone che la aspettano nel salone. Attento ai fili per terra.

Sono appena inciampato, facendo smadonnare l'elettricista sulla scala.

– Venga anche lei, – gli dico. – È una riunione tecnica.

Tartufon mi segue nel salone centrale, se possibile ancora piú freddo dell'ingresso ma ampio e ben illuminato dalle alogene. Tra i banconi di cemento c'è spazio sufficiente per un migliaio di visitatori e per tutti gli stand che ho visto segnati sulla cartina. Un gruppo di operai sta giusto montando quello della Scotti, con una riproduzione in gomma di un'astronave che somiglia poco a quella del film. Si sta gonfiando lentamente attaccata a un compressore, alta cinque metri. Tutto floscio, un altro pallone a forma di Babbo Natale marziano aspetta il suo turno. Altri operai stanno chiudendo i canali di scolo con assi di legno e nastro adesivo. Sul fondo, un ingresso a volta fa accedere in un'altra sala, identica per forma e dimensioni a quella in cui mi trovo, ma senza i banconi. In quella hanno costruito un piccolo palco per l'orchestra e sistemato qualche centinaio di sedie in plastica rossa.

Seduti al centro, intirizziti per il clima, mi stanno aspettando i sei della Shadow. Li esamino mentre mi avvicino. Sono tutti sotto la trentina salvo l'unico che conosco e che ne ha quasi sessanta. Si chiama Pietro, è stato il mio caposquadra per un paio di concerti. Sorride e mi stringe la mano, scambiando con me qualche cavolata sui tempi andati. Mi presenta agli altri, io presento Tartufon. Sono i tipici manovali da festa, palestrati con la fronte bassa.

Spostiamo le sedie e ci mettiamo in circolo. Racconto in breve della festa poi passo al sodo.

– Come avrete già sentito, – spiego, – nei giorni passati la casa editrice Scotti ha avuto dei problemi. C'è il rischio che qualcuno venga durante la festa a fare casino. Quindi dobbiamo stare all'occhio. Prima di tutto, l'edificio va tenuto sotto controllo anche quando non ci sono attività in corso. Tirate la pagliuzza, ma uno di voi dovrà stare qui stanotte a fare la guardia. Recupererà il sonno domattina –. Mormorii di protesta. – Poi, domani, vi dividerete agli ingressi. Non ho idea di quanta gente verrà, ma cerchiamo di creare un flusso regolare entrata-uscita. Qualche domanda?

Uno della crew alza la mano. – Va bene la solita regola? Niente-immigrati-niente-ubriachi? O dobbiamo filtrare anche qualcun altro?

*Dio, non cambiano mai.* – Qui possono entrare tutti, salvo i molesti. Tieni fuori qualcuno per il colore della sua pelle e ti prendo a calci. Chiaro il concetto?

Alza le spalle. Il suo vicino tossicchia. Potrebbe essere suo fratello gemello. – È vero che dobbiamo aspettarci casini dagli squatter? – chiede. Anche la voce è uguale.

– Chi te l'ha detto?

– L'ho sentito in giro.

Do una guardata circolare su tutti i beoti presenti. – Allora ascoltatemi bene: non è vero. Non sappiamo chi ce l'abbia con Scotti, ma non sono gli squatter. Dovrete stare attenti anche ai signori in giacca e cravatta.

Pietro aggrotta le sopracciglia. Sa dei miei trascorsi ed è evidente che non mi crede. Lo fisso negli occhi finché non abbassa lo sguardo. *Rispetta le gerarchie, ciccio.*

Chiacchieriamo per accordarci sulle porte da tenere

aperte e quelle da chiudere. Un paio di uomini saranno piazzati all'ingresso, un paio all'uscita, gli altri due a girellare.

– Ci sarà un guardaroba? – chiedo a Tartufon.

– Certo.

– Bene. Tutte le borse consegnate vanno aperte e guardate. Idem per i cappotti con le tasche troppo pesanti. Ovviamente stiamo tutti attenti se vediamo borse lasciate in giro... – Tartufon si sta agitando. – Sí, che c'è?

– Non possiamo frugare la gente. Deve farlo la polizia se è il caso.

– Se le guardarobiere sono furbe non c'è problema. Create un separé o qualcosa del genere. Se non se la sente lei con la sua gente, credo che possa farlo qualcuno della Shadow, giusto?

Risponde Pietro. – Nessun problema –. Fissa Tartufon. – Noi sappiamo come gira il mondo.

Tartufon arrossisce tra i buchi della barbetta. – Parlerò alle ragazze. Spero che accettino.

– Ottimo, dia loro una mancia e vedrà che non si lamenteranno. Tutti avete i walkie-talkie, giusto? – Cenni d'assenso. – Ne serve uno in piú per me. Adesso facciamoci un giro e studiamo i passaggi.

Siamo a metà del salone principale quando vedo avvicinarsi una figura vestita di bianco. È Mendez, tirato a lucido come non avrei mai creduto possibile. Sembra il padre di Zorro: cappotto panna, completo di gabardine di una tonalità piú chiara, bastone con pomolo, foulard. Persino una gardenia all'occhiello. Blocco i ragazzi.

– Forza, fate un bell'applauso, – dico. Sei paia di occhi perplessi. – Applaudite, su.

Comincio io, gli altri eseguono non proprio convinti. Mendez si appoggia al bastone e si inchina. Ha i capelli tirati all'indietro con la brillantina ed è splendido.

– Grazie, grazie. Non me lo merito, – dice in un italiano quasi perfetto. – Sandrone, amico mio. Venga a darmi il braccio.

Lascio i muscolari a continuare senza di me e raggiungo l'attore. – Sono contendo di vederla, signor Mendez.

– Ah, lei rende felice un povero vecchio –. Mi osserva meglio. – Il suo lavoro per l'infame schiavista non è andato troppo liscio, temo. Ha qualche livido in piú dall'ultima volta.

– Lei invece è in forma.

– Cosa devo dirle, il richiamo del palcoscenico è stato piú potente della mia naturale ritrosia –. Si guarda attorno, perplesso. – Certo che questo luogo non sembra propriamente un teatro.

– Però lo stiamo adattando. L'accompagno in un giro esplorativo?

– Lo gradirei molto.

A braccetto, gli faccio percorrere i due saloni, magnificando le istallazioni in corso per farlo sentire a suo agio. Qui ci sarà il palco, qui l'orchestra e bla bla bla.

– Pensa che sarà possibile approntare un camerino? – chiede.

Richiamo alla mente la mappa di Tartufon e la zummo dietro gli occhi. Oltre i saloni, ci sono i bagni e tre stanze da adibire a ufficio. Una è proprio vicina al palco. – Credo di sí. Le faccio vedere un posto, mi dica se va bene.

La porta è chiusa, rintraccio Tartufon per le chiavi e mi passa un mazzo che neanche san Pietro. Mentre armeggio con la serratura, Mendez mi stringe il braccio.

– Ha visto? – chiede vagamente divertito.

– Cosa?

– Un topo. Si è infilato proprio sotto la porta. Non vorrei darle disturbo, ma preferirei una stanza piú salubre.

Ho trovato la chiave giusta e apro. – Mi faccia vedere. Se non è troppo conciata, possiamo farla pulire.

Spingo la porta. Guardo. Richiudo veloce. – No, forse non è il caso, – dico in tono quasi normale. Mi rivolgo a Tartufon. – Perché non cerca lei un luogo adatto con il signor Mendez? Io... ho una cosa da fare.

Tartufon annuisce. – Certo. Parlez vous français? – lo sento che dice mentre se ne vanno.

Aspetto che siano lontani, poi apro di nuovo la porta e mi infilo nell'ufficetto. Avevo visto bene, purtroppo. Mi chino sul corpo steso sul pavimento, attento a non toccare la pozza di sangue. *Ciao sono Panz, e sono morto.*

## 7

Credo di non essere stato molto coerente mentre telefonavo alla polizia, perché il centralinista sembrava non capire e ho dovuto mandarlo a quel paese piú volte. Torno a smadonnare quando arriva tutta la sbirraglia, finché qualcuno accetta di sentire cosa ho da dire. Poi mi lasciano chiuso in una stanzetta, una di quelle che volevo adibire a spogliatoio per Mendez, con una poliziotta in borghese sulla porta. A mezzogiorno circa dalla finestra che dà sul salone vedo passare il povero Panz, un fagotto con cerniera. Mi sento male, chiedo un caffè. Me lo portano, freddo, in un bicchierino di plastica. Mentre lo bevo, si affaccia alla porta un omino dalle braccia cosí lunghe che superano le ginocchia, con una cicatrice rotonda su entrambe le guance.

È Pinocchio, come ha fatto a trovarmi non lo so. Le cicatrici sono il ricordo di un proiettile che gli hanno tirato quando faceva lo sbirro dell'antidroga. Conosce ancora tutti nell'ambiente delle divise, e solo per questo la piantona lo fa passare. Non prima di una calorosa stretta di mano e un sacco di cavolate sulla famiglia.

Ci chiudono insieme.

– Quella è una troia, – mi confida a bassa voce. – Me la sono scopata, una volta.

– Buon per te. Devi dirmi qualcosa d'altro?

Tira fuori un fazzoletto lurido dal cappottone nero e si soffia il naso. – Certo, certo. Il mio uomo ha chiesto in giro per la Tigre. E ho trovato qualcosa. Ma, come si dice, adesso è il momento di scambiare.

– Hai visto in che condizioni mi trovo?

– Perfettamente direi.

– Come pensi che possa saldare?

– Accettiamo tutto, salvo carte di credito.

Apro il portafoglio e do a Pinocchio tutto quello che mi rimane dei soldi dell'Aurora.

– Sei spiritoso.

– Solo un anticipo. Ti ho mai lasciato debiti?

Ridacchia. – Incassare è il mio mestiere. Va bene, ripasso presto però. Allora. Tigre, chiuso due anni fa.

– Perché?

Non ha bisogno di consultare appunti, tiene tutto nella testa. Anche i conti di quelli a cui spezza le gambe. – Era di tre fratelli, che si davano da fare con le donne, ma anche con le *dure*. Li hanno presi per una rapina a un gioielliere. Forse qualcuno se l'è cantata, non si sa.

– Si chiamano Porcacchia, vero?

– Perfettamente. Non devo insegnarti la canzone.

– Perché non sono in galera? Sono evasi?

– Insufficienza di prove per due. Il terzo è morto sparato a un posto di blocco con la moglie, morta pure lei. Si chiamava Alessandra, gestiva le puttane. In macchina c'era la merce della rapa, con i ferri e tutto. Ma niente impronte degli altri.

– E non basta essere fratelli per finire in galera, giusto?

– Perfettamente. Sono usciti due mesi fa, per decorrenza.

– Le ragazze del locale?

– Delle fiche non so niente. O battono in giro o sono tornate a casa loro –. Si chiude il cappotto e mi tende la mano. – Non ho nient'altro per te. Stai in campana.

Gli stringo la mano, lui si fa aprire e se ne va.

Rimango imbambolato per una decina di minuti. Poi prendo a calci la porta e grido, finché finalmente la pulotta va a chiamare «il dottore».

Quando arriva ho talmente esaurito il fiato che quasi cado per terra. La vista mi si scompone in frammenti. Lui e la poliziotta si trasformano in un quadro di Warhol, quattro repliche in colori differenti che ruotano. Mi appoggio allo schienale della sedia, non sento le mani. Le repliche diventano solo due, una blu e una rossa. Poi tutto ritorna normale, a parte il ronzio alle orecchie.

– Si sente bene? – mi chiede il Dottore. Ha barba nera, capelli grigi, corpo massiccio.

– Solo un po' di fatica –. Sono fradicio di sudore.

Si presenta come il giudice De Caraldo, siede su uno sgabello che la poliziotta gli porge.

– Li avete presi? – chiedo.

Mi offre una sigaretta, l'accetto, poi accende la mia e la sua. Lentamente, guardandomi fisso. – No, – risponde alla fine, bontà sua.

– Alla pensione?

Fa cenno di no. – Il gestore nega che i Porcacchia abbiano mai alloggiato lí. Però immagino che lei sia sicuro delle sue informazioni.

– Sí.

– E il gestore gliele ha date spontaneamente?

– È bastata una telefonata.

Se capisce non lo dà a vedere. – È disposto a fare una deposizione?

– Solo se posso farla qui e dopo tornare al mio lavoro.

– Non vedo il problema –. Estrae un taccuino e una penna stilografica. – Trascriveremo in altra sede piú acconcia –. Si rivolge alla poliziotta. – Veda di procurami un tavolino, per favore –. Dopo un paio di minuti, due della Shadow arrivano con un tavolo di ferro. Uno dei due è Pietro. – Tutto a posto? – mi chiede.

– Sei matto, – rispondo.

Rimaniamo giudice, poliziotta e io. – Sono pronto, – dico. De Caraldo mi chiede se voglio l'assistenza di un avvocato. Rifiuto. Declino le generalità e dichiaro di sapere di essere tenuto a dire il vero, in quanto testimone. – Facciamola breve. Ritengo che i fratelli

Porcacchia siano i responsabili dell'omicidio di Panz.

– Intende il signor Andrea Faletti, di cui lei ha rinvenuto il cadavere questa mattina?

– Sí, certo.

– Ci racconti, per favore, le modalità del ritrovamento.

Lo faccio. Sembra soddisfatto. – Ci vuole spiegare perché ritiene i Porcacchia responsabili dell'omicidio?

– Per farlo, devo raccontare degli avvenimenti che riguardano un'altra persona, Svetlana Minareva. Fa la segretaria alla casa editrice Scotti.

Non mi chiede di ripetere il nome. Deve possedere già l'elenco dei dipendenti. – Vada avanti, prego.

– Fino a due anni fa, Svetlana lavorava come spogliarellista in un locale di Roma, la Tigre. Era un locale intestato a un prestanome, ma gestito da tre fratelli e dalla moglie di uno di questi, Alessandra. Secondo le informazioni che ho raccolto, il locale era la copertura per un giro di prostituzione. Ragazze dell'Est Europa, soprattutto della Russia, erano convinte o costrette a trasferirsi a Roma, poi convinte, o costrette, a vendersi. Svetlana era una di loro.

– Questo glielo ha detto la signorina in questione?

– No. Preferirei non rivelare le mie fonti.

De Caraldo si irrita. – Lei non rientra nelle categorie protette dal segreto professionale. Ma per adesso soprassediamo. Vada avanti.

Racconto della rapina. – Svetlana scappò, e con lei tutte le altre ragazze del locale, – concludo. – Venne a Torino e trovò un impiego alla Scotti.

– Il signor Scotti conosceva il passato della signorina?

– Non mi risulta e non avvennero problemi, fino a poco tempo fa. Non so come fecero, ma usciti di galera i Porcacchia scoprirono dov'era la ragazza. E cominciarono a ricattarla.

– Ne valeva la pena?

Alzo le spalle. – È una roba da balordi, ma quei due bastardi si trovavano con l'acqua alla gola. Non avevano piú il locale e le ragazze da mandare a battere. Forse stanno facendo lo stesso con tutte le loro ex dipendenti.

– E l'aggressione alla signorina?

– Lei non aveva pagato, o aveva pagato troppo poco.

Si batte la penna sui denti. – Vede, l'unica cosa che mi risulta difficile far quadrare sono gli attentati alla casa editrice. Non sembra nello stile di quei due gentiluomini.

Ho ancora davanti agli occhi il cadavere di Panz e non mi va di ricoprirlo inutilmente di fango. – Forse era un modo per farle ulteriori pressioni, – invento.

– Un modo molto complicato.

– Siamo ancora ai ragazzi dei centri sociali? – sbuffo.

– Lei che ne dice?

– Sarebbero stati loro ad ammazzare Panz?

– Lei che ne dice?

– Si è incantato il disco?

– No. A me interessa quello che ha da dire lei. Il contrario non si pone.

– *Le domande le faccio io.*

L'ombra di un sorriso. – L'ho detto in un modo piú gentile, ma sí, il significato è questo.

– Allora, non ritengo che siano stati gli squatter né per gli attentati, né per l'omicidio. Panz entrò in contatto con i Porcacchia perché voleva aiutare Svetlana. Lei sapeva dove erano alloggiati e glielo disse.

– Anche questo viene dalle sue fonti non meglio identificate?

– In parte, e in parte lo immagino. Credo che Panz volesse convincerli a lasciar perdere, forse minacciò di denunciarli. So che aveva una copia delle chiavi del mercato, si doveva occupare degli allestimenti. Si saranno incontrati qui, questa notte. E loro lo hanno ammazzato.

Mi fa ancora qualche domanda sul mio lavoro alla Scotti e sui miei rapporti con Panz e Svetlana. È chiaro che la storiella degli attentati non gli suona, ma è altrettanto chiaro che non ha spiegazioni migliori. Ci gira ancora attorno, poi annuisce e chiude il taccuino. Sono stato interrogato dagli esperti e in una scala da uno a dieci lo valuto intorno all'otto. – Può bastare cosí, per adesso –. Si rivolge alla poliziotta, che non ha aperto bocca, granitica. – Lei può andare, grazie.

Quando rimaniamo soli gli rubo un'altra sigaretta. – Giudice, se avrà modo di parlare con Svetlana, per favore le dica che non avrei mai voluto tirarla in mezzo.

– Oh, – finge di pensarci sopra. – I suoi scrupoli sono sprecati, considerando quello che è successo. Ma per sua tranquillità credo di poterle rivelare che stamattina la signorina Minareva ha telefonato alla polizia. Se ho fatto tardi, qui, è perché ero in ospedale a raccogliere la sua deposizione. Era preoccupata per il signor Faletti. Purtroppo, ormai la frittata era fatta. Abbiamo emesso un mandato di cattura per i Porcacchia prima ancora della sua telefonata.

Sacramento a mezza voce, mentre gli alzo il voto a dieci e lode. – Ecco perché non aveva fretta di ascoltarmi.

– Lo ammetto, siamo piú efficienti di come si racconta –. Mi porge il suo biglietto da visita. – Se avrà qualcosa da comunicarmi, non si faccia scrupolo a telefonarmi. C'è anche il mio cellulare –. Ci stringiamo la mano. – Adesso vada a casa a riposarsi, non la vedo in forma.

A poterlo fare.

Non c'è che dire. Una pubblicità cosí Scotti non l'avrebbe certo immaginata per il suo Fantaconvegno. Quando esco dalla mia provvisoria cella, il mercato del pesce è tutto un via vai di giornalisti, cameramen e curiosi. Con i muscolari della Shadow facciamo del nostro meglio per tenere tutti a bada, ma è una fatica improba. Intorno alle tre Scotti convoca una conferenza stampa, proprio sotto l'astronave di gomma che ha continuato a gonfiarsi in automatico.

Ha tirato fuori gli occhiali fumé delle occasioni tristi. Con voce rotta, dichiara la propria sofferenza per la perdita di un prezioso collaboratore. E il proprio impegno a mantenere la scadenza del giorno dopo.

Un giornalista domanda se non gli sembra di cattivo gusto un ballo in maschera nel teatro di un delitto.

Scotti si indigna. – Il nostro Andrea avrebbe voluto cosí. È anche il suo lavoro che ci ha portato dove siamo, a combattere contro lo strapotere delle multinazionali dell'informazione, – dice. – Dedicheremo la serata a lui… – Non ce la fa a non ammiccare. – … oltre che all'*Astronave Perduta*.

Poi passa a distribuire i depliant freschi di conio. Peccato che la comunione sia interrotta dall'urlo di una giornalista. – Il pallone!

L'astronave di gomma si sta rapidamente afflosciando, ripiegandosi in avanti. Scotti corre via, sfiorato da una pinna di plastica che gli fa volare gli occhiali. Poi tutta la struttura crolla, con uno sbuffo d'aria compressa che sembra un sospiro umano ingigantito.

Lo squarcio che ho aperto con le forbici è stato piú efficace del previsto. Sono quasi soddisfatto mentre torno nel retrobottega, tra gli ultimi pulotti che si scambiano battute sul calcio e sui film.

# 8

Sono le sei quando mi telefona Luke. Ho appena calato un'altra dose di amfe in un bicchiere di tè freddo. Sembra che l'effetto duri sempre meno e sto aumentando le quantità. Ormai, del dono di Oink rimane poco piú di un quarto.

– Cosa c'è? – chiedo. Non sono nemmeno piú arrabbiato con lui.

– Stanno sgomberando il dormitorio di padre Molinas. Pensavo che volessi saperlo. Stiamo andando a fare un presidio.

– Mancava solo lui. Va bene, arrivo.

Scotti si sta avvicinando per parlarmi. Ha in mano un pezzo di plastica dell'astronave-pallone. Lo dribblo, lasciandolo da solo a schiumare, e prendo un taxi al volo.

Avrei fatto meglio ad andare a piedi. Man mano che ci avviciniamo alla zona del Balon il traffico rallenta. Alla fine il taxista bestemmia e colpisce il volante con le mani. – Non si riesce ad andare avanti, – dice. – Ci deve essere qualche cazzo di manifestazione. Le conviene scendere qui.

Faccio l'ultimo chilometro a piedi. Tra blindati e auto della polizia vedo cosa sta bloccando le automobili: è Padre Molinas. Le catene che ha ai polsi sbarrano la via da un lato all'altro. Lui, inginocchiato al centro, curvo in avanti, sembra pronto a essere flagellato. Dietro, seduti sul marciapiede ci sono Padre Elvis, piuttosto a disagio, una ventina di extracomunitari e qualche ragazzo. Luke arriva subito dopo di me. Già si sgola in un megafono invitando LA GENTE DEL QUARTIERE A PARTECIPARE ALLA MANIFESTAZIONE DI PROTESTA.

Nonostante la mobilitazione, da quel che posso vedere lo sgombero è alle ultime battute. Scarpe, vestiti, libri degli ex ospiti di Monsignore sono sparsi sul marciapiede. Ogni tanto un celerino arriva con una bracciata di roba che scarica come viene, quando non la getta direttamente dalle finestre.

Una cinquantina di extracomunitari sono già stati intruppati su un pullman nero parcheggiato davanti al portone. I vetri sono oscurati, ma si scorgono ugualmente i loro visi. Qualcuno piange, i piú giovani prendono a pugni i vetri, ma il suono ne esce attutito dalle blindature. I senza tetto italiani sono stati invece recintati dall'altro lato della via e aspettano confusi, avvolti nelle coperte.

C'è un cordone di caschi che allontana i curiosi. Raccolgo le poche forze che ho e li buco su un lato, correndo sino a Monsignore. Luke, che mi ha visto, grida il mio nome al megafono.

Mi siedo sull'asfalto, aspettando che la caciara si calmi. – Gradisce un po' di fiele sulle labbra? – chiedo a Monsignore

Si agita nelle catene. Sono lasche, ma non esattamente comode. – Che cosa ci fa lei qui?

– Ho un certo interesse professionale per il suo dormitorio, – rispondo. – E non solo io, a quanto pare. Che è successo?

– Sono venuti stamattina con un mandato di arresto per Hassan. Non l'hanno trovato e questa è la nostra punizione.

– Chi è Hassan?

– Quel ragazzo che ha conosciuto, con l'orecchio segnato da una cicatrice.

Mezzorecchio, cavolo. – Perché lo cercano?

– Dicono che hanno trovato una pistola con le sue impronte.

Mi suona qualcosa di poco simpatico. – Ehm, e dove l'avrebbero trovata?

– In una buca delle lettere, mi hanno detto. Ma sono tutte idiozie –. Alza la voce, rosso in viso, rivolto a un digos di passaggio. – Tutte idiozie, ha capito? – Il digos finge di non sentirlo, Monsignore torna a parlare in tono piú normale. – Ma il ragazzo ha precedenti. E io ne sono il tutore legale. Avevano bisogno di una scusa per smantellare la comunità, adesso l'hanno trovata.

– Rimandano tutti al loro Paese?

– Per adesso solo in un centro di detenzione temporanea, come lo chiamano loro. Un lager, come lo chiamo io –. Alza di nuovo la voce. – Ma io vado a riprendermeli tutti! Ha capito?

Stavolta il digotto risponde. – Stia calmino, che adesso andiamo a prendere la sega e la leviamo di mezzo.

Si becca un coro di SCEMO SCEMO, arrossisce e si allontana.

– Quelle catene sono sicure o può sfilarsi? – chiedo prudente.

– Sono chiuse a chiave –. Mi fissa sospettoso. – Perché?

– Perché la pistola esiste davvero. Sono stato io a farla avere alla polizia.

Vedo le mani di Monsignore aprirsi e chiudersi come chele di granchio. So cosa vorrebbe stringere. – Perché mi ha fatto questo?

– Santità, il revolver era tra le cose di Adrian. Non posso occultare le prove, – mento. – Ma non sapevo dei guai che avrebbe causato.

Si dimena. – Allora è vero.

– Tutto vero –. Il pullman piombato cerca di mettere in moto, e i ragazzi dei centri sociali spostano di corsa il sit-in davanti alle ruote. Arrivano i carabinieri che cominciano a sollevarli uno a uno. Si stanno tenendo, non volano manganellate anche grazie a un dirigente di piazza che si agita rosso in faccia. – Però credo che ci sia dell'altro. Dove posso trovare Hassan?

Abbassa la voce. – Cosa le fa pensare che io lo sappia?

– La sua espressione in questo momento –. Striscio per portarmi davanti al suo sguardo. – Lo so che mi considera un fetente, ma non ho intenzione di farlo finire dentro. Però il ragazzo sa qualcosa sull'omicidio di Adrian e io ho bisogno di conoscere questo qualcosa.

– L'avrebbe detto almeno a me.

– Come le ha detto della pistola –. Vedo il digos di prima avvicinarsi con un drappello di pompieri armato di cesoie. – Padre, tra un po' avrà altri problemi, si sbrighi a mollare l'informazione. Le ricordo che c'è un assassino in giro.

Digrigna i denti. – Vada al salone di massaggi Reich, in via Talucchi. Per entrare dica che la manda il dottore, poi chieda di Liliana.

– Grazie –. Mi alzo. – Già che c'è, non mi assolverebbe anche dai miei peccati?

– Per uno come lei non hanno ancora inventato la penitenza adeguata.

Non sto a dirgli che la sto già facendo.

Il salone di Massaggi Reich promette trattamenti rilassanti, well-being shower e pranoterapia dalle 9 alle 20, sabato compreso. Citofono, dico che mi manda il dottore, mi aprono, e scendo in uno scantinato. Suono di nuovo a una porta con la targa giusta. Scatto della serratura. Mi accoglie una signora di mezz'età che profuma di acqua di rose. Dico che cerco Liliana. Mi fa accomodare in uno stanzino minuscolo costruito con tramezzi di polistirolo. Contiene solo un armadietto e un lettino sul quale mi siedo. Odore di talco mentolato. Liliana arriva quasi subito. Una bella donna sulla quarantina che indossa solo un camice azzurro che le arriva a metà coscia e un paio di zoccoli bianchi. Sotto è nuda e bada bene a farlo notare.

– Ma caro, non ti spogli? Vuoi che ti aiuti io?

– Mi piacerebbe, ma sono troppo vecchio per queste cose. Mi manda Padre Molinas.

Non arrossisce ma poco ci manca. – Oh, mi scusi... chissà che idea si è fatto.

– La migliore. Devo parlare con Hassan, è qui?

Si mette un dito sulle labbra. – Sst, abbassi la voce, – sussurra. – No che non è qui, le sembra il posto per un ragazzo? Cos'è successo?

– È nei guai, questo credo che lo sappia già. Dov'è?

– Davvero la manda il prete?

– Chi altri sapeva che il ragazzo è qui?

– Nessuno. Ha ragione. Hassan è nell'appartamento di sopra. È del... – esita, – *titolare*, ma per un po' starà via.

– È meglio che lo avvisi, se non le dispiace.

– Mi metto su una vestaglia e vado. Mi aspetti qui –. Si ferma a mezzo sulla porta. – Ah, dico io alla segretaria che non ho fatto niente. Cosí non deve pagare.

– Sarà per la prossima volta.

Quando ritorna, cinque minuti dopo, non ha un'espressione felice. – Hassan si è molto arrabbiato con me. Dice che dovevo starmene zitta.

– Sa come sono fatti i ragazzi, soprattutto quelli ricercati.

Annuisce, mordendosi le labbra e sbavandosi il rossetto ciliegia. – Salga la scala. Terzo piano. La porta subito a destra. Sul campanello c'è scritto Farmentino.

Eseguo, busso. La porta è socchiusa, buio per le tapparelle abbassate. Da quel che capisco, infilando la testa, sembra l'appartamento di una vecchia zia, piú che quello di un magnaccia. Un respiro soffocato alla mia destra, effluvi di sudore acido. – Si può? – chiedo. Nessuna risposta, il respiro cessa.

Ci fosse un uomo grande e grosso non entrerei. Ma è solo un ragazzo, tanto vale stare al gioco. Cammino nel mezzo del corridoio, la porta si chiude alle mie spalle.

– Non ti voltare, – dice la voce di Hassan, strozzata per la paura. – Sono armato. Non ti voltare e appoggiati al muro.

Lo faccio, una mano inesperta mi fruga. Potrei avere un bazooka e non se ne accorgerebbe.

– Tutto a posto? – chiedo.

– No, non ti voltare ancora –. Sento i suoi passi allontanarsi. – Adesso puoi.

Si è seduto nel piccolo soggiorno, con le mani nascoste sotto il piano di un tavolo rotondo. – Ti sto puntando addosso una pistola, – dice.

Se lí sotto c'è una pistola sono disposto a mangiarmela. – Ok –. Infilo la mano buona in tasca. Trasale. – Mi hai già perquisito, no? Prendo solo le sigarette. Ne vuoi una?

– No... sí –. Gliela lancio attraverso la porta. L'afferra al volo con la destra, poi gli tiro lo zippo. Lo prende con la sinistra. Ho vinto la scommessa con me stesso.

Lui si accorge della gaffe, rilancia l'accendino e torna a infilarsi la destra tra le cosce. – Cosa vuoi?

– Sto cercando di capire perché hanno ammazzato un uomo al quale tu hai dato una pistola.

Anche a distanza lo vedo tremare. – Sei matto, – mormora.

– Sí, ma le impronte sono le tue, e la pistola era di Adrian Patoil.

– Non è vero.

– Hassan, ti stanno già cercando, per quella pistola. Se mi aiuti, forse posso trovare il modo di aiutare te, dopo.

– Come?

– Non lo so, ancora. Fammi capire qualcosa di piú.

Non ci ragiona a lungo, non può permetterselo. – Va bene –. Abbassa la voce. – Adrian mi aveva chiesto un *pezzo*. Sapeva che conosco della gente... non ti dico chi.

– Slavi, vista la provenienza della pistola.

– Forse.

– Eravate amici, tu e Adrian?

– Sapevo di potermi fidare.

Non deve aver parlato con il barista della Aurora. – Ti ha detto a cosa gli serviva?

Scuote la testa. – No. Ma aveva paura –. Spegne il mozzicone sul pavimento e si passa la mano libera sulla faccia stravolta. – Ne ho visti un sacco. Aspettano di essere sparati o di finire in galera. Lui era nella merda. Come me, adesso.

– Nessuno ti ucciderà, Hassan. Vai avanti.
– Dammi un'altra sigaretta.
– È in arrivo –. Altro lancio. – Dunque?
– Non si chiamava Adrian.
– Te l'ha detto lui?
– No, ma l'ho sentito parlare una volta con uno dei suoi amici. E questo l'ha chiamato in un altro modo. Lui si è incazzato.
Drizzo le orecchie. – Quali amici?
– Albanesi, come lui. Uno stava al dormitorio, un altro non so dove. Quando incontrava quello del dormitorio facevano finta di non conoscersi. Però una notte li ho sentiti parlare sulla porta della comunità. Discutevano e il suo amico lo ha chiamato Guri.
– Sei sicuro di aver capito bene?
– Io non parlo albanese, ma quello era un nome che ho già sentito.
– L'hai piú visto questo amico?
– È andato via una settimana dopo Adrian, o Guri, o come cazzo si chiama.
Alla fine ci arrivo. Nel portafoglio ho ancora la foto che ho mostrato a Monsignore. Quella sbagliata. Ne ho un'altra, con tutta la famigliola di casa Mezza riunita. Tolgo quest'ultima dal portafoglio e mi avvicino al tavolo di Hassan per fargliela vedere.
– Stai lontano, – strilla.
– Solo per la foto.
– Va bene –. Fortuna che non è armato, altrimenti mi avrebbe sparato per davvero.
Passo la fotografia, e mi siedo sul divano. Giusto su una molla che punge fuori dallo skai.
Hassan guarda l'immagine, mettendola sotto un raggio che filtra dalla tapparella. – La ragazza non so chi sia. Ma gli altri sono Adrian e i suoi amici.
Povera Vera, presa per il naso fin dall'inizio.
Sono rimasto in silenzio. Hassan si agita. – Allora?
Non riesco a rispondere, perché qualcuno tira giú la porta d'ingresso con una spallata. Non ci vuole molto, nessuno aveva richiuso la serratura. Faccio in tempo a

vedere due sbirri in giubbotto antiproiettile prima di correre verso Hassan gridando. – Stai fermo! Stai fermo! Buono! – Ribalto il tavolo e gli salto addosso schiacciandolo sul pavimento. Vedo nero per i vecchi dolori, ma continuo a fare bordello, mentre i poliziotti cercano di superare le mie grida con le loro. Però non ci saltano addosso e non ci sparano, non capendo cosa cavolo stia succedendo. Io ne approfitto e incollo la bocca all'orecchio di Hassan. – Hai trovato la pistola nel dormitorio. L'hai infilata in una buca delle lettere. Non sai altro, – sussurro in francese, condendo le parole con altri Fermo e Stai buono.

Non posso ripetere il messaggio, perché gli sbirri, diventati quattro, ci separano di malagrazia. Io finisco contro il muro, stavolta perquisito un po' meglio. Hassan schienato sul pavimento e preso a calci. Alla fine c'infilano le manette e tanti saluti. Per fortuna mi reggono, perché con le mani dietro proprio non riesco a camminare.

# 9

Avevo già incontrato il commissario al mercato del pesce. Era quello con i basettoni e gli occhiali spessi. Si chiama Rosso Petalino e ha la faccia di chi è stato sfottuto tutta la vita per il suo nome. Anche lui, a quanto pare, fa gli straordinari. E anche lui è stanco di sentirsi raccontare idiozie. Fa del suo meglio per farmelo capire. Ma io riesco a ripetere la mia versione senza inciampare nella lingua. Ero andato a prendere Hassan, perché voleva costituirsi. Se invece di intervenire stile Gestapo avessero aspettato cinque minuti, saremmo arrivati nel suo ufficio come un pacchetto regalo.

– Il ragazzo aveva solo paura di essere arrestato. Per questo non vi ha consegnato la pistola di persona. È stata un'idiozia, ma mettetevi nei suoi panni.

Petalino si toglie gli occhiali e se li pulisce. – C'erano le impronte del ragazzo sull'interno di una guancetta. Non capita, se si prende una pistola e ci si limita a buttarla via.

– Mi ha detto che l'ha trovata parzialmente smontata. Ci avrà giocato un po'.

Non mi crederebbe neanche se gli dicessi l'ora. – La pistola sta in un armadio due mesi, poi salta fuori cosí, come se niente fosse, – dice.

– Gli avevo chiesto io di guardare se c'era ancora qualcosa che appartenesse a Adrian Patoil. Io mi sto interessando al suo omicidio. Come lei sa, lavoro per l'avvocato Mirko Bastoni che difende gli imputati.

Petalino si volta verso il suo collega, un omone sui

cinquanta con due mani come badili. Fino a adesso si è limitato a dondolare sulla sedia. – Hai sentito? Dove c'è un cadavere salta fuori lui. A Cremona, al mercato del pesce...

L'altro annuisce. – Un vero appassionato.

Petalino torna a me. – Se Patoil era stato da don Scassaminchia, noi avremmo dovuto esserne informati.

Allargo le braccia. – Ero sicuro lo sapeste. Colpa mia, avrei dovuto controllare.

Petalino fa una smorfia disgustata. – Dov'è Vera Mezza?

E dagliela. – È la decima volta che me lo domanda. Non ne ho idea. Può chiedermelo altre cento volte. È venuta a trovarmi e se ne è andata.

– Proprio mentre la cercavamo.

– Io non potevo saperlo. Altrimenti, di certo, l'avrei fermata.

Il collega di Petalino appallottola un foglietto con sfoggio di falangi muscolose. – Qui da noi c'era uno che faceva il suo mestiere. Ma non si occupava di cose grosse. Andava in giro a fotografare i cornuti. Ci ha preso cosí gusto che l'abbiamo beccato che si faceva le seghe spiando le coppiette in macchina. Vuol sapere cosa gli abbiamo trovato in casa?

– Neanche un po'.

Lui allarga le braccia. – Mutandine. Un mucchio di mutandine sporche. Andava in giro a rubarle perché gli piaceva annusarle. Ma forse a lei non piace annusare le mutandine. A lei piace scoparsi le clienti come la Mezza. È una bella figa?

– Ma perché devo sopportare tutte le brutture di questo mondo –. Sospiro. Mi stiro sulla sedia, ricordandomi subito dopo che non è il caso, quando si hanno le costole dolenti. – Bene: mi arrestate, devo chiamare un avvocato, posso andarmene?

L'idiota continua. – O le piacciono i ragazzini come quel negretto?

– Arresto, avvocato o casa?

Rimaniamo tutti e tre a guardarci male.

– Vada, vada, – dice alla fine Petalino. – Ma abbiamo trasmesso gli atti alla magistratura. Lei si troverà nei guai.

Il tempo vola quando ci si diverte, sono già le nove di sera. Ho una comprensibile fretta di andarmene dalla questura, ma succede che a metà della rampa di scale la testa mi si svuota di colpo del sangue. Barcollo e le luci si spengono. Mi appoggio al muro con mani che hanno perso quasi del tutto la sensibilità e le gambe di pasta di pane. Poi un punto di luce riappare nel nero, un cerchio che si allarga. Riparte l'effetto Warhol, trattengo la nausea e il respiro. Dopo un minuto, riacquisto sensibilità e vista.

Di fronte a me ci sono Monsignore e Hassan che mi fissano. – Si sente bene? – chiede il prete.

Le gambe si sono riprese, ma sono un tantinello stranito. – Stavo solo tastando il muro in cerca di un passaggio segreto. Voi come state?

Monsignore occhieggia torvo il suo protetto. La prima volta che l'avevo incontrato, Mezzorecchio mi era sembrato un giovanotto pericoloso. Nel lupanare era diventato un ragazzo spaventato. Adesso mi sembra un bambino in attesa di essere sculacciato, anche se i segni che ha addosso basterebbero per un po'. – Forse sí, – dice Monsignore. – L'avvocato dell'associazione è sufficientemente ottimista. Però io e Hassan dovremo farci una bella chiacchierata –. Abbassa il tono. – Vero?

Il ragazzo annuisce, cercando di trasformarsi in una piastrella.

– E il suo dormitorio? – chiedo per deviare l'ira di Monsignore.

– Siamo rientrati stasera. Già sono riuscito a farmi riaffidare un po' dei miei ragazzi. Domattina, il sindaco mi trova sulla sua porta –. Sorride lupesco. – Voglio vedere se non mi sta ad ascoltare.

– Ho pietà di lui –. Mi rivolgo ad Hassan in arabo. – Tu fai il bravo, – gli dico piú o meno.

Mi risponde Monsignore nella medesima lingua. – Ne sia certo –. Poi torna all'italiano. – Lei è un uomo pieno di sorprese. Quante lingue parla?

– Tutte. È una caratteristica dei santi. Non vede l'aureola? – Gli porgo la destra. – Buona fortuna.

La stringe. – È anche una caratteristica degli indemoniati. Buona fortuna anche a lei.

Dalla prima cabina chiamo a casa di Elisa Scotti. Non mi va di usare il cellulare dopo che è stato in mano agli sbirri. Si profila all'orizzonte una nuova SIM.

– Pronto? – È la voce di Vera.

– E rispondi al telefono?

– Non c'è nessuno e potevi essere tu –. Sembra contenta. – Infatti. Che c'è di nuovo?

– C'incontriamo e te ne parlo. Tra mezz'ora al bar dove abbiamo chiacchierato con Elisa. Ok?

Ok. Ce ne metto un po' di piú con il taxi. Lungo la strada abbiamo incrociato un piccolo corteo notturno dei cittadini del quartiere Pinco Pallino. Qualcuno ha appena seccato un tabaccaio, e loro vogliono la pena di morte.

Vera è seduta al tavolino della volta scorsa, con un cappellino da baseball calato sugli occhi e il bavero rialzato.

– Potresti fare anche due buchi nel giornale, tanto per non farti notare, – le dico.

– Perché?

– Lascia stare –. Ordino una minerale e le faccio il riassunto delle puntate precedenti. È molto triste quando ho finito, ma non protesta. Ormai comincia ad accettare la dura realtà.

– Quindi, – concludo, – ci sarebbe molto utile conoscere i veri nomi dei tuoi amici.

– Pensi che siano ricercati?

– No. Hanno controllato le impronte e le loro segnaletiche hanno fatto il giro di tutte le polizie, compresa quella albanese. Avremmo saputo qualcosa. Visto che in Italia un nome albanese o l'altro non fa molta differenza, i nostri amici devono avere qualche motivo buono per agire sotto mentite spoglie. Ma non è un problema di precedenti penali. Idee geniali?

– Per un cazzo.

– Ipotesi sui loro nomi veri?

Scuote la testa. – Idem con patate. Però se era solo Adrian...

– Improbabile. Non hai mai colto qualcosa di strano dalle loro conversazioni?

– Mai. Poi quando parlavano in albanese non ci capivo un'acca, non stavo neanche ad ascoltare.

– Telefonate? Prima che te lo tagliassero.

– Nessuna a casa e non ascoltavo quando chiamavano dalla Telecom.

– La discrezione non paga. Lettere, amici, libri con dedica? Torte di compleanno?

No, no, no e no.

Tamburello sconsolato sul piano del tavolo. – Eppure, merdaccia, non erano delle spie professioniste. In due mesi chissà quante tracce hanno lasciato.

Vera rialza gli occhiali sulla fronte. – E se fossero stati davvero delle spie?

– Spie di che? Non c'è piú niente in Albania, neanche il socialismo reale. Poi sono stati dei pasticcioni tremendi. Adrian è scappato lasciando a Torino una pistola comprata da un ragazzino, Ismail e Sami si sono fatti beccare come idioti. Colpevoli o innocenti, due vere spie avrebbero tagliato il cadavere e l'avrebbero fatto sparire nel cesso –. Non sono stato molto delicato. – Scusa.

– Non ti preoccupare –. Sta davvero diventando una dura, trattamento accelerato marca Gorilla. – Forse stavano organizzando qualcosa... Una rapina.

– Alla banca del torrone, magari... No. Adrian passava informazioni alla polizia, un modo pessimo per cominciare un'attività criminosa –. Mi alzo, e le do un bacio sulla guancia. – Va be', vado. Aspetta dieci minuti e vai a casa anche tu. Ci sentiamo domani.

Sospira. – Speravo che mi portassi a cena...

– Sicuro, alla mensa delle Vallette. Vera, la tua faccia non è appesa su tutti i muri, teniamo un profilo basso finché la storia non si chiarisce. D'accordo?

Fissa il tavolo. – Ciao.

Non bisogna farsi coinvolgere dai clienti, ti evita di farti sentire un verme a lasciarseli dietro.

Non per molto. È da un minuto che cammino quando sento la sua voce urlare. – Sandrone! Gorilla!

Mi volto con i pochi capelli ritti. Vera sta saltando sul marciapiede agitando le braccia, all'anima del profilo basso. Ha qualcosa di cartaceo in mano. Grida: – Il vaaaglia!

10

D'accordo. Avrei dovuto pensarci io. Che Ismail e Sami fossero andati a fare un vaglia, la mattina dell'omicidio, era un'informazione che avevo archiviato in qualche neurone stanco. Sapevo anche che Vera li aveva accompagnati, e avrei potuto fare delle domande piú specifiche. Ma che lei si fosse tenuta le ricevute, tra le carte delle caramelle e le bollette, mai mi sarebbe venuto in mente. Neanche alla polizia, a quanto pare.

Secondo le ricevute adesso in mio possesso, Afërdita Stefani ed Ermelinda Meksi sono i destinatari dei due piccoli versamenti espressi, nonché la tortuosa via per arrivare all'identità dei due galeotti. Tutto sta a convincerli a collaborare. Mi preparo a un incrocio di minacce e lusinghe in quel poco di albanese che so, mentre chiamo l'Italcable dalla prima cabina.

L'operatore provvede a raffreddarmi lo spirito. – È molto difficile trovare un numero in Albania. Sa, c'è stata la guerra.

– Ma cosa mi racconta... – Compito i nomi e i due indirizzi di Lezhe, poi l'operatore pistola sui tasti lasciandomi a respirare gli effluvi orinosi della cabina.

La vocina ritorna. – Niente, mi dispiace. Vuole il numero dell'Ambasciata Italiana?

– A Lezhe?

– No, a Tirana, ma sempre Albania rimane.

Riattacco, vagamente scocciato.

Ho due alternative, adesso. Passare direttamente i

nominativi alla polizia o provare con Internet. Opto per la seconda, ça va sans dire. Dei nomi possono significare assai, nella pattumiera della Rete delle reti, anche su un posto sfigato come l'Albania.

Arrivato alla mia topaia capisco che la mia ricerca subirà un piccolo rallentamento. In mia assenza, i pizzardoni hanno pensato bene di venire a cercare tracce di Vera. Trovo il mandato infilato sotto la porta. La mia roba è stata ammucchiata in una simpatica piramide multicolore, materassi e cuscini aperti lungo le cuciture, cassetti vuotati sul pavimento. La mia ultima camicia pulita penzola misera dalla maniglia della finestra, strappata per il lungo. I questurini pignoli cercavano prove tra una fibra e l'altra.

Mi calo su una sedia a contemplare il macello e il movimento brusco basta a farmi ballare gli occhi. *Ti rimane poca autonomia*, mi dico. Il primo giorno del Fantaconvegno riuscirò a farmelo a colpi di anfetamina e caffè, ma certo non arriverò al secondo. Tornerò a dormire, e posso solo sperare che il Socio sia in grado di prendere il testimone. Altrimenti mi risveglierò in galera, o congelato sotto il palco.

Fumo l'ultima sigaretta del pacchetto, sa di plastica bruciata, poi mi faccio forza e frugo tra la biancheria in cerca del portatile. C'è ancora, però si sono portati via l'hard disk; posso usarlo come fermaporta. Conosco solo un posto dove a quest'ora posso trovare un computer funzionante. Non mi rimane che tornare fuori nella notte buia e tempestosa. Tempestosa sul serio. Piove che sembra l'Ultima Onda. Taxi neanche a parlarne ombrelli non ne possiedo. Camminando rasente i muri arrivo alla Scotti cosí fradicio da lasciare la scia come una lumaca. Nell'ufficio, semivuoto senza tutta la roba trasportata alla fiera, si sente l'eco dei passi.

Mi spoglio, appendo la mia roba su un termosifone tiepidino, mi asciugo con un rotolo di carta igienica. Vestito solo di bende mi piazzo davanti al computer di Scotti, lo accendo ed entro in Internet. Comincio dall'Italia. Apro quattro o cinque finestre contemporaneamente, e faccio una ricerca incrociata negli archivi di una serie di quotidiani e agenzie stampa. Quando richiesto, do il nome di vari utenti ignari. Giornalisti, credo, vil razza dannata.

Parole chiave per la ricerca: Afërdita Stefani ed Ermelinda Meksi, tanto per provare. Hai visto mai che abbiano avuto a che fare con la giustizia, nel Belpaese della Bellagalera.

I vari database girano, io frugo nel cassetto di Scotti in cerca di tabacco purchessia. Trovo un pacchetto di Ms secco secchento e me lo faccio andare bene. Tempo di finire la prima sigaretta, e il primo database hakerato emette il suo responso.

```
Afërdita Stefani and Ermelinda Meksi: zero corrispondenze
```

Gli altri tre ci mettono giusto qualche secondo in piú per dare il medesimo risultato. Non ci speravo, ma sarebbe stato da scemi non provarci. Tolgo i nomi e lascio solo i cognomi. Stavolta l'attesa è piú breve. Il database di un'agenzia stampa sputa un responso.

```
Stefani and Meksi: 1
```

Emetto il grido di guerra degli Apache, ma una serie di starnuti lo interrompono. Mi sto prendendo un accidente.

Clicco sul numeretto. Appare una sola scritta.

```
20 dicembre 1999 - Il Ministero degli Esteri, in accordo con la polizia albanese, comunica la lista dei cittadini albanesi deceduti nel naufragio avvenuto a novembre al largo di Brindisi.
```

Poi cominciano a scorrere i nomi.

```
1.  Bardhyl AGASI, anni 37
2.  Dritan AGASI, anni 7
3.  Ejup AGASI, anni 8
4.  Ibrahim BACI, anni 30
5.  Ali DERVISHI, anni 21
6.  Limoz DIZDARI, anni 56
7.  Fatos MEKSI, anni 22
```

8. Vladimir METANI, anni 37
9. Keti QOSJA, anni 63
10. Enver REÇI, anni 57
11. Luan SHAHOLLARI, anni 3
12. Merita SHAHOLLARI, anni 20
13. Rahmi SHAOLLARI, anni 6
14. Agron **STEFANI**, anni 46
15. Vangjel TAVO, anni 12
16. Xhemali XHIXHA, anni 31

La lista è finita, e me sono accorto con qualche minuto di ritardo. Sono rimasto a fissarla con la sigaretta che allungava la cenere. Una strage. Santa merda.

Quale, però? Ricordo un paio di naufragi, papabili, nell'anno di grazia 1999, ma forse la lista risale a un incidente piú vecchio, difficile tenere il conto. Cambio le parole chiave, inserisco naufragio e albanesi. Quasi il computer si fonde, tanti che sono i risultati.

Cerco di non leggere tutto. Nello stato in cui sono mi si pianterebbe nella testa, sarebbe uno dei miei tanti, spiacevoli ricordi ineliminabili. Salto paragrafi e righe di articoli di giornale, comunicati delle agenzie, rapporti di polizia. Ma quello che vedo, è ancora troppo.

contro gli scogli che sembrano frecce acuminate. Quattro i morti, quattro disperati che cercavano di coronare un sogno. Altri 15 clandestini (albanesi, curdi, moldavi) sono stati salvati, una decina quelli portati nel centro di prima accoglienza e poi in ospedale, mentre gli altri sono riusciti a fuggire decisi a sparire nel tunnel della

«HO VISTO I MIEI AMICI AFFOGARE» racconta

*Ma, all'improvviso, abbiamo cominciato a imbarcare acqua. Eravamo a pochi metri dalla riva e ci siamo*

Il gommone viaggiava a forte velocità per evitare d'essere intercettato dalle forze di polizia che pattugliano la zona. Improvvisamente lo schianto: lo scafo prima si è letteralmente spezzato in due tronconi, poi si è

*Ieri, comunque, a Lampedusa è arrivato anche il presidente della Regione Giuseppe Drago.*

«C'è una persona in fin di vita», la telefonata anonima giunta alla capitaneria. I militari giunti sul posto lo hanno trovato in pessime condizioni. Lo hanno portato verso l'ospedale dell'isola, ma l'immigrato è morto durante

*Il 25 aprile del '96 a Lampedusa una barca a motore con una ventina di clandestini tunisini a bordo affondò e 15 extracomunitari trovarono*

«Mi hanno telefonato molti clienti, – aggiunge, – per chiedermi informazioni. Io rispondo: venite pure tranquillamente. Qui gli sbarchi ci sono tutto l'anno, perché se ne parla solo d'estate?»

PANTELLERIA, TRAGICO SBARCO: MUORE CLANDESTINO. L'IMMIGRATO E' DECEDUTO DOPO UNA CADUTA SUGLI

«Niente cibo e niente acqua, – racconta. – Stavamo ammassati in cinquanta, c'erano anche due donne e tre bambini. È stato un viaggio allucinante. Ieri mattina, finalmente, abbiamo

*Il cadavere del piccolo, che dimostra qualche anno di età, sarà poi portato a terra con*

Durissima la posizione di Monsignor Francesco Ruppi: «L'attuale politica sull'immigrazione non serve affatto e non è per niente a servizio dei poveri, né dei profughi curdi kosovari e albanesi. Parlare di fallimento è dire la verità ed è tempo che tutti aprano gli occhi prima che sia

le cui proporzioni non furono mai quantificate con esattezza, avvenne nel tratto di mare tra Malta e la Sicilia. Un cargo libanese, il *Friendship* sarebbe affondato dopo la collisione con

*muoiono 6 clandestini, uno dei quali cieco. I corpi sono stati pescati nel giro di quattro giorni e non si è mai saputo con certezza il*

che avrebbe recuperato oltre 200 clandestini. Altrettanti, però, sarebbero morti

*20 luglio otto persone provenienti dalla Sierra Leone sono annegate mentre tentavano di raggiungere a nuoto la costa di Pantelleria.*

e quello di un uomo di circa 30 anni.

*Gli albergatori temono per la stagione turistica. Non tanto per quei poveracci («Qui neppure si vedono», dice una signora che affitta camere) quanto per la pubblicità negativa che gli sbarchi*

Due dei superstiti sono in gravi condizioni: uno ha sintomi da assideramento per la prolungata permanenza in mare.

*L'allarme è scattato alle 4.47 di questa mattina quando dalla piattaforma sono state notate alcune persone a nuoto e gli stessi operai sono intervenuti per salvare i naufraghi. Le condizioni del mare e l'acqua gelida non davano molte speranze sul salvataggio dei dispersi che*

Il naufragio di Capodanno ci fu. E vi morirono 59 persone, vittime di uno dei tanti viaggi della disperazione vers

*Tra gli immigrati trovati la notte scorsa molti sono i bambini, la gran parte dei quali non supera i quattro anni d'età.*

o le coste italiane. Lo confermano i primi risultati dell'autopsia sui resti di una donna trovati ieri a largo dell'isola di Saseno assieme ai

*Nella collisione un uomo è morto, non si sa ancora se annegato o travolto dall'elica del gommone.*

pezzi di un relitto. Tutto combacia, anche il periodo della morte, che sarebbe avvenuta proprio in contemporanea al primo allarme sul naufragio, lanciato dai familiari di

DAL 1981, LA LUNGA SCIA DI SANGUE

*Otto clandestini sono annegati davanti alle coste dell'isola dopo che la loro barca si è incagliata*

Dio mio, che botta. Finalmente trovo quello che cerco. Un orrore mescolato tra i tanti orrori miserabili.

30 novembre 1999

BRINDISI - NAUFRAGA GOMMONE CON 20 CLANDESTINI. ANCORA INCERTO IL NUMERO DEI MORTI Tremenda collisione, a poche miglia dalle coste pugliesi, tra un gommone che trasportava venti clandestini e una motovedetta della Guardia di Finanza. Secondo una prima e parziale ricostruzione dei fatti, la Guardia di Finanza ha intercettato il gommone questa notte mentre si dirigeva verso la costa a nord di Brindisi: le Fiamme Gialle hanno tentato di evitare lo sbarco clandestino e gli scafisti, per liberarsi dall'inseguimento, non hanno esitato a usare il gommone come un mortale ariete. Nell'impatto contro la motovedetta, il gommone è esploso in mille pezzi e i clandestini a bordo sono finiti nelle acque gelide. Per i più non vi è stato scampo. Secondo il racconto dei superstiti e le ricostruzioni degli inquirenti, i due scafisti sarebbero riusciti a fuggire, venendo issati a bordo del motoscafo che «scortava» l'imbarcazione dei poveri disperati. Il mare, nella serata di oggi, aveva già restituito dodici corpi.

10 dicembre 1999

BRINDISI - S' INDAGA ANCORA SUL NAUFRAGIO. Gli investigatori stanno faticosamente ricostruendo la lista delle ormai accertate 16 vittime. Gli stessi passeggeri del gommone che sono riusciti a salvarsi hanno fornito cifre diverse: da 15 a 25 persone. In mano alla polizia albanese ci sono infatti solo i nomi di tredici persone, quasi tutti residenti nella medesima cittadina di Lezhe. Tra le vittime c'erano anche alcuni bambini, non si sa ancora quanti. Secondo i testimoni sul gommone erano imbarcati complessivamente 20 cittadini albanesi, oltre i due scafisti assassini, riusciti a fuggire e dei quali si ignora ancora l'identità. Con ogni probabilità, affermano gli inquirenti, sono tornati a solcare il mare con i loro carichi di carne umana.

Lezhe. La frase cancella le ultime speranze di coincidenza. Sono loro, li ho trovati. Ne avrei fatto a meno.

Fumo a piccole boccate, gli occhi persi. Annegare deve essere una morte immonda, ma cerco di convincermi che sia veloce. Un paio di ondate e si va. I polmoni si riempiono, vedi salire le bolle, mentre scendi giú.

Mi manca il fiato, telefono a Lamberto.

– Mio dio, – risponde. – Sono le tre –. Si schiarisce la voce. – Chi parla?

Riesco solo a respirare fissando la piccola pozzanghera d'acqua che mi si è formata sotto i vestiti. Mi sembra di vedere tanti piccoli omini che ci nuotano in mezzo, sento anche le loro voci che gridano. Ma sono i suoni dei termosifoni, che cigolano il vapore nei tubi.

– Sei Sandrone? – chiede Lamberto, esitante. Non so come abbia fatto a capirlo.

– Sí, – rispondo lontano da me.

– Che c'è? Ti è successo qualcosa?

– Oh sí, un sacco di cose. Che cosa faresti se uccidessero la tua famiglia?

– Ma... ti senti bene? Hai una voce da robot.

– Per favore, Lamberto. È importante. Da solo non ce la faccio, nemmeno a pensarlo. Cosa faresti?

– Sarei disperato... non so cosa farei.

– E se a nessuno importasse, tranne che a te? Se la polizia non cercasse l'assassino e questo continuasse la sua vita indisturbato? Cosa faresti?

– Lo cercherei io –. Si è fatto piú sicuro. Sento l'eco dell'uomo che si è fatto la galera con i duri piú duri.

– E se lo trovassi? Lo uccideresti, Lamberto?

– Non lo so. Ma perché? Vuoi dirmelo?

Lancio il mozzicone nella pozzanghera. Un tronco. I miei omini mentali vi si aggrappano. Qualcuno di loro se la caverà. – Perché, Lamberto, ho sempre creduto che Adrian scappasse a Cremona inseguito dal suo assassino. Invece era lui che dava la caccia all'assassino.

11

È la prima volta in vita mia che faccio una riunione con Chewbacca e lo Yoda, ma l'Elefante e Alex non hanno trovato costumi piú attuali per la serata danzante. Mirko, invece, ha preferito mantenersi in borghese. *Gli avvocati non cambieranno mai*, dice, *neanche nel 3000*. È in borghese anche Stefania, mia ex vicina ora accasata con l'Elefante. È una mora magra con i capelli a caschetto e un carattere reattivo. Non ci vedevamo dal mio penultimo ospedale ed è venuta apposta per salutarmi, oltre che per fare compagnia al suo fidanzato. Non ho potuto spalpazzarla come volevo. Si è subito allontanata da me storcendo il naso. – Puzzi, – mi ha detto.

Vero. Non sono tornato in hotel a cambiarmi, per paura di cadere sul letto, rimanendo invece alla Scotti sino all'ora di pranzo a continuare le ricerche su Internet. Poi, di corsa al mercato del pesce, per fingere di organizzare il servizio di sicurezza. Fingere, perché Pietro aveva già sistemato tutto prima del mio arrivo. Mi sono limitato ad approvare le scelte operative, a passeggiare torvo tra le maestranze intente al montaggio. Intanto, la marea umana cresceva orribilmente. Alle diciassette c'erano già un migliaio di appassionati, per lo piú con un bicchiere in mano o con una rivista originale americana comprata a uno dei tanti banchetti delle pulci.

Soprattutto i visitatori piú grandicelli avevano rispettato la consegna del mascheramento, dividendosi in gruppi di affinità. C'era lo Star Trek Fan Club, distinti signori vestiti come il signor Spock con occhiali e pancetta, poi i patiti di Ufo in tutina argentata, e quelli di Eymerich l'inquisitore con sai domenicani, cappi e cappucci da boia. Faceva già caldo. Tartufon si è procurato delle caldaie industriali, che pompano aria calda, salvando le discinte hostess dal congelamento. Vedendo quella che volantinava davanti all'albero di Natale mi è venuto un colpo. Per i suoi stivaloni neri, il costume ridotto rosso fiamma e la parrucca azzurra, ma sopratutto perché era Vera.

Aveva gli occhi tristi e la giustificazione pronta. – Cosí conciata, chi vuoi che mi noti? È come la storia di Poe della lettera rubata.

– La polizia è migliorata un po' dall'Ottocento.

– Comunque non fa differenza –. Ha dato il volantino dell'*Astronave Perduta* a un ragazzino che comprensibilmente le spiava le tette. – Non posso andare avanti a nascondermi per sempre. Se mi beccano, pazienza.

Mi è venuto uno strano groppo in gola. Le ho preso la mano. – Mi dispiace –. Poi sono stato lí a guardarla senza sapere cosa aggiungere, provocando l'irritazione dei mascherati che aspettavano il loro turno. Quello dietro di me aveva addirittura uno châssis da biplano attorno alla vita.

– E di che? – Vera ha indicato il vischio sulla sua testa, baciandomi sulle labbra. – Auguri, Gorilla.

Perciò me la sono portata alla riunione, nella stanza che dovrebbe essere quella personale di Scotti, la stessa dove mi avevano rinchiuso, il giorno prima. Adesso, è un piccolo ufficio, ingombro di videocassette dell'*Astronave Perduta*.

Racconto tutto, con il sottofondo del mio walkie-talkie che gracchia le voci dei muscolari. Quando finisco, parlano tutti assieme. Li tacito. – Bene, ho bisogno di suggerimenti geniali. Abbiamo due albanesi accusati di un omicidio di cui sono innocenti, ma che sicuramente stanno cercando un loro compaesano, o piú di uno, per fargli la pelle. Il che, non ci aiuta. Prima il parere legale. Che ne dici Mirko?

Si passa una mano sulla barba malfatta. Si rade solo quando va in tribunale. – Tecnicamente le tue sono solo congetture. Non sei tenuto a riferirle. D'altro canto, i signori Kater e Irades hanno mantenuto sinora la linea di difesa iniziale. Non sanno niente, non hanno visto niente. Non hanno idea di nulla.

– Neppure quando hai raccontato del muratore stesso?

– Neppure, ma la notizia li ha sconvolti.

Interviene Alex. – Sanno chi è stato, ma vogliono prenderlo loro. Sennò si sarebbero sbattuti per niente.

– Difficile se li condannano per omicidio, – ribatto. – Però, certo, è un'ipotesi da non scartare.

– Perché solo Adrian è stato ammazzato e non gli altri due, o tutti e tre? – chiede Stefania.

– Da quello che ho capito, è sempre stato Adrian a esporsi. L'assassino avrà pensato che fosse l'unico a cercarlo.

L'Elefante si è stufato di giocare con le videocassette. Se ne è già infilate due nel marsupio. – C'è un problemino, Sandrone. Nessuno ha visto nessuno entrare o uscire dalla casa di Vera. Abbiamo chiesto a tutti.

Alzo le spalle. – Si saranno sbagliati o mentono. Quando troviamo il tipo, ci faremo raccontare come ha fatto.

– Sempre che esista –. L'Elefante coglie lo sguardo inferocito di Vera, e arrossisce. – Secondo me la stai facendo troppo semplice. Forse i tre sono amici di quelli morti nel naufragio. Ma niente esclude che abbiano litigato tra di loro. L'ipotesi rimane ancora valida.

Vera scatta in piedi, le dita ad artiglio. – Senti, bestione. Se sei venuto qui a rompere il cazzo te ne potevi...

La interrompo. – Vera siamo qui per chiarirci le idee insieme. Comunque le obiezioni di Marco sono sensate.

– E il muratore morto? – Vera appoggia le mani sui fianchi. – Pensavo che quello ti avesse convinto.

È Mirko a rispondere. – Era un pregiudicato, signorina Mezza. Potrebbero esserci altre spiegazioni per la sua morte.

– Tu come lo sai? – chiedo sporgendo il mento.

– Ho letto i giornali. Dovresti farlo anche tu, ogni tanto.

Ci sono piú buchi nella mia ipotesi che nei miei calzini, ma è triste quando te li buttano in faccia. Alzo le mani. – Va bene. Non pretendo di avere la spiegazione di tutto, ma credo di essere sulla strada giusta. Se però non siete d'accordo, ditemelo che mollo tutto.

Silenzio generale.

– Allora? Ultima possibilità.

L'Elefante geme. – Proviamo, ma...

– Cos'altro non ti convince?

Occhieggia Vera, è chiaro che la teme. – Che è la storia di Adrian infame? Se è vero che andava in giro a caccia di scafisti, probabilmente per seccarli, mi dici che senso ha passare informazioni alla polizia?

– Ha ottenuto qualcosa in cambio, – interviene Alex, con la voce di chi ha visto la luce.

– Tipo?

– Vediamo se ci arrivi. Adrian e gli altri cercano uno del loro Paese, ma in Italia, dove non hanno contatti. Se ne avessero avuti, nel giro malavitoso soprattutto, Adrian non avrebbe comprato la pistola da un ragazzino. Tu pensa, un arabo che fa da mediatore tra un compratore albanese e un venditore albanese... I tre girano, cambiano città, Adrian si sputtana un po' dappertutto facendo domande alla cazzo. Quando arrivano a Torino evidentemente non cavano un ragno dal buco. Allora chi, a Torino come in tutto il mondo, ha sempre informazioni da scambiare?

– La polizia?

– Bravo Oliphant –. Alex si schiarisce la gola e prosegue. – Adrian trova qualche sbirro disposto a passare informazioni e in cambio lui fa la spia. Un albanese informatore vale una cifra, perché sa la lingua. Quelli della polizia hanno lo stesso problema con i cinesi della Triade, fanno le intercettazioni e non ci capiscono un cazzo.

– La spiegazione convince tutti? – chiedo. Ci sono solo cenni d'assenso. – Allora caffè pagato per Alex.

– Sai come si è fatta lunga, la lista.

– Mandami Pinocchio a incassare.

– Toh, è ancora vivo?

– Eccome... – Raccolgo le idee. – Fammi capire meglio. Adrian si dà da fare per lo sbirro, poi si brucia e deve partire per Cremona... No, non quadra. Gli altri non lo avrebbero... A meno che...

– Se vuoi parlare da solo dillo che usciamo tutti, – mi sfotte Alex.

– Sto solo mettendo insieme i pezzi. Ricapitolando: Adrian deve partire di corsa, perché qui tira brutta aria, ma visto che i suoi due amici lo raggiungono, Cremona non è una meta a caso. L'amico poliziotto deve avergli suggerito qualcosa. Infatti, Adrian si avvicina talmente a chi sta cercando che lo ammazzano. In teoria, fine delle ricerche. Ma c'è qualcuno che sa qualcosa piú di quello che ha detto, anche se adesso si è cucito la bocca per evitare rappresaglie.

– Il poliziotto in questione –. Prende la parola Mirko.

– Già. Come lo troviamo?

Mirko prosegue. – Hai detto che il signor Patoil è stato responsabile di alcuni arresti.

– Sí. So per certo di alcuni spacciatori al dormitorio e di una retata alla trattoria Aurora. Però, oggi mi sono dato da fare su Internet e mi sono letto di tutti i casi criminali che riguardavano albanesi in Italia nell'ultimo anno. Mentre Adrian era a Torino hanno smantellato una raffineria di eroina in una fabbrica abbandonata e hanno arrestato un tot di albanesi per i piú vari reati. In certi casi, è ovvio che si tratta di soffiate.

– Bene. Allora basta trovare chi ha comandato queste operazioni. Uno di questi, o un suo uomo, era il contatto del signor Patoil.

– Come facciamo a saperlo? Puoi avere accesso agli atti?

– Io no. La magistratura sí –. Si accende una sigaretta, stupendosi quando gliene scrocco una. – Ti sei rimesso a fumare?

– Solo per darmi un tono –. Mi si sta già scurendo la voce. – Come sono i tuoi agganci con la magistratura?

– Dipende –. Storce la bocca. – Ma non posso essere io a farmi avanti. Anche se aiutasse i miei clienti, non potrei farlo senza il loro esplicito consenso.

– Quindi devo andare a trovare i parrucconi? Non è che la cosa mi faccia impazzire.

– Non tu. Io, – dice Vera. La fissiamo tutti. – È me che cercano, no? Mi costituisco e racconto tutto. Cosí saranno costretti a sbattersi.

– Un attimo… – dico.

– Gorilla, ha ragione lei –. Alex sembra incavolato. – Se stiamo a menarcela chissà che altro succede. C'è uno scafista di merda in giro e uno sbirro che sa tutto, porca puttana.

Stiamo tutti in silenzio per qualche istante.

– Mirko? – Continuo ad aggrapparmi a lui.

– Temo che sia la soluzione piú logica. Finché non parlano con la signorina Mezza non prenderanno in considerazione altre ipotesi. So come ragionano –. Si volta verso Vera. – La assisterò, ma non potrò evitare il suo fermo.

Il pensiero mi è insopportabile. – Quanto starà dentro?

– Dipende da quanto tempo passerà prima che incontri il magistrato, poi dall'atteggiamento di questo.

– Se saltiamo gli sbirri e andiamo direttamente dal giudice, possiamo accelerare i tempi? – chiedo.

Mirko scuote la testa. – Non è quello che si dice una persona molto elastica. È anziano, abituato a piccoli casi. Ci vorrà del bello e del buono a convincerlo ad aprire un'inchiesta sulla polizia, e solo sulla base delle tue supposizioni.

Vera fa la faccia dura. – Dirò che Adrian mi ha raccontato tutto prima di morire.

– E io confermerò come testimone, – aggiungo. – Quando è successo? Quando sono venuto a casa tua?

– Perfetto, – risponde Vera. – Ma non ha fatto nomi, vero?

– No. Ha detto solo un poliziotto.

– Di Torino.

Mirko interrompe il nostro scambio di battute sospirando da spezzare il cuore. – Quando smonteranno le vostre menzogne saremo tutti nei guai.

– Non le smonteranno.

– Potremmo sbagliarci sul poliziotto.

– A me l'ipotesi convince, e non ne abbiamo di migliori.

Si gioca l'ultima carta. – Non è detto che serva. Ti ripeto, questo Gip è davvero… poco reattivo.

– Allora cambiamo giudice, – dico. L'idea che mi frullava in testa si è concretizzata. – Ne ho conosciuto uno, qui per la faccenda di Scotti. Si chiama De Caraldo. Non so perché, ma di lui mi fido.

– Un pezzo d'uomo con la barba? – Mirko pare stupito.

Io piú di lui. – Sí.

– Pensavo stesse a Roma, l'ho conosciuto lí. Allora si occupava di minori –. Vedo che le rotelle gli girano. – Non è incaricato del caso, ma posso chiedergli un incontro, e poi fargli trovare Vera. A quel punto, sarà coinvolto per forza… – Bofonchia. – Se non mi uccide subito, forse posso trattare… Hai i suoi numeri?

Estraggo il biglietto che mi ha lasciato il giudice. – Anche il cellulare.

Lo prende, poi si alza e lascia la nostra stanzetta. Nessuno ha il coraggio di aprire bocca in sua assenza. Quando ritorna è rosso sulle guance. – Accetta di incontrarmi. Subito.

– Gli hai detto di Vera?

Sorride. – Gli ho solo fatto solo il tuo nome, accennando al fatto che sei mio cliente. Se ha chiesto informazioni su di te, sa di cosa ti stai occupando, a parte i balli in maschera.

– E se sa di cosa ti stai occupando, – finisce Stefania, – sa di Vera.

Mica scema. – Te l'ho sempre detto, Elefante, che ti sei fidanzato sopra la tua classe.

Lui fa il sorrisone da marito felice. Eh eh.

– Non ho avuto bisogno di dirgli nulla, quindi possiamo fingere che lui non sappia nulla. Cosí può evitare di chiamare la polizia, prima di incontrarci –. Mirko infila il cappotto. – Andiamo?

– Vengo anch'io, – dice Stefania. – Che ne dici di un po' di compagnia femminile, Vera?

– Sei carina, grazie.

Escono a braccetto seguiti da Mirko. Sento Stefania chiedere. – Ma davvero hai dormito in stanza con quell'uncione del Gorilla?

La risposta mi è negata.

L'Elefante si alza a ruota. – Va be', io vado a fare un giro. Visto che mi hai fatto venire, tanto vale che sfoggi il costume –. Gli scoccia che la fidanzata lo abbia lasciato solo. – Alex?

– Tra un po'.

Rimaniamo io e lui a guardarci negli occhi. – Sei affascinante con la tutina verde, – gli dico.

Arrotola una canna. – Tu invece sei messo male. Cos'è che vuoi esattamente da me?

– Semplice –. Sbadiglio a ripetizione. – Crollerò prima di stanotte, e non sono certo che il Socio si svegli. Se sí, riferiscigli tutto. Eviterò di scrivere un rapporto chilometrico. Se no, prendi in mano la storia.

– Ti pareva... È già successo che il tuo Socio non venisse fuori?

– Non per due giorni di fila, come non è mai successo che il Socio non mi lasciasse un biglietto con le istruzioni.

– Si sarà dimenticato.

– Lui non dimentica mai niente. Anche quando sta

malissimo, mi lascia un'indicazione scritta. Ti ricordi di Berlino?

– Sono venuto io a prenderti. Sei l'unico che conosco che sia mai stato arrotato da un velocipede.

– Ti assicuro che fa male se te lo passano sugli stinchi, – grugnisco. – Ebbene, quando mi sono svegliato nel vicolo c'era un suo messaggio scritto nel fango. Con le dita. Adesso deve essere crollato di colpo senza avere il tempo di reagire. Se capitasse anche a me…

– Ti metto discretamente a letto.

La porta della stanza si spalanca. Siamo nell'area chiusa al pubblico, possono passare solo gli addetti ai lavori. Purtroppo, è il peggiore di tutti: Scotti. Vestito normale, ma con una mascherina nera sotto gli occhiali. – Indovinate chi è arrivato a trovarci?

– Ma chissenefrega, – rispondiamo in coro noi boys.

– Cazzo, siete peggio della mia ex moglie –. Si volta verso la porta aperta. – Dài vieni avanti, non essere timida.

È Svetlana. Pallida, con una fasciatura sulla fronte e l'occhio sinistro. Sorride a fatica. – Ciao.

Alex si alza per presentarsi, da vero gentleman. Io sono troppo stupito per fare alcunché. – Ti hanno lasciato uscire?

– Sí. Io… Mi dispiace molto per quello che è successo –. Le tremano le labbra. – Io avrei dovuto dirti tutto… Ma Panz era cosí sicuro… – Comincia a piangere e mi abbraccia. Dico qualcosa per consolarla, non so nemmeno cosa. Però mi interrompo quando vedo entrare dalla porta anche Edith, piú zingaresca che mai. Le punto addosso l'indice. – Non è il momento di dire cavolate, eh?

Mi guarda offesa. – Ma per chi mi hai preso. Svetlana?

Lei si gira. Edith le si avvicina, poi le tende la mano. – Scusa. Ho pensato male di te. Ma come facevo a immaginare…

Scotti applaude. – Brave, fate la pace –. Le prende una per parte e le avvicina. – Su, un bell'abbraccio…

– dice santonesco. – Dobbiamo volerci molto piú bene, adesso, con tutto quello che è successo. E con il povero Panz che non c'è piú.

Le due si abbracciano, altre lacrime.

Alex si accende la canna. – Che spettacolo meraviglioso, – fa disgustato, emettendo nubi di fumo nero.

– Ma quella è droga –. Scotti alza un sopracciglio. – Non dovrei, ma vista la giornata potresti farmi fare un tiro.

– Fattela portare dall'astronave –. Alex infila la maschera e la porta. – Ti passo a cercare dopo, Gorilla.

Imbarazzo generale. – Be', tutto è bene quel che finisce bene, – dice Scotti.

– Chi muore giace e chi vive si dà pace, – dico io. – Vi dispiace lasciarmi solo per un po'? Devo sistemare alcune faccende.

*Certo, certo*, dicono tutti. *Ci vediamo di là. Vieni presto, dobbiamo raccontarci un sacco di cose* eccetera. Annuisco e basta. Devo parlare sí con Svetlana, di Panz e delle sue bombe. Ma c'è tempo.

Controllo l'orologio. Ormai saranno già a raccontarsela con il giudice. Per non immaginarmi Vera in manette mi tiro in piedi ed esco nella folla. Quasi mi scontro con un muscolare della Shadow, in regolare divisa da gioventú hitleriana con STAFF bianco sulla schiena.

– Ti stavo cercando, – dice. – Abbiamo dei casini alla birreria.

– Che casini? – chiedo intanto che ci facciamo largo nella calca, notevolmente aumentata. L'organizzazione deve aver distribuito stelle filanti e coriandoli, perché l'aria ne è piena. Anche palloncini.

– Ubriachi. Chiamo la polizia?

– No, se infili una divisa in mezzo a una festa di solito la festa degenera.

Arriviamo al salone centrale. Si è formato un bel capannello attorno allo stand *Ai confini della Birra*. Al centro, quattro ragazzotti di varie fogge e uno dei baristi che se la gridano. Come forza d'interposizione, lo Zazzeruto Raffaele, braccia allargate ed espressione conciliante, nonostante il giovanotto piú sudato del gruppo lo stia minacciando con un sandwich. – ... una fetta sola di mortadella! – grida. – Ladri, ladri e figli di troia!

Il barista ha la faccia che cola birra. – Però non puoi tirarmi la roba, hai capito?

Mi metto al fianco di Raffaele, il muscolare si porta vicino al bancone. Raffaele continua a parlare tranquillo. – Dài, cosa c'entra prendersela con la gente che lavora...

– Non me ne fotte un cazzo, – dice l'uomo della mortadella. – Siete dei ladri.

– Sí, ma non puoi rovinare la festa a tutti. Dài, ti pago io una birra e facciamo pace.

Il tipo si gira verso gli amichetti. Sono tutti gonfi di alcool. – Dite che devo accettare? – Gli altri tre gridano noooo in coro. Il tipo torna e sorride trionfante. – Visto? Puoi andare a cagare te e la tua birra.

Intervengo. – Non agitare il panino, che potrebbe partire un colpo.

Mi guarda storto. – Tu che cazzo vuoi, occhialino?

– Accompagnarti fuori.

Ride. – Io esco se quella zoccola lí mi fa una pompa, – dice indicando la barista piú carina. Lei si irrita e lo insulta.

Lui fa per lanciarle il panino. Ho visto il gesto, gli prendo il braccio con il mio sano, punto il pollice sul palmo e faccio una delle prese base dell'aikido. Dolorosa. – Basta, adesso. Stai facendo una brutta figura.

Gli amici partono all'attacco. Devo dire che non c'è storia. Un po' perché sono ubriachi, un po' perché siamo stati raggiunti da Pietro. Ogni ruga di Pietro è un sentiero di guerra, ti mena e da un metro di distanza sembra che non abbia nemmeno mosso le mani. Colpetti bassi, sotto la cintura. Uno si trova subito senza fiato, l'altro vola per terra. Del quarto, si occupa il muscolare, con un po' piú di movimento. Ma si sa, sono ragazzi. Io mi limito a tirare il braccio del tipo, quando si agita troppo, tenendogli il mio ingessato sotto il mento. Alla fine, li accompagniamo fuori senza danni.

Perché i danni stanno continuando dentro. Non so se sia il quinto amico, rimasto in disparte, o uno del pubblico che vuole partecipare, ma è il piú grosso e il piú ubriaco di tutti. Quando torno allo stand, sta già sollevando Raffaele in un modo che non mi è mai capitato di vedere: dalla faccia, tenendogliela tra i pugni. È arrivato Alex e gli tira direttamente un calcio al fianco. L'energumeno molla Raffaele, anzi lo lancia sul pavimento, poi corre. Fa un giro completo attorno alla birreria, evitando agilmente i nostri tentativi di intercettarlo, poi salta sul bancone e solleva un fusto vuoto di birra sopra la testa.

*Oh Gesú, sono il piú vicino.* Uso come scaletta dei cartoni di lattine impilati e gli salto addosso di testa prima che lanci, ammazzando qualcuno. Rotoliamo dietro il bancone, i baristi schizzano via. Vedo i loro piedi ai limiti del mio campo visivo mentre atterro sullo stomaco di King Kong. Perde tutto il fiato, ma la sua manona destra afferra il mio gesso e lo tira contro lo spigolo di un frigorifero. Il crack mi rimbomba nei denti. Gli punto le ginocchia sul petto e gli allungo un pugno al mento. È sufficiente, stramazza. Ma se braccia amiche non mi sollevassero, stramazzerei anch'io. Ho voglia di piangere per il male.

Le braccia amiche sono quelle di Raffaele. È un po' rosso in viso e perde sangue da un graffio.

– Come va? – chiede.

Mi siedo su un fusto rovesciato, cercando di riprendere l'uso della parola. – Va –. Le costole raschiano, ma quello che mi fa piú male è il polso. Il gesso si è frantumato poco sotto l'attaccatura. C'è proprio un buco, e una crepa che ragnatela fino al palmo. Pietro con un paio dei suoi portano via il gigante caduto. Di peso, dorme beato. Alex li segue, con una birra in mano.

Raffaele si siede su un altro fusto. – Grazie per avermi sottratto dalle grinfie di quel mostro. Mi ero visto davvero, sí… Perduto.

– L'avrei fatto per chiunque, anche per te.

Ha il buon gusto di arrossire. – Mi dispiace per quella piccola discussione, – dice.

– Lascia stare, – mormoro. Ho smesso di ascoltarlo. Dietro il buco del gesso qualcosa di morbido, che cede sotto il mio dito. Carta.

Piegato in quattro, c'è un biglietto.

## 12

Poso il fagottino di carta sulla scrivania dell'ufficio provvisorio. È fradicio del mio sudore, macerato dal caldo e dall'attrito, delicato come una farfalla. Lo apro un millimetro alla volta, aiutandomi con il coltellino. Sono tre fogli. L'inchiostro ha trapassato la carta e devo interpretare il testo sovrapposto. Ma non è difficile, la scrittura del Socio è, come sempre, molto leggibile.

*Caro Fratellino, avrai un rapporto a puntate. Mi sono già capitati due mancamenti, e nel secondo caso la mia vista si è oscurata per circa un minuto e quaranta secondi. La causa è certo da imputarsi all'infortunio in cui siamo occorsi, e potrebbe aggravarsi. Ti descriverò perciò tappa per tappa i miei movimenti. Se dovessi perdere i sensi, sarai aggiornato. Ti prego di fare lo stesso.*

*Sono andato a Cremona, questa mattina. Quando sono partito, Vera dormiva. Non l'ho informata del mio viaggio.*

*Il treno era quello delle otto e quarantacinque, binario due. Il controllore puzzava di vino. Non ho incontrato conoscenti. Non ho rivolto la parola a nessuno.*

*Alla stazione di Cremona, di fronte all'edicola, ho incontrato Alex e l'Elefante, preavvertiti via telefono. L'Elefante ha voluto firmare il gesso. Ho imitato il tuo atteggiamento e l'ho lasciato fare. Insieme, ci siamo recati alla casa della tua amica.*

*Cercavo la risposta a due semplici domande.*

*La prima: era possibile, per qualcuno, entrare nell'appartamento di Vera senza essere scorto dall'elettricista e dai vicini?*

*Dopo un breve sopralluogo, ho deciso per il sí. Tu hai usato lo stesso mezzo: il balcone.*

*Nel cortile del palazzo era stato ricavato un piccolo cantiere, con la betoniera e gli strumenti che normalmente si usano in questi frangenti. La tua amica Vera e i suoi ospiti hanno utilizzato questa via per approvvigionarsi del materiale edile che hai trovato nel loro appartamento. Non c'era sorveglianza, di giorno il portone era sempre aperto. Durante l'ora di pausa dei muratori, che normalmente va dalle dodici e trenta alle quattordici meno quindici, chiunque poteva entrare da quel lato.*

*Tenendosi sotto i balconi che partono dal primo piano e raggiungono il quarto, è possibile non essere scorti dalle finestre. Come ben sai, avendo percorso la stessa via, la facciata della casa di fronte non ha finestre che diano su quello spicchio di cortile. A quel punto, utilizzando come supporto la stessa betoniera, o il generatore elettrico, per chiunque mediamente agile è semplice arrampicarsi sino al balcone dell'appartamento del primo piano, che ti ricordo disabitato, e issarsi.*

*Piú difficile salire sul balcone di Vera, il cui fondo è posto a un'altezza di circa tre metri e dieci. Occorre un appiglio di qualche genere. Non ho fatto prove, a causa della nostra attuale condizione, ma un gancio, legato a un cavo o una fune è sufficiente per una persone di normale forza fisica. A questo punto, protetti dalle tende della porta finestra di Vera, si può forzare la maniglia con la punta di un coltello (esattamente come hai fatto tu), cogliendo di sorpresa eventuali occupanti.*

*Perché la polizia non ha preso in considerazione questo percorso? Fondamentalmente per due motivi. Il primo, banale. Avevano già i loro colpevoli, comportatisi da sprovveduti. Il secondo, piú sottile, la finestra era chiusa al momento del loro arrivo nell'appartamento.*

*Facendo delle prove ho però appurato che con un piccolo cappio di spago è possibile chiudere la finestra dal bal-*

*cone. Basta fissarlo su un lato della maniglia a farfalla e tirare. La maniglia ruota quel tanto che basta per chiuderla. Si può usare uno dei tanti nodi che si sciolgono tirando un solo capo (per esempio lo Square Knot che usava Houdini e che trovi su qualsiasi manuale di prestidigitazione spicciola) facendo scivolare poi lo spago tra i due battenti.*

*La seconda domanda era conseguente alla prima: appurata la fattibilità, esiste davvero un assassino, o stiamo inseguendo un fantasma generato dal tuo desiderio?*

*La risposta, anche in questo caso è: sí.*

*Qual è il miglior modo per essere invisibili in un ristorante: vestirsi da cameriere. Qual è il modo migliore per essere invisibile in un cantiere? Vestirsi da muratore. Il nostro uomo, con una tuta indosso, scarpe antinfortunistiche, sporco di calcina, sapeva che chiunque l'avesse incontrato, o scorto da lontano, lo avrebbe scambiato per uno dei muratori che da mesi lavoravano in quel palazzo. Anche se fosse stato visto arrampicarsi in quel minuto che gli è stato necessario. Solo i veri muratori potevano creargli dei problemi, ma il nostro uomo aveva calcolato i tempi. Si sarebbe recato nel palazzo durante la pausa dei lavoranti e sarebbe uscito prima del loro ritorno. Aveva calcolato perfettamente i tempi, non poteva sapere che quel giorno i veri muratori avevano anticipato la pausa alle 11 e 15, come si evince dal racconto dell'elettricista. Non ti ha insospettito quell'orario? Pensi che normalmente accada che si lasci un cantiere cosí presto?*

*L'elettricista ha saputo anche spiegarmene i motivi. I tre andavano all'ospedale in visita al loro collega, caduto dall'impalcatura due settimane prima. Si sono allontanati in anticipo e sono rientrati prima.*

*Ricordi quello che ti dicevo, quando ci siamo incontrati in sogno? Per aver calcolato cosí perfettamente i tempi, l'assassino dovrebbe essere un genio. Invece, non è un genio. Ha solo avuto fortuna. Secondo i suoi calcoli, i lavoranti dovevano rientrare circa un'ora dopo, permettendogli una fuga agevole.*

*È facile supporre quale sia stata la sorpresa del nostro*

*uomo, con alle spalle un cadavere, vedendo arrivare le uniche persone che potevano smascherarlo con sicurezza. Dove si è nascosto? Ci sono vari punti possibili, ma per aver visto in tempo i tre che rientravano, posso supporre che sia rimasto accucciato sul balcone del primo piano.*

*Normalmente i tre muratori avrebbero subito infilato la porta della cantina, salite le scale e ripreso i lavori, permettendo al nostro uomo di uscire. Ma c'è stato un nuovo imprevisto, l'arrivo della polizia, chiamata dal vicino che aveva sentito le urla. I muratori non hanno cominciato il lavoro, ma si sono piazzati sul portone a osservare il movimento nella via. E lí sono rimasti.*

*A questo punto cosa poteva fare il nostro uomo se non attendere che i tre gli girassero la schiena, per uscire dal portone e confondersi nella folla? Se la polizia non fosse stata distratta dalla caccia agli albanesi, di certo lo avrebbe trovato, con un normale sopralluogo nell'area dell'omicidio. Ma cosí non è avvenuto, come sappiamo. Il nostro uomo ha potuto aspettare per quasi un'ora, indisturbato, poi spostarsi sulla strada e andarsene.*

*Un notevole sangue freddo, probabilmente dettato dalla disperazione. Nessuno si è accorto della sua presenza. I curiosi, quando lo hanno visto allontanarsi, hanno immaginato che fosse uno dei muratori. I muratori, tornati sul portone, hanno pensato fosse un passante.*

*Tu potresti obiettare che fino a ora ho espresso semplici supposizioni, non suffragate da fatti. Avresti ragione, se il nostro uomo non fosse stato visto da un testimone. Un testimone distratto, che non ha compreso, neppure in un secondo momento, quanto aveva visto. Però, raccontandomi con precisione la scena, ha risvegliato il mio interesse su questa faccenda. Chi è questa persona?*

*Santo Cielo.*

*Sei tu.*

*Quando, in quella che tu chiami l'Onirosfera, mi hai riferito di aver visto quattro muratori sul portone di Vera, uno dei quali piú attratto dalle sue mani che da quanto accadeva, ho capito che qualcosa non andava. Tutti i rap-*

*porti di polizia, lo stesso elettricista, avevano parlato di tre.*

*Obiezione. Poteva essere un muratore che passava per caso.*

*Risposte. Il gruppetto di muratori era separato dai normali curiosi. Loro «uscivano» dal portone, solo per quello hanno potuto trovarsi al di là dei cordoni della polizia. A nessun altro è stato permesso avvicinarsi, se non agli abitanti della casa, nessuno dei quali poteva essere l'uomo in questione.*

*Per quanto io sia ragionevolmente sicuro di essere nel giusto, la mia ricostruzione è inutile se non suffragata da prove. Ho mandato l'Elefante a fare domande ai veri muratori. Non gli ho spiegato il motivo, per evitare che le testimonianze venissero distorte dalla sua ben nota fantasia.*

*Poi, spero che le tue indagini sul passato di Adrian diano qualche frutto per avvicinarci alla persona che cerchiamo, come spero che serva l'interrogatorio di Vera, che condurrò appena giunto a Torino.*

*Come capirai anche tu, il nostro assassino conosceva troppo bene il territorio. Con altri abiti, forse si è già recato a casa della tua amica. Conosceva anche gli spostamenti dei tre ospiti. Sapeva di trovare uno di loro e uno solo. Stando alla mia tempistica, le urla di Adrian sono effettivamente risuonate quando il vicino ha dichiarato. Solo che Ismail e Sami avevano appena messo piede nel palazzo. Impegnato al telefono con la polizia, il vicino non li ha visti, né sentiti, rientrare. Li ha solo visti fuggire, con quel che ne consegue.*

*Un'ultima cosa devo dirti, prima di infilare questa prima tranche di rapporto in un posto dove certo non ti sarà difficile trovarla: potevi arrivarci da solo. Sei stato troppo precipitoso. Ti sei innamorato di un'idea, al punto da non vedere l'ovvio.*

Il biglietto termina. La seconda tranche non c'è mai stata. Io smetto di fare resistenza e lascio che le immagini mi sommergano. Sono di nuovo di fronte alla casa di Vera. Il mio sguardo si sposta sui muratori, scivola sull'uomo calvo, a capo chino. Con la forza delle disperazione cerco di costringerlo ad alzare il volto, a farsi vedere bene. Ma il passato corre via identico, e mi ritrovo curvo sulla scrivania coperto di sudore gelido.

Mi barcameno con l'idea di chiamare direttamente De Caraldo, ma la scarto. Non ho prove, facce, nomi: niente. Anche il giudice di Topolinia mi riderebbe in faccia. Meglio per tutti lasciare Mirko a condurre in pace la sua trattativa. Stacco un pezzo di nastro da pacchi, mi avvolgo il gesso frantumato. Poi apro la busta di anfetamina. L'ultima briciola. Me la verso direttamente in bocca, e la inghiotto con l'avanzo della cocacola di Stefania. Edith mi becca a metà del gesto, nascondo la cartina vuota nella manica.

– Non si bussa piú? – grugnisco.

– Non è mica il tuo ufficio.

– Va be', però adesso non ho tempo.

– Tempo per cosa?

– Per niente di niente.

– Certo che sei strano –. Non cambia espressione. – C'è un sacerdote che ti cerca. Non sembra mascherato, credo sia vero.

– Molinas? – Che vuole l'ammazzapagani, adesso? – Indicagli la strada.

– Ti ricordo che l'esibizione del comandante George è prevista per le dieci.

– Mi farò vedere.

Fossi ancora in grado di provarne, avrei una piccola sorpresa quando entra il prete. Perché non è Molinas.

– Don Alberto. L'ultima persona che aspettavo.

Sorride e mi stringe la mano. – Posso sedermi?

– La prego –. Vorrei cacciarlo via. – Posso dedicarle solo pochi minuti, però. Ho molte cose da fare.

– Non le ruberò troppo tempo, passavo da queste parti e ho pensato di venire a trovarla. Avete messo in piedi una bella festa.

– Infatti mi sto divertendo una cifra. Cosa posso fare per lei?

Si tira la gonna sulle ginocchia. – Forse posso fare io qualcosa per lei.

– È presto per l'Estrema Unzione.

Ridacchia. – No, mi riferivo alla vicenda del povero Adrian. Non ne abbiamo mai parlato assieme, e visto che lo conoscevo pensavo di poterla aiutare.

Alzo un sopracciglio. – Lo conosceva bene? Sarebbe il primo.

– Oh, no. Niente affatto –. Si affretta a spiegare. – Ma lo incontravo alla comunità. Forse posso aiutare le sue indagini. Mi chieda pure quello che vuole –. Guarda verso terra. – Tengo a precisare che sto andando contro la volontà di Padre Molinas, come lei può immaginare.

– Padre Molinas ce l'ha con me?

– Diciamo che preferirebbe non incontrarla piú.

– Posso capirlo –. Sospiro. Sembra destino che non riesca mai a farmi amico le divise, a prescindere dal loro principale. – La ringrazio per l'offerta, però attualmente ho esaurito le domande intelligenti.

– Ci sono dei passi avanti, nella vicenda di quel povero ragazzo?

– No.

– Mi dispiace sentirlo.

– Si figuri quanto dispiace a me.

– Certo, certo –. Si sfrega ancora la mano sulla gonna. – Vorrei pregarla di tenermi informato.

– Mi farò sentire. Hassan sta bene?

Gela per un attimo. – Sí... lui... È in punizione, ovviamente. Padre Molinas ha deciso per lui una serie di turni extra.

Povero Hassan, ai lavori forzati. Però poteva andargli peggio, se fossi arrivato dopo... Mi gira per un attimo la testa mentre qualcosa si chiarisce di colpo e i miei due emisferi, per la prima volta dopo tanto tempo, comunicano. Ed è un dolore strano dietro gli occhi, un lampo che mi trapassa le vertebre. – Però, adesso che ci penso, una domanda posso fargliela Don Alberto. Secondo lei, come ha fatto la polizia a trovare Hassan?

Sorride ancora, ma è un sorriso da due lire che mi fa stringere lo stomaco. – È una bella domanda.

Cerco di mantenere un tono calmo. – Vede, don Alberto, quando sono andato da Hassan sono sicuro di non essere stato seguito. Quindi, qualcuno deve aver fatto la spia. Escluderei la ragazza dei massaggi, perché aveva piú da perdere di noi. Qualcuno del dormitorio poteva saperlo, ma se la sarebbe cantata prima. No, sto pensando che qualcuno può aver sentito mentre Padre Molinas parlava con me, durante lo sgombero. Lei non era seduto dietro di noi?

Si alza di scatto. Pessima mossa, questo si chiama essere nervosi. – Mi sta accusando di averlo denunciato? – chiede.

Mi alzo anch'io. – Non sarebbe contro la legge. Anzi.

– In ogni modo non sono stato io. Adesso è meglio che vada.

– Sa cosa penso anche? – dico tendendo la mano. Lui la prende. Che mani forti che ha per essere un prete. – Che magari, chi ha denunciato il ragazzo, – continuo senza lasciarlo, – era preoccupato che mi raccontasse qualcosa di troppo. Sapeva veramente poco, povero Hassan, ma il rischio esisteva.

È impallidito. – Può lasciarmi, per favore?

– E mi sono ricordato una cosa che mi ha detto Molinas. Lei era a Brindisi, prima di venire a Torino. Chissà quante cose ha visto... immigrati clandestini, scafisti. Naufragi.

Alla parola naufragio cerca di liberare la mano. Aumento la stretta, mentre il mio braccio ingessato si è già mosso verso la sua testa. Con pollice e indice, le uniche dita che riesco a usare, gli afferro il ciuffo da Elvis Presley e tiro. Fa un rumore come di ventosa. La parrucca mi rimane in mano.

È calvo. Calvo come una palla da biliardo.

13

Invece di fissargli la pelata avrei dovuto controllare la sua mano libera. O almeno togliere dalla sua portata le forbici che avevo utilizzato per tagliare il nastro adesivo. Lui doveva averle occhieggiate da prima, perché è veloce ad afferrarle.

Mira al mio collo ma sono uscito dallo stupore e mi muovo. Con un po' di ritardo. Le punte mi bucano il braccio all'altezza della spalla. Devo mollarlo. Il tempo di girare intorno alla scrivania e lui ha già infilato la porta.

Perdo sangue, lo sento caldo sgocciolarmi sul dorso della mano. Cado sulle ginocchia, cosí, senza un motivo particolare.

Mi rialzo, afferro il walkie-talkie e lo accendo mentre corro.

– Sandrone a tutti. Bloccare prete calvo, – dico. – Anzi, non fare uscire nessuno.

*– Ingresso uno. Cosa vuol dire non fare uscire nessuno?*

*– Ingresso due. C'è una ressa...*

*– Qui bar. Puoi ripetere...*

Voci stupite, domande, fruscii. Ripeto il messaggio, spostandomi nel casino del salone centrale. Ormai non ci si riesce piú a muovere, fatico a vedere oltre la barriera di corpi. Mi apro la strada a spintoni. Una testa calva, è quella sbagliata.

Gli altoparlanti sparano *Voulez vous coucher avec moi?*, urto uno Scotti tutto sudato. Ha dei problemi con... non rallento neppure.

Intercetto uno dei muscolari che se la sta prendendo con un tizio. – È lui? – mi chiede.

– Questo è un domenicano. Mollalo. – dico, continuando a correre.

– Ma che cazzo succede...

Stanza dell'orchestra. Ballano tutti. È un turbinio di maschere da mostro, astronauta, marziano, X Files. Una ragazza si sta asciugando il petto. – Ma guarda 'sto stronzo.

– Chi è stato? – chiedo.

– Un pezzo di merda vestito da prete.

– Dov'è andato?

Lei fissa il mio braccio. – Oddio, è sangue vero?

– No, pomodoro. Dov'è?

Indica generica. Vado in quella direzione. Seguo tracce di persone maledicenti, bicchieri rovesciati. Persino uno che si sta rialzando. Salgo sul palco per avere una visuale migliore, lasciando di stucco quello del servizio d'ordine. – Che cazzo fai...

L'orchestrina suona in lustrini e paillettes. La cantante, addobbata come la Madonna di Loreto cerca di spingermi via, continuando a gorgheggiare. La evito, passo sotto il braccio del bassista, evito un colpo di sassofono. Guardo sotto. Teste verdi, rosse, gialle. Teste d'alieno, caschi, berretti a sonagli.

Qualcuno del pubblico mi inquadra come un ubriaco molestatore. Mi arriva una lattina vuota sugli occhiali nuovi.

La testa pelata. Al centro di un piccolo gorgo, al limitare destro. Le luci colorate fanno un bel riflesso. Salto giú, scivolo su me stesso, cado, mi rialzo. Corro, con il sangue in bocca. La porta del bagno delle donne si muove. Entro, grida indignate. Ma non sono per me.

Il prete si sta sfilando la tonaca. Sotto ha una tuta da ginnastica. Mi vede. Grida *aiuto il pazzo*.

Sto per saltargli addosso, riparte l'Effetto Warhol. *Non adesso*, prego, mentre il cesso vortica multicolore. Quattro figurine in tuta vengono verso di me, le vedo ingrandirsi. Agito a vuoto le braccia. Quattro pugni verso la mia faccia, cado e non mi sento cadere. Ma la botta di schiena mi schiarisce la vista. Alzo le mani e catturo le caviglie di Don Alberto. È lui ad andare giú, adesso.

Lo prendo a calci finché non me lo tolgono.

Frammenti di quello che succede dopo. In questura.

Petalino che mi scuote, gridando. – Io la mando in galera!

De Caraldo, che incrocio in corridoio tra due in borghese dalla faccia scura. – Mi sa che lei finisce in galera.

Mirko, che si siede al mio fianco, su una panca del corridoio. – Si mette male. Credo che ti vogliano mandare in galera.

– Dimmi qualcosa che non so –. Hanno appena finito di fasciarmi la spalla. Pulsa.

– Dimmela tu. Ma non cercavamo uno scafista albanese?

– Non essere pignolo.

Altri frammenti. Vera che cerca di cavare gli occhi a Don Alberto. – Figlio di puttana! – grida. Due sbirri la tengono ferma.

A me, piú tardi, sulla panca di prima. – L'avevo visto, a Cremona.

– Dove?

– In strada. Parlava con Adrian –. Piange. – Dovevo dirtelo?

– E perché? – La scosto e vado in bagno a vomitare bile, con un poliziotto sulla porta che se la ride.

Poi Molinas, il momento piú bello. Tira un ceffone in faccia a Don Alberto che quasi lo ribalta. Altra rissa, altri sbirri a separare.

Comincia a mettersi meglio intorno alla mezzanotte. Sembra passata una vita. Due volte mi hanno sollevato dal pavimento.

Petalino mi prende in disparte. – Lei è sicuro di quello che dice? – Ha un altro tono.

– Lo Spirito Santo l'ha illuminata?

– Il prete mente, – dice abbassando la voce. – Ne ho visti troppi per non capirlo. Ma perché è venuto da lei?

– Voleva un contatto, per sapere cosa sapevo. Molinas non poteva piú informarlo di nulla.

– Mmm... – Tace per qualche secondo. – Ha chiesto un avvocato –. Pausa. – Lei è davvero sicuro?

– Mi guardi.

Mi guarda. – Va bene, – dice. – Gli do sotto.

Il collega di Petalino, quello della storia del «negretto». Un'ora dopo. Accende una sigaretta e mi allunga il pacchetto. Tremo talmente che deve aiutarmi con l'accendino. – Don Alberto è di Bergamo. Ci avevi pensato?

– Non lo sapevo –. Avrei dovuto capirlo dal cognome, però. Giupponi è un cognome orobico.

– Siamo arrivati al muratore. Cominciano a saltare fuori dei legami.

– Ricatto?

– Non si sa, per adesso. Certo si conoscevano –. La sigaretta mi è caduta. Lui arriva a raccoglierla e reinfilarmela in bocca, cameratescamente. – Che storia del cazzo, – conclude.

Si alza, lo fermo. – Quanto durerà ancora?

Mi batte sulla spalla sana. – Porta pazienza.

Torno nelle mani di Petalino, il prete in quelle di non so chi. Petalino mi fa portare un caffè corretto, mentre racconto tutto di nuovo. Lo bevo e rivomito. Stavolta direttamente nel cestino del suo ufficio.

De Caraldo mi incontra in veste «non ufficiale». Sono le due in punto, da mezz'ora non ho piú visto nessuno. Mirko sta assistendo Vera, io sono parcheggiato in un ufficietto in disuso del quarto piano. I mobili sono talmente vecchi che anche le tarme sono mummificate.

– In piedi, entra la corte, – dico battendo i tacchi sul pavimento.

De Caraldo termina di accomodarsi, alzando una nube di polvere dalla poltroncina. – Signor Dazieri, è da stamattina che ho a che fare con lei, credo di averne a sufficienza.

– Allora mi lasci tornare al mio lavoro.

– Forse.

– Forse? Niente la sbatto in galera? Mi sa che qualcosa si muove.

Si appoggia allo schienale. – La posizione del prete è ormai compromessa, quindi la sua si sta sistemando. Ma...

– Ma c'è un problema.

– Lei ha mentito. Il signor Patoil non le ha detto nulla.

Non fosse per il dubbio, sarei già in una cella appeso per i pollici. Ma il dubbio c'è.

Mi appoggio allo schienale ignorando un dolore nuovo alla colonna vertebrale. – Se lei non mi crede, mi crederanno tutti i giornalisti che ho avuto la fortuna di conoscere in tanti anni di duro lavoro –. Sono due in croce e non mi vogliono bene. – Anche Amnesty International potrebbe essere interessata a conoscere questi impieghi alternativi per gli extracomunitari. Come la chiamate, infiltrazione usa e getta?

Serra le labbra, poi riapre la bocca. – I particolari dell'attività di Patoil, o come si chiamava, fanno ancora parte del segreto istruttorio, di un'inchiesta che neppure mi riguarda. Sono però disposto a dirle una cosa, il signor Patoil non era un infiltrato.

– Preferite spione?

– ... era un poliziotto. Un ex poliziotto, se preferisce.

È un colpo basso, talmente basso che mi ha steso. – Balle, – gracchio. – Hanno mandato le sue segnaletiche in Albania e le sue impronte. Sarebbe saltato fuori.

Scuote la testa. – Dopo la caduta del regime, la polizia politica ha distrutto gli archivi. Non voleva che i propri membri venissero perseguitati, o le loro famiglie.

– Sta dicendo che Adrian era dello Shik? Le squadre speciali?

– Solo una supposizione.

– Supposizione un corno. Lei ha trovato il contatto di Adrian nella polizia italiana.

– Quale contatto?

Ci fissiamo, cedo io. – Va bene. Poniamo che io e Vera ci si rimangi tutto. In cambio?

– La finiamo in fretta. In fretta per lei, in fretta per la Mezza.

– Ismail e Sami?

– Espulsione veloce.

– Erano anche loro dello Shik?

– Visto il loro ruolo defilato, non lo crediamo.

– Li ha reclutati Adrian a Firenze e Bologna.

Socchiude gli occhi. – È probabile.

– E... – Riesco solo a emettere una singola lettera che riparte l'effetto Warhol. Stavolta non è accompagnato da nausea e ronzii, ma da una strana insensibilità alle membra. Quasi non mi accorgo che il mio braccio sinistro si sta muovendo per conto suo e infila la mano nel taschino della mia camicia.

– Che c'è? – chiede il Dottore.

Non rispondo, perché sono troppo affascinato dallo spettacolo della mia mano che scrive sul piano della scrivania.

CI SONO, scrive.

VEDO E SENTO ATTRAVERSO DI TE. LASCIAMI USCIRE.

Il Socio è tornato. L'effetto Warhol non era dovuto all'anfetamina, ma a lui che cercava di mettersi in contatto. Ci sta riuscendo adesso.

De Caraldo scalpita. Lo ignoro. Prendo la penna con la destra, scrivo NO!!!

È una mano rabbiosa quella che torna a scrivere.

HAI TROVATO IL BIGLIETTO, ALMENO?

– È ovvio, – dico ad alta voce.

– È ovvio che lei sta danneggiando una proprietà dello Stato, – dice De Caraldo.

– Mi scusi, ho avuto l'impulso a prendere appunti.

– La prossima volta usi un foglio. Tenga –. Me ne allunga uno dal suo blocco.

– Grazie. E gli scafisti? – La mia sinistra disegna un teschio stilizzato. – Sono morti, vero?

– Il fatto che Patoil non li cercasse ce lo lascia supporre. Forse in Albania, forse in Italia. Non lo sappiamo. E non sappiamo neppure se Patoil ne sia in qualche modo responsabile.

Dopo quello che ho saputo, non me ne stupirei piú di tanto. Lo Shik, l'unica forza dello Stato albanese comunista che si oppose alla rivolta popolare. Torturatori e assassini. E Adrian raccontava poesie, pregava prima di mangiare la pappa. Anche i nazisti, si dice. – Un'ultima domanda. Perché il prete?

– Non sappiamo ancora molto su don Giupponi, ma la curia non l'ha trasferito a caso da Brindisi. Correvano voci sull'uso allegro della sua tonaca, per nasconderci merce di provenienza slava. Quando gli scafisti hanno mandato a fondo quei poveretti lo hanno fatto per salvare un carico di stupefacenti e di armi, che ha preso strane vie, qui al Nord. Sospettiamo, oltre che del prete, anche della ditta che suo cognato gestisce a Cremona.

IGOR CORTO, scrive la mia mano.

– Igor Corto, – dico.

– Sí.

Merda. Corto aveva avvisato don Giupponi che Adrian era solo in casa. Poi si era trovato un alibi. – Adrian era troppo cattolico per sospettare di un prete, – dico. – Anche quando se l'è trovato davanti, a Cremona. L'ha addirittura invitato a casa sua. Magari si è pure confessato. Però le informazioni sui traffici cremonesi, Adrian le ha avute dalla stessa persona che le ha dette a lei, giudice. Cosí per curiosità, lei ha intenzione di fare finta di niente?

De Caraldo china il capo fregandosi la nuca. – Sandrone... La chiamano Sandrone, vero?

– Gli amici.

– No, quelli la chiamano Gorilla. Vede, Sandrone,

le confiderò una cosa. Io non vorrei essere qui a fare questa giullarata di mediazione. Preferirei dibattere tutto in un'aula di tribunale e vedere che pentole si scoperchiano. Ma non è possibile. Ricorda la persona con i capelli grigi che parlava con me, qualche ora fa?

– Ministero degli Interni?

– Qualcosa del genere. Mi ha ricordato quanti uomini siano impiegati oggi contro la mafia estera, e quante operazioni potrebbero essere compromesse, se tanti bravi poliziotti fossero costretti a testimoniare. Quante vite stanno cercando di salvare eccetera.

– Va bene, insabbiate tutto e buona notte. Contenti voi... io che ci guadagno?

– A lei non verrà contestata nessuna noiosa accusa di aggressione, resistenza, intralcio alla giustizia, occultamento di prove. E la signorina Mezza sarà rilasciata immediatamente.

Non ci rifletto nemmeno. – Va bene. Ma voglio altre due cose, in cambio.

– Temo di non...

– Sono semplici. Prima cosa. Vado via subito. Ho degli affari da sistemare. Mettete tutti gli omissis che volete sulle mie deposizioni. Trattate con il mio avvocato. Domani o quando volete firmo. Oppure fate voi la mia firma falsa, non me ne può fregare di meno.

Annuisce. – Si può fare.

– Seconda cosa: voglio leggere tutto l'incartamento sui Porcacchia. Tutto quello che lei ha nella valigetta, tutto quello che c'è sulla scrivania di Petalino.

– Ancora l'omicidio Faletti? Cosa c'entra, adesso?

– Me ne sono disinteressato troppo presto. Sa, mi innamoro delle mie teorie, e divento distratto. Un mio conoscente ha badato bene di ricordarmelo.

La mano depone la matita e fa il segno di Fonzie. Forse dovrei stupirmi, ma trent'anni di schizofrenia abituano a tutto.

Stavolta De Caraldo ci pensa qualche secondo. – Sono atti d'ufficio. Non potrà fare fotocopie, né prendere appunti.

– Non li stropiccerò nemmeno. Quanto ci vorrà?
– Il tempo di scendere di sotto.
– Stia via qualche minuto in piú e mi faccia parlare con Vera prima che se ne vada.

Vera ascolta il mio resoconto. A capo chino. Sembra aver perso tutte le energie.
– E adesso? – chiede.
Siamo nel corridoio di fronte alla porta dell'ufficio in cui io e il giudice ci siamo gentilmente messi con le spalle al muro. Lei è appoggiata allo stipite, io di taglio su una finestra aperta. Fumo e butto la cenere verso la luna piena. La spalla ha cominciato a pulsare.
– Adesso è finita, – dico.
– E allora perché mi sento cosí di merda?
– Perché non ci sono miracoli, i morti rimangono morti, gli assassini assassini, gli sbirri sbirri.
– Che bella soddisfazione.
– Non era compresa nel prezzo –. Indico con il mozzicone lo spazio intorno a noi. – Volevi che ti facessi un lavoro, eccoti i risultati. Mettiti il cuore in pace e torna a casa tua. Tempo un anno e ti sarai già trovata un bel fidanzato nuovo a cui racconterai le tue avventure da investigatrice.
– Perché sei cosí stronzo?
Alzo le sopracciglia, forse l'unica parte del corpo che non mi fa male. – Secondo i patti dovevo dirti come la pensavo. Lo sto facendo, aiutante.
Si morde le labbra. – E tu?
– Io ho un altro lavoro da finire. Poi torno a Milano e dormo per una settimana.
– Se... se vuoi stare qualche giorno da me, tanto per riposarti, mi farebbe piacere.
Le rido in faccia. – No che non ti farebbe piacere. Quando lavoro sono insopportabile, ma a riposo sono anche peggio. Passo le giornate sdraiato sul divano, sono sempre sbronzo e odio il resto del mondo.
– Tu non sei cosí.
– Oh, invece sí. Sono *proprio* cosí. Io faccio le cose

che vanno fatte, ma questo non mi rende una brava persona, e nemmeno una persona simpatica. Nemmeno i miei amici mi sopportano a lungo. Ti do un consiglio gratis. Impara a conoscere il tuo prossimo, che da quando ti ho incontrata non te n'ho vista azzeccare una –. Le tiro le chiavi della macchina. – L'ho parcheggiata al Balôn, guida con prudenza.

Non sa cosa dire, diventa di tutti i colori. Poi stringe il mazzo di chiavi e volta sui tacchi senza dire una parola.

De Caraldo arriva un minuto dopo, con una cartelletta sotto il braccio. Dalla mia espressione deve cogliere quanto basta, perché non apre bocca. Mi lascia alla finestra, a guardare Vera in strada che diventa un'ombra tra i lampioni.

Lontana.

## 14

Mi portano al mercato del pesce addirittura con una macchina della polizia. Non so cosa abbiano saputo le divise, ma mi trattano come un collega. Entrambi ventenni, convinti di essere al mondo per impedire che le vecchiette siano scippate e i bravi cittadini molestati. Gli auguro buona fortuna, senza raccontare da che parte sto davvero.

Sono le tre. La festa è finita. Attorno crocchi di ragazzi che si stanno ancora divertendo, con i costumi che pendono a pezzi o nascosti sotto i cappotti. Gli uomini in nero della Shadow mi accolgono sventolando il parrucchino di don Alberto.

– Bel souvenir, – mi dice Pietro. – Lo vuoi?

– Grazie, lo metterò tra i trofei della Bat-caverna –. Dentro è un vero macello, con il pavimento ricoperto di rifiuti appiccicosi. – Com'è andata?

– Scotti era contento. Vedremo domani.

– E lo spettacolo?

– Da quello che ho visto, bene anche quello. A parte l'attore.

Merda, non voglio sentire. Ma chiedo. – Mendez?

– Era ubriaco marcio. Il pubblico lo ha sfottuto, lui si è incazzato con il pubblico ed è volato giú dal palco. Una scena penosa.

– L'hanno ricoverato in ospedale?

– No. È lí che dormicchia nel camerino. Devo dirgli che è ora di sloggiare.

– Ci penso io. Svetlana è ancora in giro?

– Sta facendo i conti dei soldi. Vai a fare sloggiare anche lei?

– Sí. Andate a casa, chiudiamo noi. Grazie di tutto, Pietro.

– Sei tu che paghi.

Devo fare il giro lungo, guadando le cartacce. Passo davanti l'ufficio di Scotti e butto dentro la testa. Svetlana sistema mazzette di denaro in una cassettina portatile. Ha l'espressione intenta e le mani veloci. La chiamo con uno *psst*.

– Sandrone! Tutto a posto?

– Passo dopo a raccontarti. Mi aspetti per qualche minuto ancora?

– Sicuro.

– Bene.

Mendez è nella stanza all'inizio della sala da ballo. Indossa ancora l'abito bianco con il quale l'ho visto due giorni fa. Solo che ora è chiazzato e gualcito. Anche lui è gualcito. Ha un livido sulla fronte e un sopracciglio gonfio. Non dorme, si sta esaminando allo specchio. Nel riflesso mi vede entrare dopo che ho bussato alla porta.

Non si volta. – Troppo in ritardo per la mia piccola esibizione, temo, – dice.

– Non ci crederà, ma mi dispiace.

Sorride. Ha perso un dente davanti. – Non ha mancato niente di memorabile, non come il suo inseguimento nella toilette delle signore, per lo meno. Purtroppo, il mio spirito è ancora forte, ma la carne… – Poi, in italiano. – *Spegniti, spegniti piccola candela*…

Mi siedo su un baule. – Neanch'io, ultimamente, riesco a fare ciò che vorrei.

– È la miserabile condizione umana –. Si tasta ancora la faccia, poi si volta. – Quell'innominabile ruffiano ha qualche problema con il mio onorario. Lei crede di riuscire a convincerlo che ho eseguito la mia parte del lavoro?

– Non ce ne sarà bisogno.

– Bene, bene –. La voce gli trema. – Gli dica che domani sera vorrei riprovarci. Oggi sono stato sopraffatto dalla stanchezza, ma domani... Lei crede che sia il caso?

– Lo sarebbe, ma domani non ci sarà spettacolo.

– Che peccato! E per quale motivo?

– Perché sta per andare un'altra volta tutto all'aria. Però, prima, vorrei sistemare le cose almeno con lei. Perché lei è l'unica persona che mi dispiacerà non rivedere piú, finita questa storia. Ce ne sarebbe un'altra, ma l'ho mandata via io, quindi non conta. Ha da bere?

– L'orso ha la pelliccia?

Mi passa una bottiglia di whisky ancora mezza piena e la uso a lungo prima di restituirgliela. A piccoli sorsi mi carico d'energia. Va meglio. – Mi ascolti, Mendez. Nella stanza in fondo al salone stanno contando i soldi dell'incasso di stasera. Non so quanti siano, ma di sicuro sufficienti per farsi un bel viaggio in Italia, tornarsene in Messico in prima classe e farsi ancora qualche spesa.

Si ferma, con la bottiglia a metà strada verso la bocca. – Spero non mi stia suggerendo di sottrarre ciò che non mi appartiene.

– Invece sí. Tra dieci minuti non ci sarà piú nessuno in quella stanza, e le garantisco che non la cercheranno, almeno per un paio di giorni. Non c'è neppure bisogno che rientri in albergo. Chiami un taxi e si faccia portare... a Roma –. Lo fisso. – Le piace Roma?

Mi fissa. – La Dolce Vita, – dice piano.

– Butti un soldino nella fontana anche per me.

Gli volto la schiena prima che mi chieda altro, ma alzo la mano per salutarlo.

Svetlana conta i soldi, veloce come una banchiera. Ha un fremito. – Mi hai spaventato, – dice, continuando a fare andare le banconote.

La guardo nell'occhio superstite. Inutile rimandare. – Alessandra, – dico solo.

È brava a rimanere impassibile, ma le dita la tradiscono. Perdono il ritmo. – Chi è?

– Sei tu. Alexandra, anzi. Tua madre era russa, per questo te la sei cavata cosí bene a impersonare Svetlana. Era lei in macchina con tuo marito, vero? Un po' ti somigliava. Salvo i capelli, ma tu li tingi sempre. Hai potuto usare i suoi documenti, nessuno ha pensato che non fossi tu a essere morta ammazzata al posto di blocco. L'hanno riempita di pallottole. Poteva essere anche mia nonna.

Si ritrae, guardandosi attorno. – Sandrone, io davvero non capisco…

– Neanche il povero Panz l'aveva capito. Ti ha dato una mano a far passare i Porcacchia per attentatori. Il tocco *fassista* deve essere suo, il suo humour. Non sapeva che sarebbe stato l'ultimo pezzetto, quello che ti avrebbe permesso di «confessare» e levarteli dai piedi. Perché sapevi che ti sarebbero venuti a prendere, quando sono usciti di galera. Non ci fossi stato io, a casa tua, forse te l'avrebbero anche fatta pagare subito. Cosa c'era in ballo? Soldi?

Si alza. Quando parla, ha perso qualsiasi accento straniero. – Gioielli. Lo stronzo cui abbiamo fatto la dura era un ricettatore. Ci ho messo due anni a venderli. E quei figli di puttana vanno a uscire proprio adesso.

– Peccato che non possano sentirti, perché sono morti vero? Adesso che tutti li credono due assassini vivi, hai potuto levarteli dai piedi senza paura che qualcuno dei loro compari venisse a cercarti. Panz è il tuo alibi, loro sono il tuo alibi per Panz.

Sorride e il sorriso è una confessione perfetta. – E tu invece cosa vuoi? Soldi, scoparmi?

– Vederti perdere tutto sarà appena sufficiente.

Ride. – Invece non avrai niente.

La botta alla nuca mi fa schizzare gli occhi. Mi affloscio sul pavimento. E vedo Edith su di me, con una bottiglia rotta in mano.

– Anche tu, – mormoro. – Eh già.

– Povero stronzo, – dice lei.

L'urlo di battaglia dell'Elefante mi raggiunge nella semincoscienza, poi è il solito balletto di braccia e gambe. Alex tira un pugno nell'occhio ferito di Alessandra, l'Elefante si limita a buttarsi addosso a Edith. Alessandra scappa, l'Elefante la insegue nel salone.

– Alla fine ti fai sempre prendere alle spalle, – dice Alex, seduto sulla schiena della cicciona.

Mi risollevo, tastandomi la nuca molle come un pomodoro. – Pensavo che fossero vostri i passi dietro la mia schiena.

– Volevo vedere che intenzioni aveva questa tipa.

– Non c'era bisogno di farmi scotennare, allora. Sapevo già che c'entrava.

– Sí, col cazzo.

– Alexandra aveva bisogno di un complice, – spiego paziente. – Ed Edith mi dava i suggerimenti giusti al momento giusto.

– Puoi andare avanti fino a domani a parlare, tanto non ti credo.

Mi inalbero. – Per tua norma mi faccio menare per il naso solo dalla mia fidanzata.

Alex tira uno scappellotto alla nuca di Edith, poi tira su gli occhi per guardarmi. – Vale ha chiamato Mirko. Devi andare a prenderla all'aeroporto domani sera.

– Forse con un'ambulanza ce la posso fare.

L'Elefante rientra con la lingua penzoloni. – Si è chiusa nel guardaroba e grida, – ansima.

La sento anch'io. – Non può scappare di lí, vero?

– No. Chiamiamo gli sbirri?

– Ahinoi sí. Ci deve essere una pattuglia, fuori. Aiuta Alex a portare questa qui, io tengo d'occhio l'altra amica.

In due sollevano Edith, piangente e sanguinante dal naso. Parlotta, anche, giustificandosi, raccontando di debiti e promesse. Non la ascolto. Seguo il terzetto fino al salone, mi faccio dare una sigaretta, l'accendo. Sarà l'ultima per un po', mi sa.

Aspetto finché scorgo sbucare Mendez dal buio, camminare rasente i muri e infilarsi nella stanza dei soldi.

Allora chiudo gli occhi e mando il Socio a finire il lavoro.

*però adesso ti prego torniamo*
*a milano lo so che ti sembra*
*una città distrutta dalla guerra*
*e ricostruita da cani nel dopoguerra*
*ma veniamoci incontro lasciamo questa terra*
*feconda di monumenti domani ti porto*
*a vedere la notte dei morti viventi*

Dario Villa, *Harder With Johanna*

# *Ringraziamenti*

Se il libro non vi è piaciuto, sappiate che sarebbe potuto venire anche peggio senza:

Roxie Moratto, che se l'è letto a puntate; Igor Longo, che mi ha consulato sui gialli classici; Alessandra C, che mi ha fatto da cicerona; Roberto Bassi, il mio avvocato di Reggio Emilia che mi ha tenuto fuori di galera; Agnese Incisa, la mia agente.

A tutti loro, e a tutti quelli di cui vi ho descritto le vicende (Alex, Stefy, ed Elefante per primi), un grazie di cuore. Da me e dal mio Socio.

*Indice*

p. 3 *Parte prima*
Samba per flebo e torrone

71 *Parte seconda*
Cha cha cha della segretaria

169 *Parte terza*
Ballo in maschera

*Stampato per conto della Casa editrice Einaudi*
*presso Mondadori Printing S.p.A., Stabilimento N.S.M., Cles (Trento)*
*nel mese di gennaio 2006*

C.L. 18269

| Edizione | | | | | | | | Anno | | | |
|---|---|---|---|---|---|---|---|---|---|---|---|
| 1 | 2 | 3 | 4 | 5 | 6 | 7 | 8 | 2006 | 2007 | 2008 | 2009 |